Miracle pour une madone
suivi de
Douce enchanteresse

Barbara Cartland est une romancière anglaise dont la réputation n'est plus à faire.

Ses romans variés et passionnants mêlent avec bonheur aventures et amour.

Vous retrouverez tous les titres disponibles dans le catalogue que vous remettra gratuitement votre libraire.

Barbara Cartland

Miracle pour une madone

Traduit de l'anglais
par Laure Terilli

Éditions J'ai lu

Précédemment paru sous le nº 2100

Titre original :

MIRACLE FOR A MADONNA

Copyright © Barbara Cartland, 1984
Pour la traduction française :
© Éditions J'ai lu, 1986

1

L'appétit aiguisé par sa promenade à cheval, lord Mere s'assit à table pour prendre son petit déjeuner. Lorsqu'il se trouvait à Londres, il aimait à se lever tôt le matin et à monter à l'heure où Hyde Park est encore désert.

Ce matin-là, il avait dressé un nouveau cheval, récemment acquis chez Tattersall, un étalon fougueux qui néanmoins n'avait pas tardé à obéir à son maître. Lord Mere était un excellent cavalier et la satisfaction d'avoir maîtrisé l'animal rétif avait chassé la fatigue d'une nuit passée à festoyer dans une maison de plaisir de St. James's Street qu'un riche pair qui venait de gagner une somme considérable aux courses avait louée pour la soirée afin de célébrer sa victoire. En rentrant chez lui, lord Mere s'était senti las de ces excès — d'une licence effrénée, comme auraient dit ses congénères —, tel un enfant qui, livré à lui-même dans un magasin de bonbons, finit par se rendre malade.

Il aimait s'amuser et certes savait profiter de la vie. Mais ce n'était qu'un aspect de sa personnalité, une façade en quelque sorte, et nombre de ses amis ignoraient qu'il se consacrait en vérité à des activités beaucoup plus sérieuses.

En fait, il travaillait pour le ministère des Affaires

étrangères, et sa participation à des entrevues secrètes entre la France et l'Angleterre, les visites officieuses qu'il rendait à d'autres pays d'Europe, toujours pour le compte de son gouvernement, faisaient de lui un intermédiaire indispensable en matière de diplomatie. Seul le ministre des Affaires étrangères connaissait les véritables raisons des fréquents déplacements de lord Mere et savait que l'éternelle quête du plaisir vers laquelle il semblait tourné n'était qu'une apparence.

Beau, riche, lord d'une famille illustre dont les exploits étaient souvent relatés dans les manuels d'histoire, il était à l'âge de vingt-neuf ans encore célibataire. Un véritable tour de force pour un aussi bon parti qui faisait rêver les jeunes filles. En effet, depuis qu'il avait quitté Eton, les candidates au mariage n'avaient pas manqué qui le poursuivaient de leurs assiduités, n'aspirant qu'à une seule chose : devenir la mère de ses enfants. Et ce n'est qu'en limitant ses fréquentations à celles des femmes déjà mariées qu'il était parvenu jusque-là à conserver son indépendance.

Dans sa demeure de Park Lane, construite par son grand-père, régnaient un ordre et une organisation exemplaires, typiques de tout intérieur de célibataire. Son goût du confort, et pour lui-même et pour ses invités, n'admettait aucun laisser-aller.

— Décidément, Ingram, vous êtes le roi des hôtes de toute l'Angleterre, avait dit le prince de Galles, une semaine auparavant en dînant chez lui. Je ne sais pourquoi, mais mon chef cuisinier est incapable de me servir un repas digne des vôtres.

Lord Mere avait humblement remercié son éminent convive pour ce compliment, se gardant bien toutefois d'émettre une opinion sur cette question. A son avis, le service irréprochable que lui jalousait le prince était sans aucun doute dû en partie à la compétence de son secrétaire, mais aussi au fait qu'il s'intéressait personnellement et dans ses moindres détails à la bonne marche de la maison. Comme il l'avait appris dans l'armée, une réforme n'est efficace que si tout le monde sans exception s'y plie.

Sa juridiction personnelle s'étendait donc partout, de l'exploitation de ses domaines à l'entretien de ses demeures. Ainsi son château du Buckinghamshire, berceau de la famille Mere, était un modèle du genre et ses écuries de Newmarket faisaient l'envie de ses rivaux qui à leur grand dépit le voyaient remporter les premiers prix de toutes les courses importantes.

Lord Mere termina son petit déjeuner : des côtelettes d'agneau arrivées la veille de la campagne, accompagnées de champignons. Il fit un geste de la main pour qu'on lui serve une autre tasse de café. Le laquais, qui se tenait immobile derrière sa chaise, s'empressa autour de lui. Au même moment, la porte s'ouvrit et le maître d'hôtel annonça pompeusement :

— La marquise de Kirkham, milord.

Lord Mere releva la tête, étonné. Ravissante dans un ensemble vert, du vert à la mode, sa sœur entra d'un pas rapide.

— Quelle surprise, Jennie ! dit-il en se levant. C'est bien la première fois que je te vois debout d'aussi bonne heure, et déjà en visite.

— J'ai à te parler, Ingram, répondit-elle d'un ton bref.

L'urgence de ces quelques mots et l'inquiétude qui se lisait dans ses yeux alarmèrent lord Mere. Il comprit que la démarche de sa sœur n'avait rien d'anodin et qu'elle désirait s'entretenir avec lui en tête à tête.

— Veux-tu déjeuner ? Une tasse de café ? offrit-il.
— Non, non, je ne veux rien.

D'un regard il congédia le laquais. Celui-ci sortit

par la porte qui menait directement à l'office, la refermant avec soin derrière lui.

Lord Mere se carra dans son siège dont le dossier au bois travaillé était incrusté d'une couronne supportée par des anges. Il avait vraiment l'air important.

— Qu'y a-t-il ? demanda-t-il.

A son grand étonnement, sa sœur laissa échapper un sanglot.

— Oh, Ingram, je ne sais... comment... te dire...

La douleur qui perçait dans sa voix le troubla. Il prit la main de la jeune femme pour la réconforter.

— Que se passe-t-il ? Pourquoi es-tu bouleversée ? Cela ne te ressemble guère, Jennie, de broyer du noir.

Il sourit car c'était là une de leurs expressions favorites lorsqu'ils étaient enfants.

Sa sœur cependant ravala un autre sanglot.

— Oh, Ingram, dit-elle, pressant des deux mains celle de son frère. Si tu ne m'aides pas, je suis... perdue, irrémédiablement perdue !

— Allons, allons, dis-moi ce qui ne va pas.

— Je vais te choquer.

— J'en doute.

— Tu es la seule personne vers qui je puis me tourner et... Oh, Ingram, j'ai agi comme une sotte !

— Cela arrive à tout le monde, dit-il, consolateur. Qu'as-tu donc pu faire de si grave ?

Elle retira sa main de celle de son frère pour prendre un fin mouchoir brodé de dentelle qu'elle avait glissé à la ceinture de sa robe, et sécha ses yeux pleins de larmes.

— Il était si séduisant, si beau... Personne ne lui aurait résisté.

— Qui, lui ?

Elle poussa un profond soupir.

— Le prince Antonio de Sogino, murmura-t-elle dans un souffle.

Lord Mere garda le silence mais dans son regard passa une lueur d'intérêt qu'auraient reconnue ceux qui avaient travaillé avec lui dans des missions secrètes.

— Je vois qui est le prince de Sogino, dit-il au bout d'un moment, devinant sa sœur trop émue pour continuer sa confession. Mais quel rapport y a-t-il entre vous deux ?

L'espace d'un instant, elle parut hésiter à lui avouer la vérité, puis comme si elle se rendait compte qu'il n'y avait réellement pas d'autre solution, que son frère devait savoir, elle répondit à voix basse :

— Tu n'ignores pas qu'Arthur est à Paris en ce moment ?

Lord Mere savait en effet que la reine avait dépêché le marquis de Kirkham auprès de l'ambassadeur britannique en France pour signifier à ce dernier son mécontentement à propos d'une vétille en vérité. Sa Majesté se faisait une montagne de rien et il aurait été beaucoup plus simple d'écrire, plutôt que de prier son beau-frère qui approchait de la soixantaine et ne jouissait pas d'une santé resplendissante de se rendre à Paris pour régler le problème sur place. La reine toutefois, ayant l'habitude de l'envoyer en mission pour traiter de ses affaires privées, le marquis n'avait pu que s'incliner devant sa volonté.

— Oui, je sais qu'il est à Paris, dit-il.

Il y eut un silence.

— J'ai rencontré le prince Antonio il y a environ dix jours, à Marlborough House, reprit la marquise. Il dansait divinement bien... Je n'ai pas su lui refuser les deux ou trois danses qu'il me suppliait d'accepter.

Lord Mere se souvenait en effet de cette soirée et, en y resongeant, n'avait-il pas trouvé l'attitude de sa sœur et du jeune noble quelque peu équivoque ? Ils formaient un si beau couple et le plaisir évident qu'ils avaient à danser ensemble n'avait probablement échappé à personne.

— Puis il a insisté pour que je le reçoive le lendemain, continua Jennie, tant et si bien que je n'ai pas su dire non… et lorsqu'il m'a déclaré sa flamme, je n'ai pu feindre l'indifférence… C'est vrai, Ingram, j'étais troublée.

Elle parlait d'une voix retenue, les yeux baissés, perdus dans le vague, comme si elle revoyait dans son esprit la scène qu'elle décrivait.

— Où que j'aille, il était là… Au parc, à chaque réception…

Si sa sœur avait été séduite par le prince italien, lord Mere comprenait aisément que ce dernier ait succombé à son charme. Les cheveux blonds, les yeux clairs, le teint de porcelaine, Jennifer était l'incarnation d'un rêve d'artiste, la « parfaite rose anglaise », belle et délicate.

Lord Mere avait souvent déploré que sa sœur ait été mariée au marquis de Kirkham, un homme de vingt-cinq ans son aîné. Bien sûr, d'un point de vue social, il s'agissait d'une union brillante. Le marquis était persona grata au château de Windsor et, peu de temps après son mariage, se trouva promu maître de cavalerie. Sa première femme, qu'il avait épousée alors tout jeune homme, était morte en couches. Il était donc veuf, riche et puissant. Ces trois qualités faisaient de lui un parti fort recherché et la question de savoir qui serait la nouvelle marquise avait été débattue dans les salons avec un âpre intérêt.

Lorsqu'il rencontra Jennifer, âgée de dix-huit ans, il en tomba aussitôt amoureux. Quelque peu pris au dépourvu, ses parents ne parurent pas se rendre compte qu'il n'était peut-être pas sage de donner leur fille à un homme de quarante-trois ans. Quant à

Jennifer, c'est à peine si elle eut le temps de comprendre ce qui lui arrivait. Déjà le marquis prenait ses dispositions et on ne tarda pas à célébrer le mariage. La différence d'âge sembla sur le moment de médiocre importance, mais maintenant que Jennie, à trente-quatre ans, était au sommet de sa beauté, son mari, lui, approchait de la soixantaine et n'était plus qu'un vieillard.

— Je t'écoute, dit lord Mere, bien qu'il devinât la fin de l'histoire. Que s'est-il passé ensuite ?

— Hier soir, fit-elle d'une voix à peine audible, j'ai... cédé à Antonio. J'ignore pourquoi. La veille déjà nous avions dîné ensemble et... je ne sais comment, je lui avais résisté. Je pensais à Arthur et me disais que malgré son caractère difficile, c'était mon mari devant Dieu, que je n'avais pas le droit de le décevoir...

— Bien sûr, acquiesça lord Mere.

— Mais hier soir, nous étions seuls, tous les deux, Antonio et moi, et...

Elle s'interrompit, les joues empourprées, pour ajouter :

— Tu devines sans peine ce qui s'est passé.

Il pressa sa main dans la sienne.

— Et je te comprends, Jennie.

D'ailleurs, songea-t-il à part lui, n'est-ce pas étonnant que cela ne se soit jamais produit auparavant ?

En prenant de l'âge, le marquis était devenu plus pompeux, autoritaire, intransigeant vis-à-vis de son entourage et en particulier de sa femme. C'était un homme d'une fierté excessive et s'il venait à soupçonner l'infidélité de Jennie, cela risquait d'entraîner de fâcheuses conséquences.

— Maintenant j'ai honte de ce que j'ai fait, dit-elle. C'est mal... Mais ce n'est pas tout !

— Qu'y a-t-il d'autre ?

— Pour faire plaisir au prince, je portais hier soir mon collier florentin.

Lord Mere connaissait le bijou en question. Il y a deux ans, lorsque, après la naissance de deux filles, sa sœur avait mis au monde un garçon, le marquis, fou de bonheur d'avoir enfin un héritier, lui avait offert un ravissant collier.

Façonné au début du XVIIIe siècle par des orfèvres de Florence, il avait la finesse et l'éclat caractéristiques de l'artisanat florentin. Des diamants en forme de pétales de fleur et des émeraudes en forme de feuille étaient assemblés sur un ruban de brillants. Le motif central, fort recherché, consistait en un pendentif en forme de fleur également, encadré de deux autres plus petits et ornés de diamants roses. Comme tous les bijoux de cette époque, chaque pierre précieuse était fixée sur une monture d'argent convexe qui augmentait la brillance de la gemme.

Ce bijou original et d'une rare beauté avait comblé Jennie de joie. Le marquis avait expliqué qu'il l'avait acheté à une vieille famille de Florence à demi ruinée. Pressée par le manque d'argent, la personne qui le lui avait vendu préférait selon ses propres termes que ce soit lui qui l'ait plutôt qu'un autre. L'orgueil du marquis s'était trouvé agréablement flatté, mais lord Mere avait toujours soupçonné qu'il ne s'agissait que d'une ruse de la part du vendeur pour en retirer un meilleur prix. Enfin, ce cadeau compensait aux yeux de lord Mere la présence d'un mari désormais trop vieux pour être l'amoureux ardent dont sa sœur rêvait !

En vérité, il n'avait jamais compris pourquoi, à l'inverse de la plupart des jeunes femmes de la cour, Jennie demeurait fidèle à son mari. Pourtant, le prince de Galles avait introduit dans la haute société une liberté de mœurs plus grande que celle acceptée précédemment.

En effet, lorsqu'une femme s'autorisait une ou plusieurs liaisons amoureuses après avoir donné un héritier à un vieil époux et mené une vie irréprochable pendant une dizaine d'années, il n'en résultait plus aucun scandale. On lui demandait simplement d'être discrète car l'essentiel était de sauver les apparences. Quant aux maris trompés, ils prenaient le parti de fermer les yeux sur les infidélités de leurs épouses encore trop jeunes pour renoncer à l'amour.

Néanmoins, lord Mere avait toujours eu l'impression que, malgré ce vent de tolérance qui bousculait les convenances, si jamais semblable situation se produisait dans le ménage de sa sœur, le marquis de Kirkham ne l'entendrait pas de cette oreille et ne pardonnerait pas à sa femme son inconduite. Au contraire, il prendrait les choses de haut, partant du principe que s'il ne pouvait donner à Jennie ce qu'elle désirait, elle n'avait qu'à se faire une raison.

Lord Mere adorait sa sœur et aurait aimé la savoir heureuse. Ils n'avaient encore jamais abordé ce problème entre eux, mais il devinait combien elle se sentait seule et misérable.

En vérité, songea-t-il, cette aventure avec le prince de Sogino était inévitable.

Cependant il était regrettable qu'elle ait pris pour amant un Italien. Non qu'il eût quoi que ce soit contre les étrangers, mais n'étaient-ils pas souvent imprévisibles et en général incapables d'offrir à une femme un amour durable, constant, ce qu'il souhaitait pour sa sœur ?

Il observa Jennie. Décidément elle paraissait bouleversée, affolée... Quelque chose de grave s'était donc produit, mais quoi, sinon le remords de s'être oubliée un soir dans les bras d'un bel étranger ?

— Antonio m'a quittée ce matin, à l'aube, avant

que la maison ne soit éveillée, car j'avais peur qu'on ne le voie sortir de chez moi...

Les craintes de sa sœur parurent à lord Mere bien excessives. En effet, il aurait été fort improbable que le marquis de Kirkham rentrât à l'improviste de Paris à une heure aussi matinale. D'autre part, jamais un domestique ne se serait permis de dénoncer l'infidélité de sa maîtresse.

— Et ensuite ?

— Quand je me suis retrouvée seule, je ne pouvais le croire... Mon collier avait disparu !

A ces mots, un profond silence s'abattit dans la pièce. Lord Mere regarda sa sœur, stupéfait.

— Veux-tu dire... commença-t-il au bout d'un moment. Le prince... l'aurait volé ?

— Le collier a disparu, le fait est là. Je l'avais mis dans son écrin, qui était posé sur ma coiffeuse. Lorsque Rose, ma femme de chambre, est venue comme d'habitude m'apporter le petit déjeuner, elle m'a demandé : « Dois-je remettre les bijoux dans le coffre ? » C'est toujours elle qui s'en charge. J'ai donc répondu : « Oui, bien sûr, Rose. Fais attention au collier. » C'est alors qu'elle a ouvert l'écrin, j'imagine par acquit de conscience, et s'est écriée : « Milady, il n'y est plus ! » (Jennie leva sur son frère un regard effaré.) Il avait disparu ! J'ai cherché partout, bien que je me souvienne parfaitement l'avoir rangé à sa place la veille avant de me coucher... J'avais même pensé sur le moment qu'il était ravissant sur le velours noir de l'écrin...

— C'est impossible, Jennie ! Tu dois te tromper !

— Non, je t'assure que non... D'ailleurs, des détails troublants me sont revenus en mémoire. Je me rappelle avoir mis ce collier le premier soir de ma rencontre avec Antonio. Il l'a beaucoup admiré et m'a dit que j'étais la plus jolie femme à le porter depuis 1725, date à laquelle il a été façonné.

Comme son frère gardait le silence, elle poursuivit :

— Ce n'est que ce matin que j'ai repensé à cette conversation. N'est-ce pas singulier qu'Antonio ait su l'année exacte de sa fabrication, alors qu'Arthur qui l'a acheté n'en était pas sûr lui-même ?

— Il ne faisait peut-être que deviner, suggéra lord Mere. Il ne s'agit que d'une simple coïncidence... As-tu remarqué autre chose de curieux dans son comportement ?

— Lorsque nous nous rencontrions à une soirée, si je n'avais pas mis mon collier, il disait aussitôt : « Où est votre collier florentin ? Il est magnifique à votre cou. C'est le seul bijou qui soit assez beau pour vous. »

— C'est pour cela que tu l'as porté hier soir lorsqu'il est venu dîner.

— Oui. D'ailleurs, dès qu'il est entré au salon, avant même de m'embrasser, il s'est écrié : « C'est toujours ainsi parée que je voudrais vous voir ! » Sur le coup, j'étais même un peu vexée, car il semblait n'avoir d'intérêt que pour ce bijou.

Lord Mere s'agita légèrement sur son siège.

— Ceci ne prouve en rien que c'est lui le voleur.

— Plus tard, il me l'a enlevé en m'embrassant dans le cou : « Un tel ornement est superflu sur vous, même s'il s'agit d'un bijou aussi parfait que celui-ci, créé par les meilleurs artistes de mon pays. » (Un léger soupir échappa à Jennie.) Pour être honnête, je ne prêtais guère attention à ces discours ! Je lui ai pris le collier des mains pour le ranger dans son écrin. Je voulais qu'Antonio pense un peu à moi.

— Es-tu sûre de l'avoir posé sur ta coiffeuse ?

— Sûre et certaine. Je te l'ai dit, je l'ai rangé avec précaution parce qu'il est précieux et de grande valeur. J'ai toujours eu peur de le casser. Arthur aurait été très fâché si cela était arrivé... (Elle eut un sanglot.) Et maintenant, on me l'a volé... Que faire? Si jamais Arthur savait, il m'en voudrait terriblement. Comment expliquer qu'Antonio était dans ma chambre et que c'est lui qui me l'a dérobé? Oh, Ingram, Ingram! Aide-moi, sauve-moi! Si, par malheur, Arthur découvrait la vérité, il me tuerait!

— Nous veillerons à ce qu'il n'en sache rien... La première chose à faire est d'aller trouver le prince.

— Crois-tu que je n'y aie pas songé? Je me suis rendue il y a une demi-heure à l'ambassade italienne où il réside. Je sais que c'est imprudent, mais j'étais désespérée. Il fallait que je lui parle...

— Et que s'est-il passé? demanda-t-il, bien qu'il devinât déjà la réponse.

— On m'a appris que le prince était reparti pour l'Italie ce matin à huit heures.

La voix de la jeune femme se brisa en prononçant ces derniers mots et elle enfouit son visage dans ses mains pour cacher ses larmes.

Assis bien droit sur sa chaise, lord Mere ne bougea pas.

— Ne pleure pas, Jennie, dit-il après un moment de silence. Cela va s'arranger. Je trouverai un moyen. Mais peux-tu me jurer sur la Bible que personne en dehors du prince et de Rose ne s'est introduit dans ta chambre? Un voleur aurait peut-être pu s'y glisser après le départ d'Antonio...

— C'est impossible, à moins d'avoir des ailes et de passer par la fenêtre. Avant de raccompagner Antonio jusqu'à la porte du jardin — nous avons emprunté l'escalier latéral — j'ai fermé ma chambre à clé et j'ai gardé la clé sur moi.

— Pourquoi?

— Je ne sais... Je crois que j'avais tout simplement peur que Rose n'entre dans ma chambre avant que je n'aie eu le temps de ranger mes vêtements... encore épars sur le sol et... de retendre le lit... (Elle rougit et baissa les yeux.) Comme tu vois, personne n'a pu entrer chez moi. J'avais la clé à la main. Antonio parti, je suis retournée me coucher. J'ai mis un peu d'ordre dans la pièce et je me suis rendormie.

— Mais alors, comment a-t-il pu s'emparer du collier ?

— Lorsqu'il m'a réveillée pour me dire au revoir, il était déjà habillé. Je me suis aperçue que c'était le matin et je me suis levée aussitôt.

— Je comprends. Il s'est préparé pendant que tu dormais. Il a donc eu le temps de mettre le bijou dans sa poche.

— Exactement. Quant à moi, je n'ai plus pensé au collier jusqu'à ce que Rose ouvre l'écrin. (Elle laissa échapper un cri qui trahissait tout son désarroi.) Oh, Ingram ! Si Rose n'avait pas eu cette curiosité, j'aurais cru mon collier en sûreté jusqu'au jour où, mettons d'ici deux semaines, Arthur m'aurait demandé de le porter et où j'aurais trouvé l'écrin vide !

— C'est sans doute ce que le prince espérait. Ce n'est pas de chance pour lui que tu te sois aperçue si vite de la disparition du bijou.

— Le collier est perdu ! Mon Dieu, que vais-je faire ? Tu te souviens combien Arthur était fier de m'offrir un cadeau aussi original et je sais que c'était très, très coûteux.

— Je n'en doute pas.

— Et je ne peux prétendre avoir été cambriolée alors que c'est le seul bijou qui me manque...

Il y eut un silence.

— En es-tu sûre ? demanda son frère. As-tu vérifié si tout était bien en place ?

— Oui. J'ai retrouvé sur la coiffeuse mon bracelet de diamants, ma bague, mes boucles d'oreilles, exactement là où je les avais laissés hier soir.

— Donc seul le collier a disparu, fit lord Mere d'un ton pensif.

— Seul le collier a disparu, répéta sa sœur. Jamais Arthur ne me pardonnera. Oh, Ingram, pense au scandale s'il demande le divorce... Et même si nous continuons à vivre sous le même toit, il ne m'adressera plus jamais la parole, plus jamais, tant il se sentira outragé !

De grosses larmes coulaient sur les joues de la jeune femme, des larmes qu'elle ne pouvait retenir.

Lord Mere se leva.

— Je ne vois qu'une solution.

— Laquelle ? articula-t-elle sans sortir de son abattement.

— Aller moi-même à Florence et découvrir les dessous de cette mystérieuse affaire. Si ce damné Italien a bel et bien dérobé ton collier, alors, je le volerai à mon tour, ou je trouverai un moyen pour l'obliger à me le rendre.

D'un bond Jennie se redressa et se jeta au cou de son frère.

— Ingram ! Tu ferais ça, vraiment ? Oh, toi seul peux me sauver. Cher, cher Ingram, tu es si intelligent. Toi seul peux retrouver ce collier !

Il l'embrassa sur la joue.

— Maintenant, Jennie, écoute-moi. Je pense que tu peux avoir confiance en ta femme de chambre, n'est-ce pas ?

— Rose m'adore et elle est à mon service depuis dix ans.

— Très bien. Alors, fais-lui promettre le secret.

— Je le lui ai déjà demandé. Elle sait combien Arthur serait en colère s'il venait à apprendre que le collier a disparu... sans parler du reste. Elle est prête à tout pour m'aider.

— Parfait. Voilà un élément en notre faveur. Lorsque Arthur reviendra de Paris, il ne doit surtout pas s'apercevoir que tu es inquiète ou que tu cherches à lui dissimuler quelque chose. (Un pli profond barrait son front tandis qu'il réfléchissait.) Entre époux, ajouta-t-il, il est difficile de se cacher la vérité. Il existe une sorte d'intuition, comme si chacun lisait les pensées de l'autre. Quoi que tu fasses, ne laisse pas Arthur lire tes pensées.

Elle poussa une exclamation horrifiée.

— Oh non... bien sûr que non !

— A son retour, sois donc comme toute épouse aimante qui s'est sentie bien seule, bien perdue sans son mari. Montre-toi heureuse de le retrouver, soulagée de le voir rentrer sain et sauf de voyage.

Il fit une pause avant de continuer :

— Toutes les femmes peuvent jouer la comédie quand elles le veulent. Si tu tiens à sauver ta réputation et ton honneur, Jennie, tu en seras capable toi aussi, comme jamais auparavant.

— Je tâcherai... de toutes mes forces... Mais cela ne va pas être facile. Je suis si inquiète !

— Essaie d'oublier ces soucis. En mettant les choses au pis, il nous restera toujours la solution de forcer nous-mêmes le coffre et de déclarer qu'un cambrioleur s'est introduit dans ta maison. La police sera bien en peine de savoir qui.

— La police ! répéta Jennie en pâlissant.

— Nous ne l'appellerons qu'en dernier recours, s'empressa de préciser son frère, car cela compliquerait les choses. Il faudrait cacher le fait que tu portais le collier au cours d'un dîner en tête à tête avec le prince et prétendre que tu l'as mis plus tard, pour une occasion quelconque, une réception importante...

— Oh, Ingram ! Crois-tu que cela marcherait ? Ce collier est si particulier. Chaque fois que je le mets, il ne passe pas inaperçu. Tout le monde s'extasie dessus !

— Je le sais, mais nous devons avoir une histoire

toute prête au cas où mon enquête à Florence n'aboutirait pas.

— Il faut le retrouver, dit-elle, et tu réussiras, j'en suis sûre. Tu ne me parles jamais de tes missions, mais je sais que tu es intelligent. Mon amie, Eileen, dont le mari travaille au ministère des Affaires étrangères, m'a dit combien on t'estimait et que là où les ambassadeurs échouaient, tu accomplissais de véritables miracles.

— Ton amie devrait moins bavarder, observa-t-il avec sévérité.

— Mais c'est la vérité, et c'est pourquoi, Ingram chéri, tu me sauveras. Ma cause est plus importante que celle de n'importe quel souverain que tu as aidé par le passé.

— Je doute qu'il soit de ton avis, mais Jennie, sois sans crainte, je ferai mon possible pour te sauver de ce mauvais pas. Je vais partir sans tarder pour Florence. Il ne te reste plus qu'à prier pour le succès de notre entreprise.

— Je ne cesserai de prier jusqu'à ton retour, promit-elle, et si tu ramènes le collier, j'offrirai un don à saint Antoine ou au patron des objets volés s'il existe...

A ces mots, il se mit à rire.

— Le concours de tous les saints ne sera certainement pas superflu, car si le prince de Sogino s'est bel et bien enfui avec ton bijou, il doit avoir une bonne raison pour commettre pareil larcin, et il ne sera peut-être pas aisé de lui faire avouer son méfait, à moins d'employer la force...

Lorsque sa sœur le quitta non sans l'avoir remercié avec effusion et assuré une dernière fois que son bonheur dépendait de lui, lord Mere sonna son secrétaire, Mr Barrington. Il le chargea d'annuler tous ses rendez-vous des jours à venir et de prendre les mesures nécessaires pour son voyage en Italie. Il savait que comme par enchantement un compartiment dans le train pour Douvres serait mis à sa disposition, que la meilleure cabine du bateau lui serait attribuée et qu'un courrier, qu'il ne verrait pas mais qui voyagerait en même temps, retiendrait un wagon dans l'express Paris-Florence.

Il monta à sa chambre. Là, il ouvrit le tiroir de sa commode et en retira un petit revolver, plus petit que ceux que l'on trouve d'ordinaire, un modèle récent, fabriqué sur sa demande et que peu de gens possédaient. Il le sortit de son étui. Ses propres paroles prononcées quelques instants auparavant à propos du prince de Sogino lui revinrent à l'esprit :

« Il ne sera peut-être pas aisé de lui faire avouer son méfait, à moins d'employer la force... »

Oui, une arme était indispensable. Il ignorait à quel individu il allait se heurter, quelles situations il aurait à affronter.

Il le posa en évidence sur le meuble, avec une provision de balles à côté, pour que son valet n'oublie pas de mettre le tout dans sa valise. Puis, il fouilla de nouveau dans le tiroir et saisit cette fois-ci un poignard affilé qui ressemblait à un stylet. La mince lame d'acier était protégée par son fourreau. Il pouvait le porter à la taille ou si nécessaire à la jambe, en le glissant dans son bas. C'était un bon moyen de défense, qui lui avait rendu service en plusieurs occasions.

Il espérait bien toutefois ne pas être obligé d'utiliser ces armes. Mais, au fond de lui, il avait le sentiment de s'engager dans une aventure dangereuse... Seul le ciel savait quelles surprises lui réservait ce séjour impromptu à Florence !

Ayant une course à faire, il quitta sa maison de Park Lane en avance sur l'horaire de son train qu'il prenait à la gare de Victoria.

Tirée par deux chevaux superbes, sa voiture le

conduisit à vive allure jusqu'au ministère des Affaires étrangères où il demanda à être reçu par le ministre. On l'introduisit aussitôt dans le bureau du comte de Rosebery.

— Mon cher Mere, s'écria ce dernier, quelle surprise ! Ce n'est guère dans vos habitudes de venir jusqu'ici. D'ordinaire, c'est moi qui vous envoie des messages suppliants pour que vous daigniez me faire une visite !

— Vous voilà bien sarcastique, mais trêve de plaisanteries, milord, j'ai besoin de votre aide.

— De mon aide ? répéta le ministre. Mais c'est inespéré de pouvoir enfin vous rendre service ! N'est-ce pas toujours moi qui vous appelle au secours ?

— C'est vrai, aujourd'hui les rôles sont renversés et j'espère que vous n'allez pas me faire faux bond.

— Que puis-je pour vous ?

— Dites-moi s'il vous plaît ce que vous savez sur le prince Antonio de Sogino.

Le ministre eut l'air surpris.

— Est-ce tout ?

— Pour l'instant, oui.

— Pourquoi vous intéresse-t-il ?

— Si vous le permettez, je préfère garder le silence sur ce point. Tout ce que je veux, ce sont les renseignements que vous possédez sur la famille Sogino.

Le comte de Rosebery agita une sonnette et un homme apparut sur le seuil de la porte.

— Apportez le dossier sur Florence.

Il fallut quelques minutes à peine pour qu'un énorme dossier soit posé sur la table de travail du ministre. Celui-ci l'ouvrit et tourna plusieurs pages avant de trouver ce qu'il cherchait.

— Sans doute n'ignorez-vous pas que les Sogino appartiennent à l'une des familles les plus importantes de Florence, l'une des plus anciennes aussi. Leur ascendance remonte au onzième siècle. Leur passé est glorieux et le prince actuel, le père d'Antonio, veille à ce que personne ne l'oublie.

Lord Mere sourit sans toutefois interrompre le comte qui poursuivit :

— J'ai ici un rapport qui n'est probablement pas d'un grand intérêt pour vous... Depuis des années, on pourrait dire des siècles, une véritable guerre de clans oppose les Sogino aux Gorizia, une autre famille influente de Florence. Une sorte de vendetta...

Il tourna encore quelques pages.

— Ces temps derniers, reprit-il, les Sogino connaissent de sérieuses difficultés d'argent. Ils ont été contraints de vendre une partie de leurs terres dans les environs de Florence. Ce revers de fortune semble être mal accepté par le vieux prince... Pour une raison qui nous échappe, la lutte entre les deux ennemis a repris de plus belle, et ce, à l'instigation des Sogino.

Ces sombres histoires de vengeance, pleines de romanesque et dont l'intrigue aurait pu être celle d'un roman de quatre sous, étaient typiques de ces grandes familles italiennes qui avaient connu de meilleurs jours. Lord Mere s'y arrêta à peine, jugeant l'anecdote de médiocre importance et retint simplement le fait que les Sogino avaient des problèmes financiers. Cela aussi d'ailleurs n'avait rien de surprenant !

— Connaissez-vous le fils aîné, le prince Antonio ? demanda-t-il.

— Oui, je l'ai rencontré à des réceptions. Qu'il soit à Londres, à Paris ou dans n'importe quelle autre capitale, il laisse toujours derrière lui un cortège de cœurs brisés !

— Est-il marié ?

— Il l'a été bien sûr, tout jeune homme. Un mariage de raison, mais j'ignore si sa femme vit encore. Apparemment il n'existe pas de certificat de décès, mais cela ne prouve rien.

Le comte de Rosebery se carra dans son fauteuil et ajouta :

— Allons, Mere, dites-moi pourquoi le prince vous intéresse-t-il.

Lord Mere se contenta de sourire, énigmatique.

— Sapristi ! Vous êtes diablement secret ! Enfin, si vous enquêtez sur les Sogino pour votre compte, peut-être ne verriez-vous aucun inconvénient à faire un petit travail pour moi ?

Devant le regard interrogateur de son interlocuteur, il expliqua :

— J'ai l'impression que Sogino et sa famille sont mêlés à des activités subversives qui ont pour but d'ébranler la monarchie italienne. Je peux me tromper, mais il y a une ou deux choses qui clochent dans ce rapport et qui m'ont laissé un sentiment de malaise, un peu comme une symphonie inachevée.

Lord Mere se leva pour prendre congé.

— Merci pour ces renseignements. Naturellement, de mon côté, je ferai mon possible pour vous être de quelque utilité.

— C'est tout ce que je vous demande : votre possible. C'est toujours mieux que ce que peuvent nos espions.

Lord Mere se mit à rire.

— Vous me flattez.

— Disons que je vous prépare aux boniments pleins de séduction des Italiens. Savez-vous qu'ils sont aussi persuasifs que ceux des Irlandais et beaucoup plus dangereux que ce que nous, Anglais, appelons le franc-parler ?

Il serra la main que son visiteur lui tendait et ajouta :

— Prenez soin de vous, Mere. Nous ne pouvons

nous permettre de vous perdre. Vous nous êtes bien trop précieux.

— Décidément, derrière chacune de vos paroles se cache un compliment.

Les deux hommes éclatèrent de rire en se dirigeant vers la porte. Le comte mit la main sur l'épaule de lord Mere.

— Ah, une dernière chose ! Je n'envoie personne en Italie sans le mettre en garde contre les stylets et les yeux noirs langoureux.

De nouveau lord Mere se mit à rire.

— Je vous promets d'être prudent.

Le sourire aux lèvres, il longea les couloirs du ministère et regagna sa voiture.

2

A Florence, lord Mere se fit conduire chez un ami qui habitait sur les hauteurs de la ville. Il avait envoyé un télégramme pour annoncer son arrivée et sir Julius Cazenove l'accueillit à bras ouverts.

Cet ancien diplomate célibataire s'était retiré à Florence trois ans auparavant et ses amis anglais lui manquaient beaucoup.

— Mon cher Ingram! s'exclama-t-il. Que je suis heureux de te voir! Rien ne pouvait me faire plus plaisir que ta visite.

— C'est très gentil de me recevoir à l'improviste. Je suis désolé mais je n'ai pas pu te prévenir plus tôt.

— En a-t-il jamais été autrement? dit sir Julius en souriant. Viens t'asseoir. (Ils entrèrent au salon.) J'ai ouvert une bouteille d'un vin dont tu me diras des nouvelles.

Tandis qu'il parlait, un laquais remplit les verres.

— Délicieux, dit lord Mere après en avoir bu une gorgée, comme tout ce que l'on trouve chez toi.

— Alors, quel bon vent t'amène, à moins que ce ne soit un secret?

Lord Mere leva les sourcils d'un air étonné.

— Un secret?

— Oh Ingram, ne fais pas l'innocent avec moi, dit sir Julius. Je sais combien ta collaboration à nos services diplomatiques est précieuse à mes successeurs, en particulier pour le ministère des Affaires étrangères.

Il se mit à rire et continua :

— Je sais aussi que tu as un faible pour les jolis minois, mais Londres n'en manque pas, j'imagine, et Florence, ce n'est tout de même pas la porte à côté ! Alors, que dois-je conclure ?

— Je vois qu'aucune éventualité ne t'a échappé. C'est vrai, ce sont des raisons personnelles qui m'amènent ici, des raisons que je ne peux dévoiler.

— Dommage ! Enfin, tôt ou tard je les découvrirai, car ici même les fleurs ont des oreilles !

Lord Mere sourit et but une gorgée de vin.

— Bien que je ne puisse satisfaire ta curiosité, ce qui est, je te le concède, particulièrement agaçant, j'ai besoin de ton aide.

Sir Julius ouvrit les mains.

— Tout ce que j'ai est à toi, dit-il en citant un vieux proverbe oriental.

— Alors, dis-moi ce que tu sais sur les Sogino et le conflit qui les oppose aux Gorizia.

Sir Julius eut l'air surpris.

— Je me demande bien pourquoi tu t'intéresses à ces gens-là. Ces deux familles s'entre-tuent depuis des siècles. Il s'agit d'une vendetta ordinaire. Ces derniers temps cependant, comme dans une pièce de Shakespeare, un rameau d'olivier est brandi. Je crois qu'une solution de paix est proposée.

— Laquelle ?

— La jolie princesse de Sogino, fille du prince de Sogino, doit épouser le fils du prince de Gorizia, un jeune homme laid et repoussant.

— En effet, cela ressemble fort à un drame de la Renaissance, remarqua lord Mere.

Une idée lui traversa l'esprit alors, une idée qui

pouvait expliquer de façon plausible le vol du collier de sa sœur par Antonio Sogino.

Quel que soit le passé fabuleux de sa famille, une jeune fille italienne devait apporter à son époux, fortuné ou non, une dot importante. Si, comme l'avait dit le ministre des Affaires étrangères, les Sogino connaissaient de réelles difficultés financières, la vente de ce collier leur procurerait sans aucun doute une somme d'argent considérable. Ainsi, la fille du prince était-elle assurée de se marier.

Lord Mere garda toutefois ces pensées pour lui.

— Le fils du prince de Gorizia, laid et repoussant ? répéta-t-il. Que veux-tu dire au juste ?

— Sa réputation est douteuse, même ici à Florence où, tu ne l'ignores pas, l'homme jouit d'une licence totale. On ferme les yeux sur leurs frasques mais on exige que leurs épouses demeurent sages et pures.

— C'est navrant pour la fiancée.

— Puisque ces deux familles t'intéressent autant, je suppose que tu aimerais les rencontrer.

— J'en serai ravi, mais l'on ne doit pas soupçonner ma curiosité.

— N'aie crainte. J'avais en fait l'intention d'annuler un engagement ce soir. Une amie donne une réception où les deux princes sont invités. Il y aura un bal après le dîner et je suis sûr que, s'ils ne sont pas présents au repas, ils arriveront plus tard avec les fiancés.

— Ce sera un plaisir de t'accompagner, se contenta de répondre lord Mere.

Sir Julius se leva et alla à sa table de travail installée devant la fenêtre. De là, on découvrait une vue magnifique sur Florence, centre culturel de l'Italie depuis la Renaissance.

Lord Mere laissa son regard errer sur l'étendue des toits rouges. Au loin, se dressait la masse arrondie du dôme de Santa Maria del Fiore; à côté le campanile de Giotto s'élevait dans le ciel bleu azur. Au-delà, coulait l'Arno, majestueux et paisible, sous les vieux ponts de pierre qui l'enjambaient.

Il pensa aux sculpteurs, aux peintres, à tous ces artisans qui avaient fait de Florence une ville riche en trésors fabuleux que le monde entier jalousait.

Ayant écrit un mot rapide, sir Julius tira le cordon de la sonnette et ordonna à son valet de porter sans tarder ce message chez la comtesse Mazara.

— Tu trouveras notre hôtesse sympathique, dit-il en se tournant vers lord Mere. C'est une femme très belle et d'une intelligence plus grande encore. Veuve depuis cinq ans, elle possède, outre l'une des demeures les plus somptueuses de la ville, une fortune immense.

Il fit une pause avant de poursuivre sur un ton de confidence :

— Plusieurs prétendants, séduits par sa richesse, mais aussi par son charme personnel, lui ont offert de l'épouser. Elle les a tous refusés.

— Pourquoi ?

— En toute franchise, je crois qu'elle préfère avoir une foule de soupirants à ses pieds plutôt que d'appartenir à un seul homme. Les Italiens sont très possessifs avec leurs épouses.

Lord Mere se mit à rire tout en songeant à Jennie dont le mari, bien qu'anglais, n'était pas moins jaloux... Oui, la colère du marquis risquait d'entraîner des conséquences fâcheuses qu'il n'osait envisager pour l'instant. Pour éviter le pire, il fallait donc retrouver le collier, et vite !

— Je suis impatient d'être à ce soir, dit-il, exprimant cette fois-ci sa pensée à haute voix.

Aidé de son valet, lord Mere s'habillait en silence pour le dîner de la comtesse Mazara.

— J'ai une mission à te confier pendant notre séjour à Florence, Hicks, dit-il soudain.

Hicks, qui avait été légèrement dépité que son maître ne le mette pas plus tôt dans la confidence, dressa l'oreille comme un chien en arrêt qui flaire une piste.

— Sommes-nous sur un coup, milord? demanda-t-il.

C'est le genre de remarque que lord Mere attendait de Hicks. A son service depuis dix ans, ce dernier avait participé à ses nombreuses aventures dont les résultats avaient grandement servi le ministère des Affaires étrangères.

— Pour être honnête, oui.

— Parfait. C'est ce que j'espérais, milord.

Lord Mere le regarda avec curiosité.

— Pourquoi?

— Parce que nous venons de passer une année diablement ennuyeuse, milord. Rien à faire de toute la journée, si ce n'est courir après le prince de Galles et subir les assauts de jolies dames volages qui auraient dû être chez elles à s'occuper de leurs maris!

Lord Mere se mit à rire. Il ne s'offusquait jamais des impertinences de Hicks qui l'amusaient beaucoup. Lorsqu'il l'avait engagé, il avait deviné tout de suite qu'il était différent de la plupart des gens de maison et qu'il possédait une intelligence particulière.

Hicks avait parcouru l'Europe et parlait suffisamment bien l'italien et le français pour comprendre et se faire comprendre. Il était intrépide et, comme son maître avait pu s'en rendre compte à maintes reprises, d'une loyauté et d'un dévouement exemplaires. Que ses biens, voire sa vie, soient en jeu, lord Mere plaçait en lui toute sa confiance.

— Je te comprends, Hicks, répondit-il, mais ce

que je te demande cette fois-ci est très différent des affaires que nous avons eu à débrouiller jusqu'à présent.

— Y a-t-il un rapport entre notre mission et Sa Grâce, la marquise de Kirkham ?

Lord Mere fronça les sourcils.

— Pourquoi cette question ?

— Parce qu'il m'a paru étrange, milord, que Sa Grâce vous rende visite à une heure aussi matinale et que vous me donniez ensuite l'ordre de faire sans délai vos malles pour Florence.

C'était là une des réflexions fort judicieuses de Hicks qui ne décevait jamais lord Mere et rendait le valet si précieux à ses yeux. Néanmoins, il n'était pas question de mentionner le vol du collier...

— Notre séjour à Florence n'est pas sans intérêt pour le ministère des Affaires étrangères, se contenta-t-il de dire.

— Alors, espérons que ce sera moins dangereux que la dernière fois.

En effet, lord Mere se rappela que, lors de sa dernière aventure, une balle de revolver l'avait frôlé à la tête. C'était un miracle qu'il soit encore en vie.

— Je vous écoute, milord.

— Deux familles ennemies appartenant à la noblesse florentine, les Sogino et les Gorizia, se font la guerre depuis des siècles. Tout le monde les connaît. Elles possèdent chacune leur palais à l'extrémité opposée de la ville, sans compter les autres propriétés et domaines dont nous n'avons pas à nous soucier.

Hicks était tout ouïe.

— Il faut que tu saches, car je ne suis pas sûr de l'apprendre moi-même à la réception de ce soir, si le prince de Sogino est de retour de Londres et où il demeure. Probablement au palais, mais sait-on jamais! Les jeunes gens encore célibataires préfèrent souvent jouir de leur indépendance.

Hicks réprima un léger sourire tout en aidant son maître à enfiler son habit à queue de pie qui était fort ajusté. Lord Mere comprit qu'il pensait aux garçonnières, ces lieux de rendez-vous secrets où les Français emmènent leurs maîtresses.

— Je crois, ajouta-t-il au bout d'un moment, que la fille du prince de Sogino possède un collier semblable ou presque à celui de lady Kirkham. Tâche de découvrir tout ce que tu peux à ce sujet. Je suis sûr que les domestiques ne se feront pas prier pour parler, si tu sais être aussi convaincant que d'habitude.

Il posa cinq pièces d'or, cinq souverains, en pile sur la table de toilette.

— Si cela ne suffit pas, tu me le diras.

— Entendu, milord, mais Votre Grâce sait bien que je peux lui obtenir ces renseignements sans avoir à les payer.

Une lueur malicieuse passa dans le regard de Hicks qui rappela à lord Mere le succès de son valet auprès des femmes. Il avait «sa façon à lui» comme on dit, et s'il obtenait une information contre de l'argent, il en profitait pour embrasser une jolie fille. Apparemment la méthode de Hicks était irrésistible.

Enfin prêt, lord Mere mit un mouchoir propre dans sa poche et gagna la porte.

— Je compte sur toi, Hicks, mais sois prudent, dit-il avant de sortir. Les ruelles à Florence sont sombres et dangereuses pour ceux qui n'y sont pas les bienvenus.

— Je sais, milord, et vous aussi, prenez garde. Je n'aimerais pas être obligé de vous repêcher dans le fleuve.

Chez tout autre domestique une telle réflexion n'aurait pas été tolérée, mais chez Hicks, ce n'était pas de l'insolence mais de l'humour.

Lord Mere descendit retrouver sir Julius qui l'attendait au salon. Ils prirent un verre de vin, puis on annonça que la voiture était avancée. Dans le vestibule qui menait au hall d'entrée, des miroirs et des tableaux magnifiques décoraient les murs. Sir Julius était un collectionneur passionné, surtout depuis qu'il s'était retiré dans la capitale toscane.

— Demain il faudra que tu me montres tes récentes acquisitions, dit lord Mere. Tu as dû réunir de nombreux chefs-d'œuvre depuis ma dernière visite.

— Fort heureusement pour moi, répondit sir Julius, beaucoup de vieilles familles florentines sont réduites aux pires extrémités ces derniers temps, ce qui ne fait d'ailleurs qu'augmenter leur ressentiment à l'égard du gouvernement actuel, chaque fois qu'elles doivent se séparer d'un objet qui leur est cher.

— Les Sogino n'échappent sans doute pas à cette fatalité, remarqua lord Mere, se disant que c'était là le genre d'information qui intéresserait le ministre des Affaires étrangères.

— Le prince de Sogino fait partie du clan des mécontents, mais à mon avis, ce n'est pas un révolutionnaire. Par contre, je ne dirai pas la même chose de Vincente Gorizia.

— Le futur marié ?

— Oui. Tu me diras quelle impression il te fait puisque tu le rencontres ce soir.

— Hum ! Voilà qui ne me dit rien qui vaille, fit lord Mere d'un ton plaisantin.

La voiture se faufila dans les rues étroites de Florence que lord Mere avait toujours trouvées pleines de beauté et de mystère et qui ne ressemblaient à celles d'aucune autre ville. Devant la demeure de la comtesse, des laquais, des torches à la main, accueillaient les invités. Dès qu'il vit les hauts piliers qui formaient une colonnade extérieure autour de la bâtisse, le sol de marbre à motifs imbriqués et les plafonds peints, lord Mere sut qu'il ne regrettait pas d'être venu. En tant qu'amateur d'art, il allait être comblé!

Toute sa vie il avait été profondément sensible à la beauté, bien que ce goût eût été étouffé durant ses années de collège et qu'il en parlât rarement, même à ses amis les plus proches. Comment en effet expliquer à des gens uniquement préoccupés de chevaux et de jolies femmes que, contrairement à eux, la contemplation d'un tableau ou d'une sculpture lui procurait une émotion plus vive qu'une victoire aux courses ou une conquête amoureuse?

Sans doute les trésors du palais Mazara seront-ils d'un plus grand intérêt que les invités de la comtesse, ne put-il s'empêcher de songer sans un certain cynisme.

Toutefois, il ne devait pas oublier le but de son séjour à Florence. Il était capital de mettre la main sur le collier de sa sœur. Ce n'est que lorsque tout serait rentré dans l'ordre qu'il pourrait se livrer à son passe-temps favori et se plonger dans les délices de la culture.

La comtesse se tenait dans le hall d'entrée entièrement fleuri de lys blancs où elle étincelait, tel un joyau rare dans un décor exotique. C'était une femme d'une grande beauté, aux yeux noirs et brillants, à la silhouette aussi parfaite qu'une sculpture de Junon. Des bijoux fabuleux ornaient son cou et ses cheveux.

— Mon cher ami! dit-elle en tendant les deux mains à sir Julius. C'est toujours une si grande joie de vous recevoir dans ma maison.

— J'ai pris la liberté d'amener lord Mere avec moi, dit sir Julius en s'inclinant. J'espère que cela ne vous a pas causé trop de dérangements. Il est arrivé à l'improviste et je tenais à vous le présenter.

La comtesse se tourna vers lord Mere et lui souhaita la bienvenue le plus gracieusement du monde. Celui-ci ne doutait pas de sa sincérité. En outre, il avait une trop grande expérience des femmes pour ne pas comprendre lorsqu'il plaisait à l'une d'elles. Le regard de son hôtesse était éloquent. Il devina sans peine qu'elle le trouvait sympathique et le conviait à venir souvent la voir...

Il lui fit un baisemain. Elle exerça une légère pression des doigts avant de le lâcher. D'autres invités arrivant derrière eux, les deux amis la laissèrent et pénétrèrent dans un des plus beaux salons que lord Mere eût jamais vus.

— Pourquoi ne suis-je jamais venu ici auparavant ? demanda-t-il à sir Julius.

— La comtesse n'habite ce palais que depuis l'année dernière. Il est resté longtemps inoccupé car à la mort de son mari, elle y a apporté des transformations, puis un neveu du comte lui a intenté un procès, prétendant que la demeure revenait de droit au nouveau chef de famille et non à la veuve.

C'était là une querelle typiquement italienne. Lord Mere fut surpris néanmoins d'apprendre que la comtesse avait gagné son procès. Il aurait plutôt parié que la justice donnerait raison à l'héritier du titre.

Le palais Mazara avait une valeur inestimable et recelait quantité de trésors qui remontaient jusqu'à l'Antiquité. Partout où son regard se posait, il découvrait de nouvelles merveilles. Fasciné par les tableaux et les statues qui ornaient le salon, il ne prêta aucune attention aux invités qui continuaient d'affluer et saluaient sir Julius.

— Ceci n'est qu'une infime partie de ce que j'aimerais vous montrer, fit soudain une voix douce près de lui.

Il tourna la tête et rencontra le regard de la comtesse.

Relativement grande pour une Italienne, elle lui arrivait cependant à peine à l'épaule. Il sourit, subissant le charme de cette jeune femme qui ressemblait si fort aux créatures enchanteresses des tableaux du palais.

— Puisque c'est votre première soirée à Florence, continua-t-elle, vous êtes mon invité d'honneur. Je vous ai placé à ma droite à table. Voulez-vous bien me donner le bras jusqu'à la salle à manger ?

— Tout l'honneur est pour moi, répondit-il galamment. Ce palais est merveilleux. Vous avez un goût parfait. Je crois que nous avons beaucoup de choses en commun.

— Voilà qui est gentil, mais ce n'est pas exactement le compliment que j'espérais...

Les paupières à demi closes, elle lui coula un regard langoureux et eut une moue fort éloquente. Lord Mere devina sans mal le genre de flatterie qu'elle attendait de lui.

Au cours du repas, elle flirta avec lui avec une grâce et un art consommé de la séduction qui l'amusèrent. Elle était très femme du monde et, à sa façon si cultivée, que la beauté des tableaux, des plafonds peints et des précieux gobelets d'or du XVIe siècle disposés sur la table semblait se refléter en elle.

Il n'y a qu'en Italie, se dit lord Mere, qu'on trouve autant de richesses antiques dans un décor raffiné dicté par un goût si sûr.

En effet, il n'y avait aucune ostentation dans la décoration de ces salles. Tout y était harmonieux comme le rythme d'une musique.

Vers la fin du dîner, il commençait à s'oublier, subjugué par les charmes ensorcelants de son hôtesse.

— On dansera après le repas, dit-elle. Il y aura beaucoup de jeunes gens et quelques amis qui ne pouvaient se libérer plus tôt. Si vous le désirez, je vous montrerai ensuite ma galerie de tableaux et le très bel appartement privé que j'ai moi-même conçu.

L'invitation qui se cachait sous ces paroles n'échappa pas à lord Mere qui ne put que répondre :

— J'espère que vous n'oublierez pas votre promesse.

— Comment le pourrais-je ?

De nouveau, une lueur de désir, plus expressive que ses discours, éclaira le regard de la comtesse.

Un peu plus tard, un orchestre à cordes jouait doucement dans l'immense salon, libéré de la majeure partie de son mobilier pour faire de la place aux danseurs. Les portes-fenêtres ouvraient sur une terrasse et un parc à la végétation luxuriante que lord Mere n'avait pas remarqué jusque-là. Des lampions allumés, accrochés çà et là aux branches des arbres et aux épais massifs, révélaient la beauté étrange et mystérieuse de ce jardin.

Selon la coutume des pays étrangers, les hommes accompagnèrent les dames au salon au lieu de s'attarder dans la salle à manger comme on le faisait en Angleterre.

— Ouvrons-nous le bal, milord ? demanda la comtesse. Je suis sûre que vous dansez à la perfection, de même que je devine que vous êtes un écuyer hors pair.

— J'espère ne pas vous décevoir, répondit-il.

Il l'enlaça au moment précis où l'orchestre plaquait les premières mesures d'une valse de Strauss et ils s'élancèrent sur le parquet brillant, évoluant avec aisance comme s'ils glissaient sur la glace. La comtesse se serra légèrement contre lui et plongea son regard dans le sien, un regard vibrant de passion.

— Le prince de Gorizia, annonça le majordome du seuil de la porte.

La comtesse quitta aussitôt les bras de son cavalier pour s'avancer vers son invité. Lord Mere l'entendit s'adresser en italien à un individu d'une soixantaine d'années, de forte constitution et aux traits plutôt grossiers, qui fut bientôt rejoint par un homme plus jeune.

Probablement son fils, songea lord Mere, celui qui doit épouser la princesse de Sogino.

Vincente Gorizia ressemblait tellement au portrait que sir Julius lui en avait fait, que c'en était presque risible. Déjà voûté pour son âge, il avait le teint basané, les cheveux noirs et une expression cynique qui trahissait sa nature de débauché.

C'est vrai, il est laid et répugnant, conclut à part lui lord Mere. On n'aurait pu mieux le décrire.

Comme il était primordial qu'il fasse sa connaissance, il se dirigea à son tour vers les nouveaux venus et se tint derrière son hôtesse.

— Votre Grâce, permettez-moi de vous présenter notre invité d'honneur. Lord Mere vient juste d'arriver et demeure chez mon très cher ami, sir Julius. Lord Mere, le prince de Gorizia.

— Bienvenue à Florence, fit le prince d'un ton jovial.

— J'y reviens toujours avec plaisir, répondit lord Mere.

— Ce n'est donc pas votre première visite chez nous ?

— Non, j'y suis venu plusieurs fois déjà, et l'année dernière je me trouvais à Rome.

— Ah ! La cité éternelle aux yeux des étrangers, dit le prince, mais pour nous, Italiens, elle est surpeuplée et c'est devenu le siège d'une bureaucratie écrasante.

Un certain mépris perçait sous ces paroles.

— Elle n'en demeure pas moins très belle, dit lord Mere.

Visiblement peu convaincu, le prince de Gorizia eut une moue, mais avant qu'il puisse répondre, le maître d'hôtel annonça de sa voix de stentor :

— Le prince de Sogino, la princesse de Sogino.

Lord Mere regarda avec curiosité l'homme aux cheveux blancs, grand, distingué, qui s'avançait dans le salon. Ses traits pleins de noblesse auraient pu être sculptés par Michel-Ange. Une dignité et une fierté indéniables, celles des vrais aristocrates, se dégageaient de sa personne.

Comme il se penchait pour baiser la main de la comtesse, lord Mere aperçut derrière lui une jeune fille. Il s'était attendu que la princesse Florencia ait les cheveux noirs comme son frère Antonio. Or, à sa grande surprise, elle avait une pâle chevelure d'or. Mais... ne l'avait-il pas déjà rencontrée ?

— Florencia, dit la comtesse après avoir souhaité la bienvenue à ses nouveaux invités, puis-je vous présenter lord Mere qui vient d'arriver d'Angleterre ?

Florencia se tourna vers lui et il sut où il l'avait déjà vue. Non pas en personne, mais dans les tableaux de Raphaël dont il avait toujours admiré les délicats portraits de la Vierge Marie. C'était le même ovale parfait du visage, le même menton menu, le même regard pur et innocent, les mêmes grands yeux, clairs comme un ciel d'été.

Il la dévisageait, fasciné. Elle lui adressa un sourire incertain et, alors, il eut la conviction que la peur l'habitait et qu'elle avait besoin d'être protégée. Comment pouvait-il en être aussi sûr ? Il l'ignorait, mais cela s'imposa à lui, comme une évidence.

Il prit la main de la jeune fille et eut l'impression — mais sans doute était-ce son imagination — qu'un frisson la parcourait.

— J'ai toujours souhaité voir l'Angleterre, dit Florencia tandis que la comtesse bavardait avec le vieux prince.

Sa voix douce rappela à lord Mere la musique qu'il entendait dans ses rêves.

— Ah! Pourquoi?

Il ne pouvait détacher les yeux de son visage et, pour une raison qu'il n'aurait pu expliquer, avait du mal à comprendre ce qu'elle disait.

— Il me semble qu'il doit faire bon y vivre, que c'est un pays où les gens sont heureux et ne souhaitent que vivre en paix avec leurs voisins.

Il devina qu'elle faisait allusion aux vendettas qui opposaient et décimaient tant de familles italiennes, et en particulier la sienne...

— Je crois que vous avez raison, répondit-il, mais vous habitez l'une des plus belles villes du monde.

— La beauté, celle que nous cherchons, que nous appelons de toute notre âme, se trouve au fond de notre cœur.

C'était bien la première fois que lord Mere entendait de tels propos venant d'une aussi jeune personne.

Tout en parlant, elle jeta un regard furtif en direction de Vincente Gorizia, une lueur d'épouvante dans les yeux. Ce dernier parlait avec animation avec une demoiselle qui l'avait accaparé dès son arrivée et attiré à l'écart comme pour lui communiquer une nouvelle importante. Soudain, prenant brusquement conscience de sa présence, il s'avança vers Florencia.

— Vous n'êtes pas venue à notre rendez-vous comme promis, dit-il d'un ton sec et menaçant qui sembla écorcher l'air.

Lord Mere se dit que si la beauté de Florencia était extraordinaire et qu'il eût été difficile de trouver fiancée plus adorable, il n'en allait pas de même avec le prince qui était d'une laideur repoussante.

— Je... je suis navrée, fit-elle avec douceur. Père désirait que je lui tienne compagnie... Je suis donc restée à la maison.

— Des excuses, encore des excuses! s'exclama Vincente. Vous n'en êtes donc jamais à court, Florencia?

Elle ne répondit pas mais son visage trahissait la plus grande détresse.

Lord Mere aurait volontiers frappé l'impudent pour sa grossièreté à l'égard de la jeune fille. Toutefois, il ne pouvait que se taire.

Comme s'il devinait sa réprobation, l'Italien se tourna vers lui, toujours aussi vindicatif, et, avec l'incorrection qui manifestement le caractérisait, ajouta:

— Je suppose, milord, que, comme tous vos compatriotes, vous êtes venu à Florence dans l'espoir de vous approprier nos trésors. Vous ne serez pas déçu. Des gens prêts à vendre leurs titres pour quelques guinées, cela ne manque pas!

Ces mots pleins de mépris étaient un véritable défi. Lord Mere remarqua que Florencia devenait soudain très pâle. Elle détourna la tête, en proie à une vive confusion.

— Je vous assure, répondit-il, que seul le désir de revoir une vieille connaissance, sir Julius, et de goûter à la compagnie de ses délicieux amis, motive mon séjour dans cette ville.

Il ne se départit pas de sa courtoisie habituelle, et Florencia, visiblement rassurée, le regarda, une expression de reconnaissance dans les yeux.

Pour toute réponse, le prince fit un bruit de gorge qui rappela fort l'ébrouement d'un cheval, et l'air froissé, retourna auprès de la demoiselle avec qui il s'entretenait quelques instants auparavant.

Un jeune paysan mal élevé, pensa lord Mere.

— Je suis désolée, dit doucement Florencia.
— Je vous en prie, vous n'avez pas à vous excuser.
— Mais si! Je ne veux pas que vous ayez une

mauvaise impression de notre ville le soir de votre arrivée.

— Je vous assure que les réflexions du prince Gorizia n'ont en rien gâché mon plaisir. Je suis émerveillé par la beauté de tout ce que je découvre autour de moi.

Tout en parlant, il ne pouvait détacher son regard de la jeune fille qui rougit légèrement à ce compliment. Alors, la crainte de devoir se séparer d'elle l'étreignit soudain.

— Voulez-vous bien m'accorder cette danse? proposa-t-il.

Prise au dépourvu, elle se tourna vers son père comme pour lui demander la permission, mais celui-ci, absorbé par sa conversation avec la comtesse et le prince de Gorizia qui venait de les rejoindre, ne lui prêta aucune attention. Lord Mere la saisit par la main et l'entraîna vers la piste de danse.

La valse venait de se terminer et l'orchestre se mit à jouer un air plus doux, plus romantique. Florencia était si menue, si légère dans ses bras! Il avait l'impression de tenir une vision de rêve...

Les femmes jouaient un rôle essentiel dans sa vie. Il en avait courtisé beaucoup et n'aurait pu envisager de vivre sans elles. Pourtant, au contact de Florencia, il éprouvait un trouble étrange. Il eut conscience que cette jeune fille à l'innocente beauté avait quelque chose de particulier, qui faisait d'elle un être à part, différent des autres... Il aurait été bien incapable de comprendre ou d'analyser ce sentiment. Cela s'imposait à lui tout simplement.

Ils dansèrent en silence et, comme ils arrivaient à l'extrémité du salon, lord Mere entraîna Florencia par l'une des portes-fenêtres ouvertes qui donnaient sur la terrasse. La nuit était tiède et immobile. Il n'y avait pas un souffle d'air. Ils descendirent les marches de marbre blanc et firent quelques pas dans le jardin.

— Comme c'est joli ici, dit-elle. Mais... peut-être ne devrais-je pas être ici... seule avec vous.

— Pourquoi ?

— Ce n'est pas convenable. Père va me dire que je ne dois pas me conduire ainsi.

— Dans la vie, il me semble plus sage de faire d'abord ce que l'on veut, et de s'excuser ensuite.

Au lieu de partir du petit rire léger que les femmes qu'il connaissait à Londres auraient laissé échapper, Florencia prit sa réflexion au sérieux, avec la gravité d'une enfant.

— Cela paraît aisé à dire, répondit-elle, mais vous êtes un homme. On pardonne plus facilement ses écarts de conduite à un homme qu'à une femme.

— Pour ne pas compromettre votre réputation, restons donc à la lumière des lampions. Ici, tout le monde peut nous voir. Mais je veux vous parler, et c'est impossible en dansant.

— De quoi désirez-vous m'entretenir ?

— De vous.

Elle eut un petit rire.

— Voilà qui n'est guère divertissant ! Je préférerais bavarder d'autre chose, de votre pays par exemple.

Cette remarque surprit lord Mere. Toute autre femme ne l'aurait-elle pas prié de parler de lui ?

— Qu'aimeriez-vous savoir ? demanda-t-il.

Elle ne répondit pas tout de suite.

— Je me sens si peu en sécurité que j'ai besoin... de penser à des lieux qui me rassurent.

Ils s'étaient arrêtés sous la lumière d'un gros lampion suspendu à un arbre en fleur, et lord Mere put lire dans les yeux de Florencia comme s'ils se trouvaient en plein jour. Pendant quelques instants, ils se regardèrent sans rien dire.

— Nous venons à peine de nous rencontrer, dit-il

enfin. Vous savez, n'est-ce pas, que je veux vous aider. Dites-moi ce qui vous effraie.

Elle poussa un profond soupir et il comprit que ces paroles de réconfort ne la laissaient pas indifférente. Elle serra nerveusement les mains.

— Je... je ne peux... me confier à un inconnu...
— Suis-je un inconnu ?

Devinant sa confusion, il ajouta :

— Dès l'instant où vous êtes entrée dans ce salon, je vous ai reconnue. C'est la première fois que nous nous rencontrons, mais votre visage me poursuit depuis toujours, aussi loin que je me souvienne. Il y a trois cents ans, Raphaël l'a peint plus d'une douzaine de fois. Je crois qu'au fond de mon cœur j'ai toujours su qu'un jour je vous rencontrerais.

Il se tut et un profond silence, à peine troublé par les bruits de la fête au loin, les enveloppa.

— Comment pouvez-vous dire pareilles folies ? murmura-t-elle d'une voix à peine audible.
— Non, ce ne sont pas des folies. C'est la vérité.
— Je ne devrais pas vous écouter.
— Pourquoi ? Notre rencontre a été voulue par le destin. Cela devait arriver. J'en suis convaincu.

Elle tendit une main comme pour le toucher, puis la retira aussitôt.

— Je vous en prie, vous m'effrayez, même s'il s'agit d'une peur différente de celle qui m'habite d'habitude...
— Le destin m'a envoyé à Florence jusqu'à vous pour vous porter secours, dit-il lentement. Vous êtes libre de ne pas m'écouter, car en effet vous avez raison, nous venons à peine d'être présentés l'un à l'autre. Pourtant, je sais qu'un lien étroit nous unit, comme si nous nous étions toujours connus.
— Je veux vous croire, et même si je n'ai aucune raison de le faire, j'ai confiance en vous.
— Merci. J'espérais que vous comprendriez. Ayez

confiance. Je suis un messager des dieux venu chasser votre détresse !

— Oh cela, personne ne le peut !

— Comment pouvez-vous en être si sûre ? Ce qui se passe entre nous est exceptionnel. Il y a quelque chose de fondamental dans notre rencontre, qui nous touche au plus profond de notre être.

Il ignorait pourquoi il parlait ainsi. Ces mots d'espoir lui venaient spontanément. Un éclair de joie traversa le regard de la jeune fille. Elle lui apparut soudain encore plus belle, encore plus irréelle.

— Dans tous les livres que j'ai lus, dit-elle, un timide sourire aux lèvres, le prince charmant finit toujours par sauver la princesse.

— Et moi, je suis ici pour vous sauver. Vous n'avez qu'à me dire où est le dragon.

Elle eut un rire léger, presque enfantin.

— Avec vous, tout paraît si facile... Si seulement vous aviez raison !

— Rien n'est impossible. Il faut me croire.

— Je vous crois, mais j'ai peur. Saint Georges, saint Michel et tous les anges ne pourraient me sauver...

— Je ne suis peut-être pas un envoyé du ciel, mais soyez assuré que je suis à votre service, fit-il galamment.

A ces mots, un sourire radieux illumina le visage de la jeune fille. Ils se regardaient, immobiles et silencieux, et il semblait à lord Mere que parler était désormais inutile. Il était prêt à livrer bataille à l'individu qui tourmentait Florencia. Il lui en faisait le serment...

Soudain une voix s'éleva, dure et rageuse :

— Ah, vous voilà ! s'écria Vincente Gorizia. Votre père demandait où vous aviez disparu et pourquoi nous n'avons pas encore dansé ensemble. Ne vous rendez-vous pas compte qu'il est essentiel que l'on nous voie ensemble ce soir ?

Il y avait tant de violence dans ces paroles que l'air sembla vibrer autour d'eux, chassant le charme magique qui avait réuni lord Mere et Florencia. Même la nuit si belle, si sereine un instant auparavant, était devenue froide et lugubre.

Florencia baissa les yeux.

— Je suis désolée, Vincente, fit-elle humblement.

— J'espère bien, répliqua-t-il. Vous savez que ce soir on doit nous voir ensemble pour que toute la ville sache que nos familles ne sont plus ennemies. Ah ! c'est bien des Sogino d'être si insouciante ! Pourtant, l'enjeu est important.

Lord Mere remarqua que Florencia tressaillait. Peut-être craignait-elle que la colère du prince suffise à ranimer la vieille querelle ?

— Allons, ajouta-t-il, venez avec moi maintenant, et pour l'amour de Dieu, souriez ! Ayez l'air contente d'être avec un Gorizia ! Faites comme moi.

Ulcéré par ce ton chargé de mépris, lord Mere se sentit l'envie de rosser l'insolent. Toutefois, il garda son sang-froid et ne dit rien. N'était-il pas extraordinaire que le prince soit grossier au point de l'ignorer ? Etait-ce intentionnel ? A moins qu'il n'eût réellement aucune éducation.

— Merci pour cette danse, princesse, dit-il comme Florencia faisait mine de s'éloigner. J'ai eu beaucoup de plaisir à faire votre connaissance et je vous promets de ne pas oublier notre conversation.

Elle lui jeta un regard furtif. De nouveau la peur se lisait dans ses yeux. Puis, elle se détourna et s'empressa de rejoindre Vincente Gorizia qui l'avait devancée. Elle le rattrapa et saisit la main qu'il lui tendait.

Lord Mere n'avait pas bougé. Le visage douloureux, il les observait, et ses lèvres crispées n'étaient plus qu'un trait mince. Il serrait les poings si fort qu'il sentait ses ongles s'enfoncer dans la paume de ses mains.

— Qu'il aille au diable, ce jeune mufle! murmura-t-il.

Sa décision était prise. Il sauverait Florencia du péril qui la guettait. Quel était-il? Il réussirait bien à le découvrir. Oui, il résoudrait cette énigme, aussi complexe, déroutante et mystérieuse qu'elle semblât.

3

Lord Mere s'attarda quelques instants dans le jardin avant de regagner la salle de bal. Plusieurs couples évoluaient au son d'une musique agréable et mélodieuse. Les personnes qui ne dansaient pas avaient pris place sur des fauteuils et des canapés confortables installés tout autour de la pièce, et regardaient les danseurs.

Il aperçut en conversation avec un homme de son âge le prince de Sogino, debout près d'une superbe statue de marbre dont la facture classique soulignait ses traits aristocratiques. Il traversa la salle pour le rejoindre, évitant soigneusement de croiser le regard de la comtesse Mazara qui s'était posé sur lui dès l'instant où il était rentré du jardin et qui semblait s'attacher à chacun de ses mouvements. Il s'approcha du prince et attendit que ce dernier veuille bien lui adresser la parole. Celui-ci termina sa phrase, puis, un sourire aux lèvres, se tourna vers lui.

— Veuillez m'excuser, Votre Grâce, dit lord Mere, mais avant que je quitte Londres, on m'a parlé des magnifiques œuvres d'art que recèle votre palais. Serait-il importun de ma part durant mon bref séjour à Florence de venir les admirer ?

— Volontiers, répondit le prince. Ce sera un honneur et un grand plaisir. J'espère seulement que vous ne serez pas déçu.

Lord Mere se mit à rire.

— Je crois que rien dans cette ville merveilleuse ne pourra jamais me décevoir. Les richesses que votre famille collectionne depuis des siècles sont célèbres dans le monde entier.

— Vous me flattez, dit le prince. Pourquoi ne venez-vous pas avec votre hôte, sir Julius, demain, disons à trois heures ?

— Je suis sûr que ce rendez-vous conviendra à sir Julius et je vous remercie de votre amabilité.

On le présenta au personnage avec qui le prince bavardait, puis après s'être incliné respectueusement, il s'éloigna. De nouveau, il sentit le regard ardent de la comtesse qui le suivait, regard où se lisait sans doute une invitation pressante à le retrouver... Il ne tourna cependant pas la tête dans sa direction et se mit au contraire en quête de sir Julius. Il l'aperçut assis sur un sofa en train de bavarder avec une dame. Au moment où il s'approchait d'eux, celle-ci fut invitée à danser et sir Julius resta seul.

— Peux-tu me rendre un service ? fit lord Mere à mi-voix en se penchant vers lui. Veux-tu bien dire que tu te sens légèrement indisposé et que tu souhaites rentrer chez toi ?

Le visage de son ami exprima une vive surprise. Mais ses années d'expérience dans les services diplomatiques lui ayant appris que la discrétion était une vertu essentielle, il se contenta de demander sans poser d'autres questions :

— Bien sûr. Maintenant ou un peu plus tard ?

— Un peu plus tard, dit lord Mere avant de s'éloigner pour rejoindre enfin son hôtesse.

La comtesse l'accueillit avec un sourire ravi qui révélait tous les espoirs et projets qu'elle nourrissait à son égard. Il s'assit à côté d'elle et, afin de se faire pardonner sa négligence, entreprit de lui tourner de galants compliments, chose aisée car c'était une fort belle femme. Au moment où, comme il avait déjà été suggéré, elle l'invitait à visiter sa galerie de tableaux et son appartement privé, sir Julius vint vers eux.

— Pardonne-moi, mon cher Ingram, mais je me sens un peu las. Je crois qu'il vaut mieux que je rentre. Mais je ne veux pas gâcher ta soirée. Si tu désires rester, la voiture viendra te chercher.

Lord Mere se leva aussitôt.

— Non, non, il n'est pas question que tu rentres seul, s'écria-t-il. Déjà avant de partir, tu t'es plaint de ne pas être au mieux de ta forme. J'espère que cette merveilleuse soirée n'aura pas été trop éprouvante.

— Je crains que ton ami ne soit plus qu'un vieillard sans ressort, répondit sir Julius en secouant la tête d'un air douloureux.

La comtesse poussa un cri de protestation.

— Mais non, vous n'êtes pas vieux, s'exclama-t-elle. Mais je ne peux accepter de vous perdre tous les deux. La soirée vient à peine de commencer... Ce n'est sans doute qu'un malaise passager qui va se dissiper... Peut-être qu'une coupe de champagne vous ferait du bien... Oui, je suis sûre que vous vous sentirez mieux après.

— Il ne faut pas le tenter, chère comtesse, intervint lord Mere. Je connais les recommandations du docteur et son patient doit les suivre. (Il glissa un bras sous celui de sir Julius.) D'ailleurs, d'habitude, à cette heure-ci, je suis moi-même depuis longtemps couché. Aussi, nous ne commettrons pas d'imprudence, pour ce soir du moins.

A ces mots, il remarqua qu'une lueur d'espoir venait d'éclairer les yeux de la comtesse. Sans doute comprenait-elle qu'il faisait allusion à d'autres soirées, d'autres occasions où ils se rencontreraient et lui promettait-il qu'aucun contretemps ne viendrait plus contrarier leurs projets.

Elle les raccompagna jusqu'au hall d'entrée. On avança leur équipage. Les deux hommes firent un baisemain à leur hôtesse. Lord Mere sentit les doigts de la comtesse exercer une légère pression sur les siens.

— Je vous reverrai, n'est-ce pas ? fit-elle de sa voix caressante.

— Dès que possible, assura-t-il tout en se détournant vivement sous prétexte d'aider son ami à s'installer dans la voiture.

Il monta à son tour et ce n'est que lorsque les chevaux s'élancèrent que sir Julius s'enquit :

— Et maintenant, de quoi s'agit-il ? Pourquoi cette hâte ? Remarque, je ne suis pas mécontent de rentrer. Je trouve ces réceptions fatigantes lorsqu'elles se prolongent trop.

Lord Mere ne lui cacha pas la vérité.

— En toute franchise, je préfère garder mes distances avec notre amie.

Sir Julius se mit à rire.

— C'est une femme volontaire. Il ne te sera guère facile de lui échapper. Tous les hommes à Florence le savent bien.

Mais déjà lord Mere n'écoutait plus.

— Parle-moi donc des Sogino et des Gorizia, dit-il. Comment se peut-il qu'un individu grossier et déplaisant comme Vincente Gorizia épouse la princesse Florencia, si douce, si délicate ?

— C'est la question que toute la ville se pose, répondit sir Julius. En effet, voilà deux familles qui se livrent une lutte sans merci depuis des générations, et soudain, la nouvelle éclate comme une bombe : les deux héritiers, si dissemblables soient-ils, vont se marier. Les fiançailles doivent avoir lieu la semaine prochaine.

— Mais pourquoi ont-ils pris cette décision ? C'est ce que je te demande.

Sir Julius demeura un instant silencieux.

— Il existe bien sûr une raison, même si elle nous échappe. Pour ma part, je ne sais que te répondre, sinon que tout Florence brûle d'envie de connaître la vérité.

Pensant au collier que le prince Antonio avait dérobé à sa sœur, lord Mere s'enquit non sans hésitation :

— Les Sogino sont-ils dans une situation financière particulièrement critique ?

— On les dit sans argent, mais Sogino a toujours été considéré comme un homme riche. Il est vrai que sa collection de tableaux est remarquable et excède largement en valeur la fortune des Gorizia.

— Tiens, à propos, le prince de Sogino nous attend demain chez lui, à trois heures. Je suis impatient de découvrir ses fameuses œuvres d'art.

— Tu ne seras certainement pas déçu.

De nouveau il y eut un silence.

— Si le prince de Sogino a besoin d'argent, reprit lord Mere, il a toujours comme recours la possibilité de vendre l'un de ses tableaux, n'est-ce pas ?

— Si on était en Angleterre ou en France, oui, mais la collection des Sogino fait partie du patrimoine de Florence et les Florentins estiment qu'elle leur appartient. S'ils apprenaient que le prince s'était défait d'un tableau ou d'une sculpture, ils ne cacheraient pas leur indignation, c'est sûr...

Fort de cette information, lord Mere entrevit aussitôt une clé possible au mystère du collier volé.

Tracassé par le manque d'argent, le prince aurait vendu le collier au marquis de Kirkham avec l'intention de le récupérer à la première occasion. Comment sinon comprendre l'attitude équivoque du jeune Antonio ? D'autre part, il n'y avait rien de surprenant à ce que des gens du rang des Sogino cherchent à reprendre un bijou de famille de grande valeur qu'ils auraient été contraints de vendre.

Pourtant, cette explication n'était pas totalement satisfaisante car plusieurs points demeuraient obscurs. Pourquoi le prince avait-il accepté de vendre ce collier ? Et comment avait-il pu se rendre complice du méfait de son fils ? Ce dernier s'était vraiment conduit comme un vulgaire voleur...

Plus il pensait au prince, à son allure aristocratique, à sa contenance digne et fière, plus il était convaincu qu'un élément essentiel lui échappait.

Néanmoins, il jugea préférable de ne pas mettre sir Julius dans la confidence, et il détourna adroitement la conversation sur les Gorizia. Le prince Vincente lui avait paru bien antipathique, et son père, un personnage grossier et déplaisant.

— Moi non plus, je n'ai jamais aimé le fils Gorizia, acquiesça sir Julius. De plus, des bruits infâmes circulent à son sujet. Il paraît qu'il s'adonne à la luxure d'une façon éhontée et que sa conduite dépravée n'a rien à voir avec les frasques innocentes auxquelles tout homme se livre à un moment de sa vie lorsqu'il est jeune, riche et insouciant !

— Et que lui reproche-t-on exactement ?

Les révélations que fit sir Julius étaient si dégradantes, si révoltantes que, stupéfait, lord Mere se tourna vers son compagnon, cherchant à lire sur son visage, malgré l'obscurité qui régnait dans la voiture, s'il n'y avait pas là quelque exagération de sa part.

— Enfin, si ces rumeurs ne sont pas mensongères, pourquoi diable le prince de Sogino consent-il à ce mariage ?

Sir Julius fit un geste vague de la main.

— Je ne prétends pas avoir la clé de l'énigme, dit-il, mais j'ai souvent observé que, lorsqu'il s'agit de vendettas et de questions de principe, le code d'honneur italien dépasse largement notre pouvoir de compréhension et de réflexion. Nous autres, Anglais, jouissons d'un esprit beaucoup plus simple.

Lord Mere se mit à rire.

Pourtant, une image ne le quittait pas. Il revoyait sans cesse le merveilleux visage de Florencia, si semblable à celui des madones peintes par Raphaël. Oui, une pureté admirable se dégageait de la jeune fille, une candeur exquise rayonnait en elle, l'illuminait tout entière... Mais ce regard douloureux, empli de détresse, était insupportable.

— Il doit y avoir une raison bien particulière pour que le prince soit résolu à donner sa fille unique à un goujat pareil, murmura-t-il à part lui.

Quand la voiture s'arrêta devant la villa de sir Julius, il était toujours plongé dans ses réflexions.

Non, tant qu'il saurait Florencia malheureuse, il ne serait pas tranquille.

Le lendemain, lord Mere passa la matinée dans le jardin de sir Julius à paresser au soleil. La campagne toscane était inondée de lumière, le paysage qui se déroulait sous ses yeux, fabuleux. Il rêva longtemps à la splendeur architecturale de la ville, à sa grandeur et à ses justes proportions qui, à l'époque de sa construction, avaient été une révélation pour l'Europe entière.

Inévitablement, sa songerie se tourna vers la princesse Florencia dont la beauté émouvante évoquait si fort les vierges peintes par Raphaël. A laquelle ressemblait-elle le plus ? Peut-être à la madone de Foligno, se dit-il.

Néanmoins, il était difficile de trancher car une grande similarité existait entre Florencia et plusieurs autres tableaux du grand maître qu'il avait si souvent admirés.

Sir Julius le rejoignit un peu plus tard et ils passèrent le reste de la matinée à bavarder d'amis communs dans le monde politique et diplomatique. Bientôt, ce fut l'heure du déjeuner, et après un repas délicieux accompagné d'un vin excellent, la voiture fut amenée devant la villa.

Ils roulèrent, capote baissée, d'abord dans la cité, puis le long de l'Arno avant d'arriver devant le palais Sogino. Comme l'équipage se faufilait à travers les ruelles encombrées dont la beauté pittoresque, propre à chacune, s'imposait au touriste attentif qu'il était, lord Mere eut le sentiment d'entreprendre un voyage de découverte où son âme tout entière s'engageait.

Etant honnête avec lui-même, il ne pouvait se dissimuler le fait que Florencia l'avait troublé. Et c'est non sans un serrement de cœur qu'il songeait au désarroi de la jeune fille, désarroi qui apparemment ne l'avait pas quittée à partir du moment où le prince de Gorizia l'avait si durement apostrophée. Le mouvement de recul qu'elle avait eu alors, comme si elle cherchait à disparaître de sa vue, ne lui avait pas non plus échappé.

Rien ne pouvait être plus cruel pour une jeune fille sensible et innocente que d'être contrainte d'épouser un individu immonde. Tout homme qui avait deux sous de décence ne pouvait être que choqué par la moralité douteuse du prince.

Le palais Sogino était tel que lord Mere se l'était imaginé : imposant, en partie entouré d'un vieux mur d'enceinte qui abritait un jardin touffu. Une rangée d'arbres hauts et épais le protégeaient ainsi de la cohue de la ville.

Devant eux, une construction médiévale dont les créneaux se découpaient avec netteté sur l'azur du ciel s'élevait, impressionnante. Il apprit par la suite qu'elle datait du XIIIe siècle.

La voiture pénétra dans une immense cour ouverte. Puis on les introduisit dans un salon d'apparat somptueux d'où l'on découvrait une vue superbe sur la campagne environnante. Lord Mere et sir Julius attendirent quelques minutes à peine. Le prince de Sogino ne tarda pas à arriver, de toute évidence ravi de leur visite.

— Mon cher sir Julius, dit-il en serrant la main que celui-ci lui tendait, il y a bien longtemps que vous ne m'avez pas honoré de votre présence. Je ne peux que remercier votre ami de vous avoir amené jusqu'ici aujourd'hui.

Sir Julius sourit.

— Il est vrai que j'ai passé la plus grande partie de l'hiver confiné chez moi. Mais c'est un plaisir de revoir votre palais. Il me semble encore plus beau que l'année dernière.

— Vous me comblez, répondit le prince.

Néanmoins, lord Mere crut voir le regard de leur hôte se voiler comme si sa gaieté n'était que feinte.

On leur servit un verre de vin, puis sir Julius préférant rester confortablement assis au salon, lord Mere suivit le prince à travers le palais.

Chaque salle contenait des meubles splendides que les Sogino s'étaient légués de père en fils depuis des générations. La collection de tableaux si célèbre dans Florence se trouvait dans une partie du palais que la famille utilisait rarement. C'était un pur enchantement de découvrir ces toiles si merveilleusement mises en valeur par la couleur des murs. Par les hautes fenêtres en ogive pénétrait cette lumière douce, presque transparente, qui n'existe vraiment qu'en Italie.

Lord Mere allait d'un tableau à l'autre, enthousiasmé par un Léonard de Vinci, fasciné par un chef-d'œuvre de Giorgione. Comme le prince l'entraînait plus loin, il aperçut soudain un Raphaël. Il s'agissait d'une représentation de la Vierge et de l'Enfant Jésus, connue sous le nom de «la Madone du grand-duc», et qu'il avait toujours rêvé de voir.

Il s'en approcha afin de mieux la regarder.

La ressemblance entre la madone de Raphaël et la princesse de Sogino était frappante. Ces yeux baissés, cette bouche délicate, innocente, ce visage doux, limpide qui se penchait avec amour sur l'Enfant Jésus...

Soudain, il eut un sursaut. Ce tableau était un faux, une vulgaire copie! C'était à peine croyable, pourtant son intuition le trompait rarement. De plus, il connaissait suffisamment les œuvres de Raphaël, qui réussissaient à le bouleverser jusqu'au fond de l'âme, pour ne pas douter de son jugement.

Oui, ce tableau était un faux. Il n'avait pas été peint par Raphaël, bien qu'il s'agît d'une des œuvres qui avait le plus de valeur parmi celles qu'il avait vues.

Il la contempla sans rien dire, étudiant avec soin le travail du pinceau. Etait-il réellement différent de celui de Raphaël? Il eut alors l'impression que son silence et l'examen minutieux auquel il se livrait inquiétaient le prince. Bien qu'il l'attendît apparemment avec calme, lord Mere sentait qu'il s'impatientait. Quand il se détourna enfin du tableau pour admirer celui que son hôte lui indiquait, il crut entendre un soupir de soulagement s'échapper de ses lèvres. Peut-être avait-il craint que son visiteur ne mette en doute l'authenticité du Raphaël...

Le prince l'entraîna dans d'autres pièces qui contenaient d'autres tableaux tous remarquables. Il n'était vraiment pas surprenant que, comme l'avait assuré sir Julius, la ville tirât une grande fierté de la collection Sogino. C'étaient des œuvres originales pour la plupart et la valeur de chacune lui était connue. Seule la «Madone du grand-duc» était un faux. De cela il en était convaincu. Il remarqua un certain nombre d'autres tableaux plus petits dont l'authenticité là encore lui parut douteuse, mais il s'agissait de toiles mineures, qui n'exerçaient pas sur lui le même attrait, ni la même fascination qu'un Raphaël.

Oui, chez Raphaël, il retrouvait une émotion, une sensibilité qui lui étaient proches. Même sous un mauvais éclairage, il aurait vu que la «Madone du grand-duc» était une copie...

La visite du palais touchait à sa fin. A son grand regret, il n'avait pas encore eu l'occasion de revoir Florencia... Soudain, contre toute attente, elle surgit dans le couloir, comme venant à leur rencontre.

Elle lui avait paru la veille si belle qu'il s'était demandé si elle n'était pas un rêve qui s'effacerait le jour venu. Mais en la regardant s'avancer vers eux, il reconnut cette beauté incomparable que seul Raphaël avait su peindre. Oui, elle était ravissante, magique presque, vision onirique échappée d'un des tableaux qui couvraient les murs... Une étrange émotion le saisit, semblable à ce qu'il éprouvait lorsqu'il contemplait les visages parfaits des madones peintes par son peintre préféré.

— Oh! Tu es là, Florencia! s'exclama le prince. J'avais oublié de te dire que nous avions deux visiteurs distingués cet après-midi. Je craignais justement que tu ne les manques...

Qu'y avait-il d'extraordinaire dans cette phrase? Rien a priori, et pourtant, lord Mere trouva ces quelques mots suspects. Son intuition, qui ne le trompait jamais, lui disait que le prince mentait et que c'était intentionnellement qu'il avait caché à sa fille la visite des deux amis. Pourquoi? Lord Mere l'ignorait mais il était clair que l'apparition soudaine de sa fille déconcertait le prince. Sans doute avait-il espéré pouvoir l'éviter.

— Oui, père, me voici, répondit Florencia d'un ton léger.

Elle tendit la main à lord Mere. Il la sentit trembler dans la sienne, et il vit, comme la veille, la même lueur d'effroi troubler son regard.

Tout son être se révolta. Comment tolérer qu'on persécute tant d'innocence ? Il devait l'aider. Il ne pouvait pas rester sans rien faire.

— Les tableaux vous ont plu ? demanda-t-elle.

— Ils sont magnifiques, répondit-il. J'ai aimé en particulier la « Madone du grand-duc ». C'est la première fois que je la vois. J'en avais tellement entendu parler.

Il mentionnait le tableau à dessein. La réaction de Florencia ne se fit pas attendre. Elle tressaillit. Comme lui, elle savait qu'il s'agissait d'une copie.

Ils retournèrent au salon où sir Julius les attendait. Florencia salua ce dernier, mais le prince ne leur offrit pas de rester plus longtemps. De toute évidence, on préférait qu'ils s'en aillent. Sir Julius et lord Mere prirent donc congé et, accompagnés de leurs hôtes, se dirigèrent vers le hall d'entrée.

Lord Mere cherchait désespérément un moyen de parler à Florencia sans éveiller l'attention de son père ni de sir Julius. Sous prétexte d'examiner un détail du tableau de Raphaël qui se trouvait sur leur chemin, il s'arrêta.

— Elle vous ressemble beaucoup, dit-il à Florencia.

Elle sourit.

— C'est ce que père m'a toujours dit, mais il m'est difficile d'en juger.

— Je vois la ressemblance, moi.

Sir Julius et le prince les ayant devancés, ils ne pouvaient être entendus. Aussi, il ajouta :

— Quand pourrai-je vous revoir ? Vous savez que nous avons beaucoup de choses à nous dire.

— C'est impossible... vraiment impossible, répondit-elle vivement en baissant les yeux.

— Pourquoi ? Je veux vous revoir.

Comme obéissant à une force invisible, elle releva la tête. Dans son regard, il lut le même appel à l'aide que la veille, mêlé à la même tristesse résignée. Elle savait d'avance que toute tentative pour la sauver du danger qui la guettait était inutile.

— Il le faut.

Elle secoua la tête en signe négatif.

— Il doit y avoir un moyen, insista-t-il.

Elle eut un petit geste de la main qui avait quelque chose de pathétique.

— Lorsque je vous ai vue hier soir, poursuivit-il, vous m'êtes apparue si belle, trop belle pour être réelle. Maintenant je sais que la beauté de ces chefs-d'œuvre qui vous entourent vous habite tout entière. Aucune autre femme ne possède ce rayonnement intérieur.

Elle écoutait, bouleversée par cette déclaration.

— Si seulement, murmura-t-elle, je pouvais me réfugier dans l'un de ces tableaux qui, pour reprendre vos paroles, me ressemblent tant, alors, je n'aurais plus rien à craindre.

— Ce serait gâcher votre vie !

Il regretta aussitôt ses paroles. Une ombre fugitive passa sur le visage de la princesse et elle répondit d'une voix qu'il ne lui connaissait pas :

— Il est parfois plus facile de mourir que de vivre !

Il lui jeta un regard à la dérobée. Au même moment le prince, qui venait de s'apercevoir qu'ils étaient restés en arrière, appela :

— Florencia !

Le prénom de la jeune fille résonna dans la longue galerie voûtée au plafond peint.

— Je... je viens, père, répondit-elle d'un air coupable, et elle courut pour le rejoindre.

Lord Mere n'eut d'autre choix que de la suivre. Le petit groupe sortit sur le perron et sir Julius monta dans la calèche. Lord Mere s'approcha de nouveau de Florencia.

— N'abandonnez pas tout espoir, eut-il le temps de lui murmurer. Faites-moi confiance.

L'espace de quelques secondes, il vit un éclair de joie traverser ses yeux, comme si le soleil de cette radieuse journée y brillait soudain. Hélas, la peur revint s'installer au fond de son regard. Elle garda le silence mais il sut qu'elle lui répondait : Il est inutile de chercher à me sauver.

Il prit sa main et sentit qu'un lien indestructible les unissait, comme si leur rencontre était inévitable, voulue par le destin. Florencia éprouva sans doute la même émotion car sa main s'attarda légèrement dans celle de lord Mere, instant fugitif qu'il aurait aimé pouvoir retenir... à jamais...

Elle baissa les yeux et il pensa une fois de plus à la madone de Raphaël. Il salua le prince et monta à son tour dans la voiture qui s'éloigna aussitôt. Florencia et son père les regardèrent partir. Lord Mere eut l'impression qu'elle se trouvait seule, au sommet d'une colline aride et sans arbres, où se dressait une croix nue.

De retour à la villa, sir Julius se retira dans sa chambre pour se reposer. De son côté, lord Mere appela Hicks. Celui-ci arriva, l'air important, et referma soigneusement la porte derrière lui. A son empressement, son maître comprit qu'il avait une communication particulière à lui faire.

— Eh bien, Hicks ? demanda-t-il en s'asseyant sur le lit.

Hicks s'approcha et répondit à voix basse :

— J'ai quelques-uns des renseignements que Sa Grâce m'a demandés.

— Je t'écoute.

— Premièrement, milord, le collier. Il semblerait qu'il y ait un mystère à son sujet.

— Quel genre de mystère ?

— Une servante du palais Sogino — un joli brin de fille, ma foi ! — m'a dit qu'il a disparu il y a deux ans et qu'on n'en a plus jamais entendu parler depuis.

Hicks regarda son maître mais lord Mere ne fit aucun commentaire.

— Continue, se contenta-t-il de dire.

— J'ai appris ensuite, et peut-être ceci vous surprendra, milord, que le prince de Sogino a de grandes difficultés d'argent et qu'on économise sur tout au palais. Il paraît qu'il vend aussi des objets précieux.

Les renseignements de Hicks confirmaient étonnamment les soupçons de lord Mere. Celui-ci opina de la tête en signe d'assentiment et Hicks poursuivit son rapport.

— La servante qui m'a fait ces confidences ignore quels objets ont été vendus, mais elle a entendu les autres domestiques parler entre eux.

— Est-ce tout ?

— Pour le moment, oui, milord, mais je dois la revoir. Elle ne s'est pas fait prier pour répondre à mes questions et elle aime bien les Anglais.

En tout cas, Hicks, lui, aimait bien se vanter !

— Bien joué, dit lord Mere. Et sais-tu si le prince Antonio est en Italie ?

— Je n'avais pas oublié, s'empressa-t-il de répondre. Il doit arriver aujourd'hui. Du moins, il est attendu ce soir. Il dormira au palais.

— Merci, Hicks, c'est exactement ce que je désirais savoir. Maintenant, arrange-toi pour que ce soir cette fille te dise où se trouve la chambre du prince Antonio.

Un léger sourire se dessina sur les lèvres du valet.

Visiblement l'idée de revoir la servante du palais plus tôt qu'il ne l'avait prévu le réjouissait.

— Vous pouvez compter sur moi, milord.

— Dès que tu as ce renseignement, continua lord Mere, viens me retrouver quelle que soit l'heure. Tu as compris ?

— Oui, milord.

Resté seul, lord Mere se changea et enfila des vêtements plus confortables pour aller dans le jardin en attendant l'heure du dîner. Mais il lui fut difficile de se laisser griser par le spectacle du soleil couchant sur les clochers et les tours de la ville, ou par le miroitement du fleuve qui éclatait en une myriade de couleurs aussi riche qu'une palette de peinture. Non, ce n'était pas le paysage glorieux de cette fin de journée qu'il voyait, mais le regard implorant de Florencia qui l'appelait au secours, telle une enfant perdue qui se tourne instinctivement vers quelqu'un de plus âgé et de plus sage pour chercher de l'aide.

Il savait qu'elle était désespérée. Il savait que son être tout entier se révoltait contre l'avenir qu'on lui préparait. Epouser Vincente Gorizia blesserait à jamais sa sensibilité, son esprit, son âme si pure.

Comment pouvait-il si bien la comprendre alors qu'il ne l'avait rencontrée en tout et pour tout que deux fois à peine ? Pourquoi ressentait-il son désarroi avec une telle acuité ? Lorsqu'il pensait à Florencia, il se sentait gagné par la même émotion que lorsqu'il regardait un tableau de Raphaël. Le tableau lui parlait, comme il avait parlé à l'artiste inspiré qui l'avait peint. Ainsi, Florencia faisait appel à lui comme s'ils s'étaient connus depuis des années et non depuis deux jours seulement...

Avec cet esprit méthodique qui le caractérisait lorsqu'il était en mission, il entreprit d'examiner un à un les éléments qu'il possédait concernant les familles Sogino et Gorizia. Il réfléchit ensuite à tout ce qu'il avait vu et entendu depuis le début de son séjour à Florence, sans oublier ses soupçons quant à l'authenticité du tableau de Raphaël : la « Madone du grand-duc ». En vain. Après avoir retourné le problème dans tous les sens, les questions qu'il se posait restaient sans réponse. Le mystère demeurait entier.

Il resta assis dans le jardin jusqu'à ce que le soleil disparaisse complètement derrière l'horizon. Puis, il regagna la maison pour prendre un bain et se changer. Au dîner, une fois de plus excellent, il retrouva son ami qui avait l'air bien las.

— Je crains que notre visite au palais, après les festivités d'hier soir, ne t'ait bien fatigué, dit-il en se levant de table, le repas terminé. Je te conseille de te coucher tôt ce soir.

— J'en ai bien envie, dit sir Julius, mais je suis navré d'être un hôte aussi médiocre.

— Je t'assure que je ne manque de rien et que je ne désire rien d'autre que lire un bon livre et m'endormir en repensant aux merveilleux tableaux que nous avons vus cet après-midi.

— Je savais que tu les apprécierais.

Lord Mere garda le silence.

— Si seulement tu pouvais faire quelque chose pour cette pauvre enfant, reprit sir Julius au bout d'un moment. Comment peut-elle raisonnablement envisager d'épouser un débauché ?

— C'est ce que je ne cesse de me demander moi-même, répondit lord Mere. Mais il semble qu'il n'y ait pas de réponse, à moins que tu n'aies ton opinion là-dessus ?

— Malheureusement non. J'ai connu Florencia quand elle avait dix ans. D'année en année, elle s'est faite plus ravissante. Comment le prince peut-il se conduire de façon aussi abjecte avec sa fille unique ?

— Crois-moi, il ne doit pas avoir le choix, fit lord Mere lentement.

Sir Julius le regarda, visiblement surpris par l'affirmation de son ami.

— Tu ne penses pas... enfin, tu ne soupçonnes tout de même pas qu'il est victime d'un chantage? demanda-t-il d'un ton hésitant.

— De la part des Gorizia? Cela ne me surprendrait guère.

Tout en parlant, les propos du comte de Rosebery lui revinrent en mémoire. N'avait-il pas parlé de complots contre la monarchie dans lesquels le prince de Sogino serait compromis? Si ces accusations étaient fondées, le prince de Gorizia pouvait fort bien tourner la situation à son avantage... Néanmoins, cela semblait incroyable...

Lord Mere sentait sur lui le regard de son ami.

— A mon avis, Ingram, dit sir Julius d'un ton calme, si quelqu'un doit élucider ce mystère, ce ne peut être que toi.

Aux environs de onze heures, lord Mere se retira dans sa chambre. Hicks n'y était pas, mais il ne le sonna pas. Il était inutile d'éveiller la curiosité du personnel de sir Julius qui aurait été bien étonné d'apprendre que son valet ne l'attendait pas dans son appartement pour l'aider à se coucher. En fait, Hicks n'était pas encore revenu du palais Sogino.

Il se déshabilla donc seul et se mit au lit avec un livre plutôt ennuyeux, une étude politique qui venait d'être publiée et qu'il se sentait tenu de lire bien qu'il n'en retirât aucun plaisir. Mais il avait du mal à se concentrer sur sa lecture. Brouillant les lignes du texte, le ravissant visage de Florencia ne cessait de s'imposer à lui.

Comme il aurait aimé revoir le tableau de la « Madone du grand-duc » afin de graver à jamais ses traits dans sa mémoire et ne jamais oublier Florencia.

Il eut un sourire amer qui ressemblait presque à un rictus. Oublier Florencia ? C'était impossible. Il le savait et n'avait nul besoin de gravures ou de peintures pour garder son visage présent à l'esprit. N'était-elle pas ce soir déjà auprès de lui ? Son souvenir le hanterait, qu'il le veuille ou non, pour le restant de ses jours.

Minuit approchait et il était toujours plongé dans les mêmes réflexions, lorsque la porte s'ouvrit sur Hicks. Un seul regard à son valet suffit pour comprendre que ce dernier avait obtenu le renseignement désiré et que d'autre part il avait passé une soirée des plus agréables. Il s'approcha de son maître assis dans son lit.

— Alors, Hicks ? s'enquit lord Mere.

— Le prince Antonio est bel et bien attendu ce soir, milord. Il est peut-être arrivé, ou du moins il ne devrait plus tarder à cette heure-ci.

— Bien. Sais-tu où est sa chambre ?

— Oui, milord.

Hicks indiqua l'emplacement exact de la pièce en question qui se situait, remarqua lord Mere, sur la même façade que le salon où on l'avait reçu dans l'après-midi, si ce n'est un étage plus haut. La chambre avait deux fenêtres à balcon, lui apprit Hicks. D'ailleurs, à cet étage, la plupart des pièces avaient des balcons.

Lord Mere sortit du lit.

— Merci, Hicks. Maintenant, plus un instant à perdre !

— Nous allons chez le prince Antonio, milord ?

— Oui. Tu n'as pas oublié de mettre dans mes bagages mes habits ordinaires, n'est-ce pas ?

— Non, milord.

Moins de vingt minutes plus tard, deux cavaliers quittaient la villa de sir Julius et s'enfonçaient dans la nuit. Bien que surpris que l'on désire monter à cheval à une heure aussi tardive, le garçon d'écurie tout ensommeillé avait accepté sans broncher l'explication de lord Mere qui prétendit avoir besoin d'exercice pour s'endormir. Pour achever de le tranquilliser, Hicks fit observer que le clair de lune leur permettrait de trouver leur chemin sans danger.

Les rues étaient désertes, et comme l'avait remarqué Hicks, grâce à la lune haute et brillante, ils n'eurent aucun mal à se guider. Bientôt, ils arrivèrent devant le palais Sogino dont la masse paraissait bien plus impressionnante la nuit qu'en plein jour.

Sans descendre de cheval, lord Mere et Hicks se faufilèrent entre les arbres qui entouraient le jardin. La façade sombre du palais apparut. Hicks indiqua du doigt une fenêtre éclairée. C'était la chambre du prince Antonio.

— Attends-moi, Hicks, ordonna lord Mere. Je te retrouverai ici.

— Soyez prudent, milord, dit le valet. On ne peut faire confiance à ces étrangers quand il s'agit de se battre. Même leurs dents sont affilées comme des stylets !

C'étaient les premières paroles qu'ils prononçaient depuis qu'ils avaient quitté la villa de sir Julius.

Lord Mere s'éloigna sans mot dire, veillant à rester dans les zones d'ombre du jardin de peur qu'on ne l'aperçoive du palais. Il avait revêtu la tenue ajustée qu'il mettait toujours pour ce genre d'expédition nocturne. Ainsi, ses mouvements étaient libres et il ne risquait pas de s'accrocher malencontreusement en montant dans un arbre ou, comme il en avait l'intention cette nuit, en escaladant la façade du palais. Il portait des chaussures à semelles de caoutchouc qui lui permettaient de se déplacer sans bruit et de ne pas glisser.

Atteindre l'étage de la chambre du prince Antonio fut, comme il l'avait prévu, un jeu d'enfant. Les pierres de la façade étaient vieilles et en maints endroits le plâtre qui les recouvrait s'était effrité, créant ainsi des prises faciles pour ses mains. Des blasons gravés en forme de bouclier offrirent de parfaits points d'appui pour ses pieds.

Agile comme une araignée, lord Mere se hissa jusqu'au balcon sans faire de bruit. La lumière brillait toujours dans la chambre. La croisée était ouverte, mais les rideaux tirés. Avec la souplesse d'un homme bien entraîné, calculant chaque mouvement de son corps, il enjamba la balustrade et s'avança à pas feutrés dans la pièce. Il se tint quelques minutes caché derrière les rideaux et prêta l'oreille. Il entendit le bruit d'une respiration. Le prince Antonio était arrivé!

Allait-il l'accuser du vol du collier? Mais n'était-il pas dans une position trop précaire pour le provoquer ainsi? Il prit une grande bouffée d'air, comme s'il avait besoin de rassembler toutes ses forces pour affronter la suite des événements. Alors, d'un mouvement brusque qui avait quelque chose de théâtral, il écarta les rideaux des deux mains.

Il découvrit une grande pièce. A peu près en face de lui, se trouvait un large lit à baldaquin et aux montants de bois sculptés. De lourdes tentures de velours tombaient d'un dais en forme de corolle presque aussi haut que le plafond.

Mais ce n'était pas le prince Antonio qui se trouvait là, c'était Florencia! Assise au milieu du lit, appuyée contre de confortables oreillers, elle le regardait, les yeux écarquillés, la mine stupéfaite.

4

Pendant quelques secondes, lord Mere et Florencia se regardèrent, interdits. Il fut le premier à retrouver ses esprits et réussit à articuler :

— Il fallait que je vous revoie.

— Comment êtes-vous entré ? demanda-t-elle avant de pousser un petit cri. Mon Dieu, vous avez grimpé le long de la façade !

Il sourit, tira les rideaux derrière lui et fit quelques pas dans la pièce.

— Vous auriez pu vous tuer ! fit-elle dans un souffle.

— Je vous assure que je ne risquais rien, dit-il sans cesser de la regarder.

De peur de l'embarrasser s'il s'asseyait sur son lit, il approcha une chaise.

— Vous... ne devriez pas être... ici, bredouilla-t-elle.

— Je sais, répondit-il, mais puisque nous sommes seuls, nous pouvons bavarder librement.

Il se rendit compte qu'elle l'écoutait à peine tant elle était étonnée de le voir, et ses yeux, agrandis par la stupeur, semblaient remplir tout son visage.

— C'est... courageux de votre part, dit-elle, un peu plus calmement, mais vous ne pouvez pas rester.

— Je crois qu'il serait dommage que je m'en aille

alors que nous avons enfin l'occasion de nous parler sans être dérangés. Il y a tant de choses de vous que je désire savoir. Ne perdons pas de temps avec ces ridicules règles de convenance.

— Je ne sais que dire en de telles circonstances, fit-elle avec un léger sourire. C'est difficile…

— Pas vraiment, dit-il. Comme moi, vous avez conscience qu'il se passe quelque chose de particulier entre nous. Je sais que je dois vous aider. C'est presque une nécessité qui s'impose à moi avec une force que je n'ai jamais ressentie auparavant.

Elle tressaillit légèrement et il comprit que ces quelques mots lui avaient rappelé son mariage imminent avec le prince Vincente.

Il la regarda. Il n'avait jamais vu de jeune fille aussi ravissante, pure et innocente. Avec ses longs cheveux d'or qui descendaient jusqu'à la taille, sa chemise de nuit, bordée d'un simple rang de dentelle et boutonnée jusqu'au cou, qui lui donnait l'air d'une enfant, elle avait la douceur et la beauté de Marie au moment où l'archange Gabriel lui était apparu. Chez aucune autre femme il n'avait rencontré cette candeur, cette pureté sacrée du corps et de l'esprit.

— Faites-moi confiance, reprit-il doucement, je vous en prie.

— Comment est-ce possible? Même si je… vous confiais mes soucis, vous ne pourriez rien y changer.

— Pourquoi en êtes-vous aussi sûre?

Elle le regarda avec attention et il eut l'impression qu'elle cherchait à le percer à jour, à lire au plus profond de lui-même. C'est ce qu'il faisait lui aussi lorsqu'il s'efforçait de comprendre quelqu'un. Il fallait creuser sous la surface des choses pour découvrir la véritable personnalité d'un individu.

Il se taisait mais ses yeux la retenaient captive.

— Comment pouvez-vous être… si différent?

murmura-t-elle, non sans timidité, et comme se parlant à elle-même.

— Nous sommes tous deux différents, dit-il. Ce serait impossible à expliquer aux autres, mais c'est peut-être grâce à ce lien secret qui nous rapproche que nous pourrons accomplir le miracle que vous attendez.

Il vit une lueur d'espoir éclairer le regard de la jeune fille, comme si par ces mots il venait d'exaucer ses prières. Elle serra les mains sur le revers de dentelle du drap, des mains longues et fines que tout artiste aurait rêvé de peindre.

Il attendait sa réponse.

— Je... je ne sais... par où commencer, murmura-t-elle après un moment de silence.

Soudain une voix s'éleva dans le couloir. L'homme s'exprimait en italien. Lord Mere se redressa, et Florencia chuchota, affolée :

— C'est mon... frère ! Il ne doit pas... vous trouver ici !

En silence, lord Mere traversa vivement la pièce, et sachant qu'il n'y avait pas une seconde à perdre, se cacha derrière les rideaux de la fenêtre la plus proche. Il était temps. A peine venait-il de les refermer sur lui que la porte de la chambre s'ouvrit.

— Antonio ! s'exclama Florencia. Je me demandais ce qui avait bien pu se passer pour que tu tardes tant.

— Je ne pensais pas te trouver ici, répondit son frère. C'est gentil de m'avoir attendu.

— Que faisais-tu? Père croyait que tu arriverais plus tôt.

— Je sais.

Lord Mere l'entendit poser quelque chose de lourd sur le sol, puis il y eut d'autres bruits de paquets. Sans doute un laquais apportait-il le reste de ses bagages.

— Ce sera tout, Giorgio, fit le prince.

— Sa Grâce désire-t-elle que j'appelle son valet de chambre ?

— Non, je me coucherai seul.

Le domestique souhaita une bonne nuit à son maître et se retira. Lord Mere comprit que le prince venait de s'asseoir près du lit, sur le siège qu'il avait libéré.

— Tu étais inquiète, n'est-ce pas ? dit le prince.

— L'as-tu avec toi ?

— Oui, j'ai le collier. Si j'arrive si tard, c'est que j'ai dû faire un détour par le Pont Vieux pour le montrer à Giovanni. Une pierre menaçait de tomber.

— Elles y sont toutes maintenant ?

— Oui. Giovanni dit que depuis la dernière fois qu'il l'a vu, il a doublé de valeur.

Il y eut un silence. Lord Mere devinait sans peine quels sentiments douloureux oppressaient Florencia.

— Non, c'est inutile, ma sœur, dit le prince d'un ton lugubre. Il n'y a plus rien à faire. Nous sommes obligés de le leur donner, et grand bien leur fasse !

— C'est qu'il n'y a pas que le collier... il y a moi !

Elle parlait avec retenue, comme malgré elle, et les mots sortaient entrecoupés.

— Je sais, je sais, s'écria de nouveau le prince. Nous avons déjà parlé de tout cela. Mais je ne vois aucun autre moyen de sauver père.

Il y eut un autre silence.

— Peut-être... veux-tu te coucher, dit-elle soudain, se rappelant que lord Mere était caché dans la chambre.

Son frère sourit.

— Tu as l'air bien installée. Reste donc dans mon lit. Nous changerons demain matin.

— Je suis venue t'attendre ici parce que j'avais trop peur de te manquer au cas où tu serais sorti demain matin, avant que je ne sois levée.

Le prince se mit à rire.

— En effet, voilà qui aurait changé de mon habitude de rentrer tard après que tu t'es endormie ! Bianca voulait que je reste avec elle, mais comme je savais que vous m'auriez tous attendu pour le petit déjeuner, j'ai refusé.

— Tu as vu Bianca ?

— Je lui ai manqué autant qu'à toi, et elle m'a donné les renseignements que je voulais.

— De quoi s'agit-il ?

— Un rapport dénonçant un certain nombre de vilenies auxquelles s'est livré ce diabolique Vincente Gorizia. J'établis une liste.

— Pourquoi ?

— C'est peut-être parfaitement inutile, mais cela risque de nous servir, on ne sait jamais.

— Pourrait-on... serait-ce possible d'utiliser cette liste contre Vincente ? Ainsi, je ne serais pas contrainte de l'épouser.

Son frère secoua la tête.

— J'en doute. Tout le monde connaît ses vices, tout le monde les déplore, mais vis-à-vis de la loi il ne commet aucun crime. On ne peut absolument rien contre lui.

Le prince s'interrompit avant de s'écrier avec désespoir :

— Oh, mon Dieu, Florencia, tu sais bien que si je le pouvais, je te sauverais ! Mais à moins de tuer cet individu odieux, quel autre recours ai-je ?

— Je sais, mon cher Antonio, et on te pendrait pour cela. Notre famille serait couverte de honte et père en mourrait s'il venait à te perdre.

— Te donner aux Gorizia lui est aussi douloureux, observa-t-il.

Elle ne répondit pas.

— Je vois que tu es fatiguée, reprit-il après un silence. Dors, ma chère sœur, et prie jusqu'au dernier moment pour qu'un miracle survienne et nous sauve tous. Désormais, plus personne ne peut nous aider, sauf Dieu...

— J'ai prié et prié, dit-elle avec un sanglot dans la voix, mais je crains qu'il ne m'entende pas.

Son frère se pencha et l'embrassa sur la joue.

— Du moins, nous avons le collier, dit-il. C'est déjà un soulagement pour père.

— C'est très courageux de ta part d'être allé le reprendre, dit-elle. Bonne nuit, Antonio.

— Bonne nuit, ma chère Florencia, et que Dieu te garde!

Lord Mere l'entendit se diriger vers la porte. Sans doute prit-il avant de sortir l'un des bagages que le valet avait déposés dans la chambre. La porte se referma sur lui, et le bruit de son pas décrut dans le couloir.

Lord Mere resta caché derrière les rideaux. Après ce qu'il venait d'apprendre, il n'osait imposer tout de suite sa présence à la jeune fille.

— Etes-vous toujours là? appela bientôt Florencia d'une voix apeurée.

Il sortit de sa cachette. Elle leva les yeux sur lui. Une vive anxiété se lisait sur son visage qui avait pâli, et elle paraissait plus agitée, plus effrayée qu'avant l'arrivée de son frère.

Il s'avança et cette fois-ci s'assit au bord du lit pour être plus près d'elle. Il était essentiel qu'on ne surprenne pas leur conversation. Dans le silence de la nuit, les bruits de voix résonnaient toujours, même si l'on prenait la peine de parler bas.

Pendant quelques instants ils restèrent les yeux dans les yeux, immobiles et silencieux.

— Inutile de me cacher la vérité plus longtemps, murmura-t-il. Dites-moi pourquoi votre frère a volé le collier de ma sœur et pourquoi votre père doit le donner aux Gorizia.

Elle étouffa un cri de surprise en mettant la main sur la bouche.

— J'ignorais que le collier appartenait à votre sœur! Je savais simplement qu'il avait été vendu à un riche aristocrate anglais...

— Qui par un hasard extraordinaire se trouve être marié à ma sœur, répondit lord Mere. Mais, Florencia, pourquoi votre père s'est-il débarrassé d'un bijou de cette valeur, qui de plus est rattaché à l'histoire de votre famille depuis des générations?

Visiblement gênée, elle détourna la tête et demanda en se tordant nerveusement les mains:

— Je peux... vous faire confiance?

Comprenant qu'il s'agissait d'une question capitale pour la jeune fille, qui de toute évidence avait besoin d'être rassurée, il lui saisit les mains. Elle se mit à trembler de tous ses membres. Ses doigts fins s'agitaient dans les siens et il eut la sensation de tenir un petit oiseau qui, pris au piège dans un filet, se débattait.

— Oui, vous pouvez avoir confiance en moi, et je jure devant Dieu que je réussirai à vous arracher au prince Vincente.

A ces mots, l'inquiétude de la jeune fille parut se dissiper, et son visage s'éclaira.

— Vous accompliriez... ce miracle?

— Je vais m'y efforcer, et j'ai le sentiment que y parviendrai.

— Ainsi, mes prières seront exaucées!

— Mais d'abord, il faut m'aider. Je dois savoir la vérité, toute la vérité, insista-t-il gentiment.

Sachant que cela la réconfortait, il garda ses mains dans les siennes, et ainsi rassurée, elle commença son récit:

— Sans doute n'ignorez-vous pas que notre famille et les Gorizia sont en guerre depuis... des siècles?

— En effet.

— Ni Antonio ni moi n'avions jamais pris ce conflit au sérieux. Une vendetta à notre époque, cela semblait dépassé !

Avec un sanglot dans la voix elle continua :

— Mais nous avons ri trop tôt. Ce sont peut-être nos moqueries qui ont exaspéré Vincente et l'ont poussé à réclamer vengeance...

— Vengeance ?

— Il exerce un odieux chantage sur père.

— Expliquez-vous.

Elle se tut un instant, comme à la recherche de ses mots.

— Vous savez, n'est-ce pas, que depuis l'avènement du roi Umberto, nombreux sont les mécontents envers notre monarchie et son gouvernement ?

— On me l'a dit.

— Il paraît que beaucoup complotent contre le roi. Un des principaux conspirateurs s'appelle... Orsini.

Lord Mere opina de la tête.

— J'ai entendu parler de lui.

— Il est puissant et a des appuis, mais en ce moment il est obligé de se cacher car ceux qui soutiennent notre roi le traquent pour le citer en justice. On lui reproche un certain nombre de crimes.

Il écoutait attentivement. N'était-ce pas là ce que le comte de Rosebery soupçonnait ?

— Nous savons maintenant, continua Florencia, que les Gorizia travaillent main dans la main avec Orsini. L'ennui, c'est que nous n'avons aucune preuve contre eux, et nous ne pouvons pas le démasquer.

— Pourquoi ?

— Ils sont très intelligents et ont réussi à compromettre père.

Lord Mere se rapprocha d'elle sans lâcher sa main.

— Je vous écoute, fit-il à mi-voix.

— Il y a quelque temps père a reçu une lettre. Un ami d'autrefois avait de graves ennuis et lui demandait de le rencontrer dans le parc du palais, dans un endroit où personne ne pourrait les voir. Père a bien été un peu surpris par tant de prudence, mais il n'a jamais refusé d'aider quelqu'un en difficulté, encore moins un vieil ami.

— Il est donc allé seul à ce rendez-vous ?
— Oui. La lettre spécifiait qu'il devait s'y rendre seul. Son ami l'attendrait dans une petite clairière au fin fond du parc, à l'abri des regards indiscrets.
— Et s'agissait-il vraiment de l'ami de votre père ?
— Non, ce n'était pas lui. L'inconnu expliqua que ce dernier était trop malade pour se déplacer et il lui remit une lettre de sa part.
— Votre père n'a pas trouvé cela singulier ?
— Non. Son interlocuteur lui a fait l'impression d'être honnête et fiable. Il parlait, paraît-il, avec autorité. Père a donc promis de faire son possible pour aider son ami. Il serra la main de l'inconnu et retourna au palais avec la lettre.
— Est-ce tout ?
— Non, non... Ce n'est pas tout.
— Continuez, je vous prie.
— L'homme que mon père a rencontré dans la clairière était Orsini.

Lord Mere eut l'air interdit.

— Je ne comprends pas.
— Naturellement. Vous ne pouvez deviner ce que père lui-même n'a pas compris. En réalité, pendant qu'il s'entretenait avec l'inconnu, Vincente Gorizia ou l'un de ses acolytes a pris des photographies de la scène. Ainsi, sur ces photos, on voit mon père en compagnie d'Orsini, le traître que recherchent les fidèles du roi.

Lord Mere s'assit bien droit et regarda fixement la jeune Florencia. Il commençait à entrevoir l'effroyable vérité.

La photographie, dont le procédé venait tout juste

d'être mis au point, était en vérité une découverte passionnante. En Angleterre, Paul Martin avait réalisé d'extraordinaires photos de publicité. Lord Mere s'était acheté pour son plaisir personnel l'un de ces appareils de vulgarisation, simples à manipuler, qui avaient provoqué une véritable révolution dans le monde de la presse... Mais avec les révélations de Florencia, c'était la première fois qu'il comprenait combien cette invention était précieuse pour les maîtres chanteurs !

— Quelques jours plus tard, Vincente est venu voir père avec les photos, poursuivit Florencia d'une voix cassée. Père n'en croyait pas ses yeux ! Il y en avait une de lui serrant la main d'Orsini, une d'Orsini tendant une enveloppe, ce qui prêtait à penser que père recevait de l'argent, et plusieurs autres où ils bavardaient ensemble comme deux vieilles connaissances !

Florencia n'avait pas besoin d'être plus précise. Lord Mere comprenait parfaitement que si ces photographies étaient montrées au roi et à ses amis, le prince Sogino ne pourrait pratiquement rien dire pour sa défense.

— Et à aucun moment votre père n'a eu des doutes sur l'identité de son interlocuteur ?

— Non, jusqu'à ce que Vincente lui apprenne la vérité.

— Que s'est-il passé ensuite ?

— Vincente a exigé une énorme somme d'argent en échange de son silence.

— C'est donc pour cette raison que votre père s'est défait de la « Madone du grand-duc », fit-il dans un souffle.

— Vous avez compris que nous n'avons plus l'original ?...

— J'en étais sûr.

— Comment avez-vous pu deviner ? Un de nos

plus grands artistes contemporains l'a copié. Nous avons confiance en lui car père l'a aidé quand il était pauvre et vivait dans la misère.

— Je suis d'accord avec vous, convint lord Mere. Il s'agit d'un travail remarquable, mais il manque...

— Quoi? s'enquit-elle, curieuse.

— C'est difficile à expliquer. J'aime les œuvres de Raphaël. Quelque chose en elles me touche jusqu'au plus profond de mon cœur... de la même façon que votre présence me bouleverse...

Il avait parlé avec calme. Néanmoins, cet aveu suffit à intimider Florencia. Le sang afflua à son visage et elle baissa les yeux.

Mon Dieu, comme elle est ravissante, songea-t-il avec émotion.

Il aurait voulu la prendre dans ses bras, mais il savait que c'était une chose qu'il ne devait pas faire.

— Continuez, je vous prie, dit-il en exerçant une pression sur sa main. J'imagine qu'ayant réussi à faire payer votre père une fois, le prince Gorizia n'en est pas resté là.

— Il a exigé de plus en plus d'argent... Nous sommes sûrs qu'une partie va remplir les poches d'Orsini...

Elle s'interrompit avant d'ajouter non sans hésitation :

— Tandis que l'autre sert aux... grandes fêtes que donne Vincente.

Les larmes aux yeux, elle poursuivit :

— Père n'a pas osé vendre d'autres tableaux, si ce n'est deux petits, de moindre importance. Il avait peur qu'on ne se rende compte de ce qui se passait. Si les gens soupçonnaient quoi que ce soit, toute l'histoire remonterait à la surface.

— Je comprends, fit-il, compatissant.

— Enfin, lorsque nous n'avons plus eu d'argent,

Vincente a réclamé le collier... Il ne se doutait pas que nous nous en étions déjà débarrassés.

Elle pleurait maintenant.

— Le vendre avait vieilli père de dix ans. Nous possédions ce collier depuis près de deux siècles. Il avait été fait pour notre famille.

— Est-ce que les prétentions de Vincente Gorizia se sont apaisées ?

— Pour quelque temps seulement. Lorsque père a dit qu'il n'avait plus rien à vendre ou à lui céder, Vincente a éclaté de rire : « Florencia a dix-huit ans. Ne serait-il pas temps qu'elle m'épouse ? Je suis pour elle le parti idéal ! »

A l'expression de Florencia, lord Mere comprit combien elle avait été choquée.

— Quand père m'a répété leur conversation, je ne pouvais le croire, murmura-t-elle au bout d'un moment. Je sais que si Vincente désire ce mariage, ce n'est pas parce qu'il m'aime, mais parce que c'est une façon de se venger définitivement des Sogino.

Ne sachant que dire, il garda le silence. Néanmoins, il comprenait la psychologie tortueuse du prince Gorizia.

— Et pour comble, reprit Florencia, Vincente a exigé que le collier fasse partie de ma dot. Les Gorizia l'ont en vérité toujours convoité.

— Votre père bien sûr n'a pas osé avouer qu'il l'avait déjà vendu.

— Non, bien sûr. Personne ne le savait, sauf le joaillier Giovanni, un ami intime de la famille qui jamais ne nous trahirait.

— Ainsi votre frère n'avait plus comme recours que de reprendre le collier !

— Exactement. Mais je vous en prie... comprenez... il s'agissait de sauver notre père... En d'autres circonstances, Antonio ne se livrerait jamais à une action aussi déshonorante.

Elle leva un regard piteux sur lord Mere, redoutant que ce dernier ne condamne son frère pour ce qu'il devait juger être, elle n'en doutait pas, un délit grave.

— Bien sûr, je comprends, répondit-il. Maintenant que vous m'avez tout raconté, Florencia, il me faut réfléchir à un moyen de vous sauver, votre père et vous.

— Le pouvez-vous? Le... pouvez-vous vraiment?

Il y eut dans la voix de la jeune fille une soudaine note d'espoir et de joie mêlés. Puis, elle ajouta sur un tout autre ton:

— Mais... n'est-ce pas demander l'impossible? Comment pourrait-on nous sauver de ces êtres diaboliques? Ils ont ces photographies... C'est la preuve indiscutable que père a rencontré Orsini. Ne se sont-ils pas serré la main? Orsini ne lui a-t-il pas donné une enveloppe? Ceci pourrait conduire à de graves accusations.

— J'ai pensé à tout cela, répondit lord Mere avec calme. Florencia, dites-moi quand votre père a vu pour la dernière fois ces photographies.

— Le jour où Vincente les lui a montrées. Il se demandait s'il ne rêvait pas!

— Sans doute les négatifs sont-ils gardés en lieu sûr.

— Oui, Vincente me l'a encore assuré la semaine dernière.

— Qu'a-t-il dit exactement?

Embarrassée, elle détourna la tête.

— Un jour, j'ai supplié Vincente de renoncer à ce mariage, murmura-t-elle. Je lui ai dit que je le haïssais pour ce qu'il avait fait à père... et qu'il serait... impossible de trouver ensemble... le bonheur...

Elle ne put retenir un sanglot au souvenir encore vivace d'un entretien pénible et douloureux. Les larmes roulaient sur ses joues.

— « Vous aurez le collier », ai-je dit. « Vous pouvez avoir tout ce que père possède, si vous le voulez, mais ne m'obligez pas à devenir votre femme. »

Sa voix se brisa sur ces derniers mots et, pendant quelques secondes, il lui fut impossible de parler. Puis, avec un effort qui sembla presque surhumain, elle réussit à articuler :

— Il m'écoutait sans rien dire... J'ai même cru l'espace d'un instant qu'il se laissait fléchir... Soudain, il a éclaté de rire. C'était horrible... d'entendre ce rire.

Lord Mere serra ses mains pour la réconforter.

— Qu'a-t-il dit ?

— Il m'a répondu : « Vous ferez exactement ce que je veux car dans le coffre-fort de ma chambre je détiens la preuve indéniable que votre père trahit son pays et son roi. »

En prononçant ces derniers mots, elle se couvrit le visage de ses mains. Lord Mere l'attira contre lui. Elle pleurait doucement, la tête au creux de son épaule.

— Tout va bien, dit-il. Ne pleurez pas. Maintenant que je sais à quoi m'attendre, rien n'est impossible.

Elle se calma un peu et releva la tête. Ses longs cils sombres et ses joues étaient baignés de larmes.

— J'espère... que vous n'avez pas... l'intention de vous introduire... dans le palais Gorizia comme vous... l'avez fait chez nous ? bredouilla-t-elle. Non... Non ! Vous ne pouvez pas !

— Pourquoi pas ?

— Ce serait dangereux... trop dangereux. Le personnel est plus nombreux qu'ici... et si vous tombiez sur Vincente, il vous tuerait.

— Je n'ai pas peur.

— Mais moi... si. Je ne peux vous laisser risquer votre vie pour nous sauver.

— Pour vous sauver, fit-il dans un souffle en se penchant sur elle.

Ils se regardaient, les yeux dans les yeux. Alors, lentement, doucement, comme s'il succombait à la force du destin qui avait prévu leur rencontre depuis la nuit des temps, il l'embrassa. Il la sentit frissonner dans ses bras et la douceur de sa bouche, qui tremblait encore d'avoir pleuré, lui communiqua une ivresse qu'il n'avait jamais ressentie auparavant. Leurs cœurs, leurs âmes se rejoignaient, communiaient dans un baiser sacré, presque divin...

Il sentit que la jeune fille s'abandonnait à lui. Alors, il la serra plus fort contre lui et ses lèvres se firent plus possessives, plus exigeantes. La flamme du désir s'éleva en eux, un désir extatique et parfait. N'était-ce pas ce sentiment-là qu'il avait cherché tout au long de sa vie et qu'il désespérait de trouver?

Jamais au cours de ses aventures amoureuses, même lorsqu'il était profondément attiré par une femme, il n'avait éprouvé une sensation aussi merveilleuse et enivrante que celle qu'il connaissait avec Florencia.

C'était le premier baiser de la jeune fille, et parce qu'il lisait ses pensées, il savait que ce qu'elle ressentait était ce qu'elle avait espéré dans le secret de ses prières.

Il releva la tête et elle cacha son visage au creux de son épaule.

— Maintenant vous savez, ma chérie, dit-il tendrement, pourquoi je réussirai à vous sauver des griffes des Gorizia et pourquoi rien ni personne ne m'empêchera de vous épouser.

Elle ne répondit pas. Il comprit qu'elle pleurait, mais cette fois-ci, c'était de bonheur et d'espoir. De nouveau, il l'embrassa. Ils étaient haut dans les étoiles et seul le clair de lune les enveloppait.

De peur d'être découvert dans la chambre de Florencia et de compromettre la réputation de la jeune fille, il décida de ne pas s'attarder plus longtemps.

— Je dois vous quitter, ma chérie, dit-il, et vous laisser dormir. Croyez en moi, je vous en supplie. N'oubliez pas que j'ai besoin de vos prières.

— Je prierai pour vous sans cesse, répondit-elle. Je veux remercier Dieu de vous avoir envoyé jusqu'à nous.

— Il ne faut parler de moi à personne, précisa-t-il, pas même à votre père ni à votre frère. Avez-vous compris ?

— Oui.

— Cela doit être un secret... notre secret.

Elle leva la tête. Ils se regardèrent, les yeux dans les yeux, oublieux du reste du monde l'espace d'un instant.

— Vous habitez mon cœur depuis toujours, dit-il, mais je n'aurais jamais cru vous rencontrer en dehors de mes rêves ou des merveilleux tableaux de Raphaël.

— Je suis ici pourtant, et bien réelle.

— Bien sûr, et je vous promets, mon adorée, que je préfère mourir plutôt que de vous imaginer mariée à un autre que moi, sans parler de cet individu odieux qui torture votre père !

Elle poussa un petit cri.

— Et si jamais il vous blessait... ou vous tuait...

— Pour l'amour de vous, je prendrai soin de moi.

Il l'embrassa une dernière fois avec affection et tendresse. Ils eurent tous deux l'impression de flotter dans les airs à des milles de la terre...

Lord Mere se leva en poussant un soupir.

— Bonne nuit, mon amour, mon adorable fiancée, dit-il.

Emue par sa voix grave et par la passion qui se lisait dans son regard, elle tendit vers lui son visage.

Mais il prit simplement ses mains qu'il baisa avec ferveur l'une après l'autre, sur le dos, puis la paume.

Enfin, bien qu'à contrecœur, il se dirigea vers la fenêtre par laquelle il était entré. Avant de disparaître derrière les rideaux, il se retourna. Elle le regardait de ses grands yeux inquiets, les mains jointes comme si elle priait pour lui.

Il lui sourit, puis, refermant les rideaux sur lui, s'avança sur le balcon et enjamba la balustrade. Avec précaution il redescendit le long de la façade.

Hicks attendait lord Mere à l'endroit précis où ils s'étaient séparés. En silence ils reprirent leurs chevaux et se faufilèrent à travers les arbres du parc tout en veillant à ne pas faire trop de bruit de peur d'éveiller l'attention. Une fois sortis du parc, le clair de lune éclairant leur chemin, ils s'élancèrent au galop en direction de la villa de sir Julius.

Ils ramenèrent leurs montures à l'écurie. Lord Mere regagna sa chambre, suivi de Hicks qui l'aida à se déshabiller. Depuis qu'ils avaient quitté le palais Sogino, ils n'avaient pas encore parlé.

— Demain tu te rendras au palais Gorizia, dit soudain lord Mere. Montre-toi aussi astucieux qu'aujourd'hui. Il faut que tu saches où se trouve la chambre à coucher du prince Vincente et quel est le chemin le plus aisé pour y accéder.

— Ne tentez pas la chance, milord.

— Je n'ai pas le choix, Hicks, mais je sais que je peux compter sur toi pour découvrir ce que je désire.

En effet, il était impossible de demander à sir Julius de l'introduire auprès du prince Gorizia. Leur antipathie réciproque n'était que trop évidente. Il ne pouvait donc espérer être reçu au palais Gorizia, à moins que... oui, à moins qu'il s'adresse à la comtesse Mazara. Cette dernière ne comptait-elle pas les Gorizia parmi ses amis ?

Lorsque Hicks le quitta, il s'était couché, mais il était incapable de trouver le sommeil. Son esprit travaillait avec cette rapidité qui par le passé lui avait permis de mener à bien les différentes enquêtes qu'on lui avait confiées.

Son expérience ne lui avait-elle pas appris à ne jamais négliger le moindre contact, même s'il s'agissait a priori d'une personne insignifiante et sans importance par rapport à sa mission ? Quelqu'un — il ne se rappelait plus qui — avait dit : « Même le plus petit galet peut rider la surface de l'eau. » Il n'avait jamais oublié cette maxime.

Bien qu'il ait éprouvé le besoin de s'éloigner de la comtesse depuis sa rencontre avec Florencia, il se rendait compte que sa fréquentation pouvait en vérité lui être utile.

Quand il ferma enfin les yeux, il avait mis au point un plan d'action pour s'introduire au palais Gorizia où rien n'était laissé au hasard. C'est qu'il tenait à prendre le moins de risques possible, non par lâcheté mais par amour pour Florencia... Décidément, ses collègues ne l'auraient pas reconnu !

Le lendemain matin, lord Mere descendit prendre son petit déjeuner qu'on lui servit sur la véranda. Même lorsqu'il ne s'était reposé que trois ou quatre heures dans la nuit, il se sentait frais et dispos. Au fil des années, il avait pris l'habitude, quand les circonstances l'exigeaient, de dormir peu et de travailler tard le soir sans ressentir de fatigue.

En revanche, son hôte n'était pas encore là. A peine s'était-il assis à table qu'un domestique s'approcha.

— J'ai le regret de vous apprendre, milord, que sir Julius a passé une mauvaise nuit. Il préfère garder la chambre jusqu'au déjeuner.

Cette nouvelle ne surprit pas lord Mere.

— Je comprends, et j'approuve sa prudence, répondit-il. Dites à sir Julius que je dois me rendre en ville. Je sais qu'il ne se formalisera pas si j'emprunte son équipage.

Plus tard dans la matinée, lord Mere alla au palais de la comtesse Mazara. En chemin, il fit une courte halte chez le fleuriste pour acheter une corbeille d'orchidées, des fleurs appropriées, lui semblait-il, à la dame en question.

Dans le magasin, il remarqua de magnifiques lys qui lui rappelèrent la douce Florencia. Il hésita à lui en envoyer... Mais déclarer ainsi ouvertement sa flamme, cela ne risquait-il pas de faire échouer ses projets ? D'ailleurs, le jour viendrait bientôt où il serait libre de lui offrir toutes les fleurs blanches de la création qui seyaient si bien à la pureté de sa beauté dont l'éclat évoquait les merveilleuses madones peintes par Raphaël.

La corbeille d'orchidées choisie, il repartit, chassant délibérément Florencia de son esprit pour ne plus penser qu'à la comtesse.

Arrivé au palais, on l'introduisit dans un salon où elle ne tarda pas à le rejoindre, vêtue d'une robe fort décolletée pour recevoir à une heure aussi matinale. Comme il l'avait prévu, elle était ravie de sa visite.

— J'étais si impatiente de vous revoir, milord, dit-elle tandis qu'il lui baisait la main.

— Je serais venu hier déjà, si cela avait été possible, répondit-il. Mais sir Julius m'a emmené au palais Sogino.

Elle sourit.

— J'en étais sûre. Sans doute avez-vous aimé les tableaux du prince.

— Ils sont splendides.

— Après cela, je ne vais plus oser vous montrer

ma collection qui est ridiculement petite ! minauda-t-elle.

— Vous savez que ce sera un plaisir pour moi, dit-il galamment.

Il fit une pause avant de continuer.

— Je serais également curieux de connaître la collection du prince Gorizia.

— Elle ne vaut rien par rapport à celle des Sogino.

— C'est ce qu'il paraît, mais le comte de Rosebery qui, peut-être le savez-vous, est notre ministre des Affaires étrangères, m'a affirmé qu'ils possédaient deux tableaux remarquables. J'aimerais beaucoup profiter de mon séjour à Florence pour les voir.

Ceci fut dit à tout hasard, mais la comtesse répondit aussitôt :

— Vous voulez parler du Léonard de Vinci et de l'Ingres ? Oui, en effet, j'imagine que ce sont deux œuvres extraordinaires.

— J'aurais beaucoup de plaisir à les admirer en votre compagnie, fit-il de son ton le plus charmeur.

Ne résistant pas plus longtemps à ses avances, la comtesse tomba dans le piège qu'il lui avait tendu.

— Nous pouvons y aller ensemble après le déjeuner.

— Ce serait merveilleux, répondit-il.

Puis sous prétexte d'un rendez-vous à l'ambassade britannique, il s'empressa de prendre congé de son hôtesse. Il n'avait nulle envie de visiter la galerie de tableaux de la comtesse, visite qui n'aurait pas manqué de finir dans les appartements privés de cette dernière.

Il promit de revenir dès que possible et la laissa prendre ses dispositions pour l'après-midi. Elle envoya un laquais pour informer le prince Gorizia qu'ils lui rendraient visite aux alentours de deux heures et demie.

Pour ne pas risquer d'être pris en flagrant délit de

mensonge, lord Mere se rendit à l'ambassade britannique pour présenter ses respects à l'ambassadeur mais ne s'attarda pas plus que nécessaire.

Comme il s'en retournait à la villa de sir Julius, il s'arrêta en chemin au Pont Vieux, renommé pour ses orfèvres dont le plus célèbre était Giovanni. Il se souvenait bien du vieil homme pour l'avoir rencontré lors d'un séjour précédent, et après une poignée de main, s'installa dans son petit bureau privé.

— Que puis-je pour vous, milord ? demanda le bijoutier.

Lord Mere expliqua qu'il cherchait un cadeau pour sa sœur. On lui présenta de ravissants bijoux de coraux et de diamants qu'il examina avec attention. Après avoir longuement hésité, il se décida pour une paire de boucles d'oreilles et une bague assortie. Il commanda aussi un collier que le bijoutier réaliserait avec les mêmes pierres. Dès que possible, il offrirait cette parure à Florencia. Il y avait tant de choses qu'il souhaitait lui donner !

Tandis que Giovanni comptait ce qu'il lui devait et que l'un de ses assistants empaquetait les boucles et la bague, il s'enquit d'un ton désinvolte :

— Il paraît que vous travaillez sur le célèbre collier des Sogino. J'ai souvent pensé qu'il s'agissait du plus beau bijou de toute l'Europe.

— Vous avez raison, milord, dit Giovanni. C'est déjà une joie pour moi de le regarder, alors travailler dessus... (Un léger soupir lui échappa.) Sans doute le prince Antonio vous a-t-il dit qu'il me l'avait apporté hier soir, ajouta-t-il. J'étais soulagé en voyant le collier.

— Pourquoi ?

— Le bruit avait couru que les Sogino l'avaient vendu. Comme vous le savez, notre ville est très jalouse de ses richesses. Des collectionneurs se sont présentés ici car ils avaient entendu dire que le prince de Sogino vendait des tableaux. Naturellement, je n'en ai pas cru un traître mot. Mais vous savez comme une rumeur est grossie et exagérée.

— C'est vrai, dit lord Mere. Les gens tournent tout en scandale.

— Eh bien, aujourd'hui, je peux assurer à quiconque me le demanderait que le collier des Sogino n'a pas quitté Florence et qu'il est toujours aussi beau.

— J'espère que tout le monde saura qu'il s'agissait d'un simple faux bruit. J'estime beaucoup le prince de Sogino et cela me ferait de la peine de penser qu'on le calomnie à tort.

— Vous avez raison, milord. C'est un homme respectable, mais comme tous les gens d'honneur, il a ses ennemis.

Lord Mere n'ignorait pas à qui l'orfèvre faisait allusion. Cependant il n'en laissa rien paraître.

— Sans doute, dit-il, ces ridicules vendettas du siècle dernier sont passées de mode et n'existent plus aujourd'hui.

— Détrompez-vous. Il paraîtrait d'ailleurs si l'on se fie à la rumeur publique, bien qu'à mon sens cela soit difficile à croire, que la princesse Florencia de Sogino va épouser le prince Vincente de Gorizia.

Lord Mere prit un air surpris.

— En effet, cela semble bien étonnant! D'après ce que j'ai pu entendre sur son compte, ce n'est pas un parti spécialement désirable.

— C'est un être vil, milord. Vil et mauvais. Si vous saviez à quelles perversions il se livre presque chaque nuit dans les quartiers mal famés de la ville, vous seriez offusqué!

Le vieux joaillier prononça ces paroles avec un dégoût évident, confirmant ainsi les propos de sir Julius. Les excès du prince Gorizia étaient donc vrais...

— Ne peut-on rien faire contre lui ? Il ne doit pourtant pas manquer d'ennemis. Ses victimes, les parents de ses victimes le haïssent probablement.

— S'ils le pouvaient, ils n'hésiteraient pas à le tuer, milord.

Giovanni baissa la voix pour ajouter :

— Une fois, un homme désireux de venger l'honneur de sa fille l'a attaqué. Mais le garde du corps qui protège le prince et ne le quitte jamais la nuit a été plus rapide que lui. Le malheureux est mort.

— Dommage ! fit lord Mere, laconique.

Ayant appris ce qu'il désirait et son paquet étant prêt, il se leva pour prendre congé. Tandis que la voiture le raccompagnait chez sir Julius, il songea à son prochain rendez-vous. Après le déjeuner, il devait retrouver la comtesse. Celle-ci le recevrait avec un plaisir évident et dans ses yeux brillants se lirait une invitation toujours plus pressante. Comment allait-il pouvoir se sortir de cette situation délicate sans toutefois blesser la jeune femme ?

5

Dans la calèche qui les emmenait au palais Gorizia, lord Mere observait la comtesse Mazara. Il la trouvait séduisante, spirituelle, et s'il n'avait été sérieusement épris de Florencia, il aurait sans doute passé un séjour fort agréable en sa compagnie.

D'une élégance sophistiquée, pleine de ce savoir-faire si fréquent chez les gens du monde, dotée d'un esprit de repartie étonnant, qui s'exerçait en général aux dépens d'autrui, elle avait une conversation fort agréable. En outre, elle ne cachait pas à lord Mere combien il lui était sympathique.

Tandis qu'ils roulaient à travers la ville ensoleillée, ils bavardèrent à bâtons rompus. Lord Mere était conscient de l'invite qui ponctuait chaque phrase de la comtesse, et le regard langoureux qu'elle lui adressait à tous moments confirmait cette impression.

Ils arrivèrent enfin devant le palais Gorizia. C'était une construction plus massive, plus sévère que le palais Sogino, et à l'image de ses propriétaires, dépourvue de raffinement. Un mur d'enceinte entourait le parc. Lord Mere l'évalua du regard. Voilà qui semblait bien haut. Il n'avait guère envie de se mesurer à ce genre de paroi. Toutefois, il n'était pas homme à accepter d'être mis en échec. S'il était impossible d'escalader le mur du parc, il trouverait bien un autre moyen pour accéder à l'intérieur du palais. Comme on les introduisait dans le vaste hall d'entrée, puis dans un salon du premier étage, son esprit, fonctionnant comme une machine bien huilée, enregistrait la disposition de chaque pièce.

A la vue du prince Gorizia qui les attendait, lord Mere ne put s'empêcher de penser une fois de plus qu'il était laid et loin de posséder l'élégance aristocratique de son ennemi, le prince Sogino. Néanmoins, leur hôte leur fit un accueil cordial.

— Quel plaisir de vous revoir, chère comtesse ! dit-il en baisant la main de la jeune femme. Sachez, ajouta-t-il en se tournant vers lord Mere, combien je suis flatté qu'un homme de votre réputation s'intéresse à ma collection d'art...

— Le comte de Rosebery lui a parlé de votre Léonard de Vinci, expliqua la comtesse. Etant lui-même un collectionneur de tableaux insatiable, il ne pouvait quitter Florence sans vous rendre visite.

— Je comprends, acquiesça le prince. Mais tout d'abord, je vous propose de goûter un peu de ce vin que produisent mes propres vignes. J'en suis très content. Il est d'une qualité bien supérieure à celui des années précédentes.

Un laquais remplit des verres et ils le dégustèrent. C'était en effet un vin léger et agréable, qui mettait en appétit. Lord Mere remarqua que son hôte s'en resservait plusieurs fois.

— Lorsque j'ai reçu votre billet, reprit le prince en s'adressant à la comtesse, j'allais précisément vous écrire pour vous prier de venir dîner ce soir au palais. Des parents de Rome sont arrivés à l'improviste. Mes nièces sont de ravissantes jeunes filles et je tiens à donner une réception en leur honneur. Par la même occasion, cela me permet de vous remercier pour la merveilleuse soirée que j'ai passée chez vous il y a deux jours.

La comtesse ne cacha pas son désappointement.

— Oh, quel dommage, Votre Grandeur! s'exclamat-elle. Je ne suis justement pas libre ce soir. Je reçois des amis, mais il s'agit de vieilles connaissances que je ne peux décommander à la dernière minute.

— En effet, c'est regrettable, mais j'espère que vous, milord, n'êtes pas pris aussi de votre côté. Venez donc avec sir Julius. Je serai enchanté de le revoir.

— Je crains que sir Julius ne se sente trop las pour sortir, dit lord Mere, mais pour ma part, j'aurai plaisir à vous retrouver.

Comme il était désireux de visiter le palais Gorizia, cette invitation tombait fort à propos. De plus, il devinait que, depuis le début de la journée, la comtesse avait l'intention de le retenir à dîner. Et il était prêt à tout pour éviter un tête-à-tête avec la comtesse.

— Eh bien, voilà qui est réglé, conclut le prince. Venez donc vers huit heures. Je suis sûr que vous trouverez mes nièces charmantes.

La lueur de dépit qui traversa les yeux de la comtesse n'échappa pas à lord Mere qui s'empressa de répondre, de peur qu'elle ne parvienne à contrarier ses plans:

— Je vous remercie de votre amabilité, mais ne vous offensez pas si je vous fausse compagnie tôt dans la soirée. Sir Julius étant souffrant, vous comprendrez, n'est-ce pas, que je souhaite ne pas l'abandonner trop longtemps.

Il savait que la comtesse, suspendue à ses lèvres, verrait dans ces paroles l'assurance qu'il la rejoindrait plus tard chez elle.

Le prince reposa son verre.

— Et maintenant, dit-il, venez donc admirer mon Léonard de Vinci. J'espère toutefois que mes autres tableaux vous plairont également. Malgré la rivalité que je dois supporter de la part des Sogino, je possède plusieurs toiles d'une valeur inestimable.

Lord Mere fut bien obligé de reconnaître que le prince disait vrai. Il avait un très beau Vasari, et à sa grande surprise, un Raphaël, intitulé « Dame avec un voile ». La dame ne ressemblait pas à Florencia, mais comme il s'agissait de son artiste préféré, il resta longtemps face au tableau, en extase devant chaque détail de la composition. Le prince réussit enfin à le tirer de sa contemplation pour lui montrer le Léonard de Vinci, qui répondait en vérité à son attente, et d'autres toiles fort réussies. Dans une tout autre ville que Florence, elles auraient été en vérité applaudies et louées par les amateurs d'art qui auraient eu le privilège de les voir.

Lord Mere comprenait pourquoi les Gorizia avaient pris un malin plaisir à faire chanter les Sogino qui, acculés à vendre certains de leurs biens, leur avaient cédé une partie de leur fabuleuse collection.

Après avoir vu les tableaux, sous prétexte d'admirer le magnifique panorama que l'on découvrait depuis la galerie, lord Mere se pencha par une fenêtre, et traça mentalement un plan des abords du palais. La vue n'égalait pas celle que l'on avait du palais Sogino, mais la bâtisse était bien plus imposante. Ils reprirent le chemin du salon.

— Vous allez vous sentir bien seul dans cette immense demeure quand votre fils, une fois marié, vous quittera.

— Me quittera ? répéta le prince. Jamais de la vie ! Vincente habite l'aile ouest et je vous assure que c'est assez grand pour y loger une femme et une douzaine d'enfants.

A ces mots, lord Mere tressaillit. L'idée qu'une jeune fille douce et innocente comme Florencia porte un jour les enfants d'un débauché le révoltait... Toutefois, il avait appris où se situaient les appartements privés du prince. C'était ce qu'il désirait savoir.

— Votre Grandeur, il faut montrer à lord Mere le ravissant jardin de l'aile ouest, dit soudain la comtesse, servant sans s'en douter les intérêts de ce dernier. Voilà un petit havre de paix que je vous envie, je ne vous le cache pas. Surtout la fontaine. Je n'en ai jamais vu d'aussi belle !

— Avec plaisir, acquiesça le prince avec une fierté mal dissimulée.

De toute évidence, il était trop heureux de faire étalage de ses possessions. On eût dit qu'il mettait ses invités au défi de trouver chez lui une seule œuvre qui ne soit pas de bon goût.

Ils se dirigèrent vers l'ouest du palais et descendirent un escalier qui menait en fait au pied de la tour. Le prince ouvrit une porte et ils se retrouvèrent dans un petit jardin, entouré d'un mur de marbre blanc. Au centre s'élevait une fontaine, sculptée par Ammanati, à laquelle on accédait par six marches de marbre blanc également.

Lord Mere s'exclama aussitôt qu'il n'avait jamais rien vu d'aussi splendide. De gracieux cupidons décoraient la vasque. Quant à la statue... il remarqua alors qu'elle représentait deux personnes et que leur attitude illustrait le « viol de Proserpine ».

L'espace d'un instant, tout sembla tourner autour de lui. Ne pouvant oublier qui était le propriétaire des lieux, il lui sembla que l'œuvre du grand artiste florentin soulignait non sans cruauté la nature corrompue de Vincente Gorizia. C'était un peu comme un éclat de rire sardonique jeté à la face du monde.

— Une très jolie sculpture, s'entendit-il dire d'une voix qui paraissait ne pas lui appartenir. Je comprends que vous en soyez fier.

— Oui, j'en suis très fier, renchérit le prince avec

un large sourire. Il faut avouer qu'il s'agit de sa meilleure œuvre.

Ne supportant pas de voir une seconde de plus la malheureuse Proserpine aux prises avec son ravisseur, lord Mere tourna résolument le dos à la fontaine. Son regard se posa sur les autres statues exposées çà et là dans le jardin et il retrouva un peu de son calme.

Bientôt, il comprit que la comtesse s'impatientait. Il était évident qu'elle désirait prendre congé de leur hôte pour se retrouver seule avec lui. Ils reprirent l'escalier emprunté à l'aller et à pas lents se dirigèrent vers le salon.

Une dernière fois, lord Mere examina avec soin la disposition de la tour et les couloirs qui y menaient. Maintenant il avait suffisamment de repères pour gagner seul cette aile du château. Il devinait où se situaient la plupart des pièces importantes. D'autre part, il avait remarqué, surplombant le jardin et le reliant à un étage de la tour, un rempart, semblable à ceux qui crénelaient les autres bâtiments, sorte de chemin de ronde où autrefois les défenseurs du palais avaient dû s'embusquer en attendant leurs ennemis.

Ne serait-il pas plus simple pour sauver Florencia de déclarer ouvertement la guerre aux Gorizia plutôt que de chercher à ruser ? songea-t-il, la rage au cœur.

Toutefois, il avait trop le sens de la diplomatie pour ne pas prendre congé du prince le plus aimablement du monde, et le remercier de son hospitalité avec une sincérité qui lui parut suffisamment convaincante. Il lui assura également combien il se faisait une joie de la soirée à laquelle il était si gentiment convié.

— Ce ne sera pas une réception aussi fastueuse que celle qu'a donnée notre chère comtesse, répondit le prince. Nous serons une vingtaine au dîner tout au plus. Les amis de Vincente arriveront plus tard pour le bal.

— Voilà qui me semble parfait, dit lord Mere, tandis qu'ils regagnaient le hall d'entrée.

Dehors, leur calèche les attendait. La comtesse s'installa dans la voiture, lord Mere monta à son tour et les chevaux prirent le trot.

— Comme je suis déçue, s'écria la comtesse dès qu'ils eurent quitté la cour du palais. Si j'avais su que vous étiez seul ce soir, je vous aurais demandé de dîner avec moi.

Elle fit une pause avant d'ajouter :

— Pour vous, milord, je n'aurais pas hésité à décommander mes amis.

— J'aurais dû vous dire que sir Julius se sentait encore bien las et préférait garder le lit, répondit-il. Enfin ! Si je ne m'attarde pas chez le prince Gorizia, peut-être pourrai-je me joindre à vos invités ?

C'était là, il le savait, ce que la comtesse espérait. Elle posa la main sur son bras.

— Pourvu que les ravissantes cousines de Rome ne vous fassent pas oublier votre promesse.

Trop bien rompue à l'art de la séduction pour insister davantage, elle ne fit plus aucune allusion à leur éventuel rendez-vous, et se contenta de l'amuser par des réflexions piquantes et pleines d'esprit. Jusqu'à la demeure de sir Julius où elle le raccompagnait, ils bavardèrent avec entrain de choses et d'autres, sauf de ce qui se passerait le soir quand il viendrait la retrouver... Enfin, la voiture s'arrêta devant la villa. Il sauta à terre et baisa la main de la comtesse.

— Il y aura beaucoup de monde à ma soirée, dit-elle. Elle durera certainement jusqu'à l'aube.

Il ne fit aucune réponse et se contenta de sourire. La comtesse partit, visiblement satisfaite. Elle était ravie de ces quelques heures qu'ils avaient passées ensemble et ne doutait pas qu'ils se reverraient bientôt.

Quand il s'informa de sir Julius, on lui dit qu'il dormait. Il alla donc s'installer dans une des pièces fraîches et calmes de la grande maison et s'assit à une table de bureau pour dessiner le plan du palais Gorizia.

Décidément, la chance était de son côté. Cette invitation à dîner ne pouvait mieux tomber. Il n'aurait donc pas à s'introduire chez les Gorizia comme un voleur, ni à grimper le long des façades du palais, ce qui lui avait paru une entreprise fort périlleuse.

En effet, un haut mur d'enceinte faisait tout le tour du parc et le portail, ouvert à leur arrivée, s'était refermé aussitôt sur eux quand ils étaient repartis. A l'inverse du palais Sogino, les parois des bâtiments étaient lisses et n'offraient aucune prise pour l'escalade. Il n'y avait pas non plus de balcon devant l'appartement privé du prince Vincente. La demeure des Gorizia ressemblait à une véritable forteresse.

En étant invité par le maître de maison, il lui serait certainement plus aisé de se glisser jusqu'à la tour ouest... à moins qu'au contraire il ne soit difficile de s'éclipser au moment opportun sans attirer l'attention... Enfin ! Dans le doute, il ne pouvait que suivre son intuition et s'en remettre une fois de plus à sa bonne étoile. Jusqu'à présent, elle ne l'avait encore jamais abandonné...

Alors, la sculpture d'Ammanati représentant le viol de Proserpine lui revint à l'esprit, et il eut devant lui l'image de Florencia, une Florencia perdue, désemparée, terrorisée. C'était insupportable.

Je dois la sauver, coûte que coûte, se dit-il, dussé-je en mourir !

Pendant le reste de l'après-midi, les infamies qu'on lui avait rapportées au sujet de Vincente Gorizia ne cessèrent de le hanter. Les excès auxquels il se livrait, la fange dans laquelle il se complaisait et où se révélait sa nature corrompue auraient révolté tout homme bien éduqué.

Plus il réfléchissait, plus il trouvait incroyable que les Sogino plient devant la volonté de cet individu abject et lui accordent la main de Florencia. Bien sûr, il comprenait que pour le prince Sogino, être accusé à tort de trahison envers son roi, traité comme un vulgaire criminel et — qui sait ? — risquer la peine de mort, était un déshonneur, une humiliation qui souilleraient à jamais sa famille.

— Je dois sauver Florencia, répéta-t-il. Il le faut.

Son esprit et son cœur lui commandaient de faire vite. Mais pour la première fois de sa vie, il doutait de lui-même et avait peur d'échouer.

Il se leva de son siège et par la porte-fenêtre laissée ouverte sortit dans le jardin.

La cité s'étendait, paisible, harmonieuse, voluptueuse presque sous le chaud soleil de cette fin de journée. Grâce à leur travail et à leur talent, ses peintres, ses sculpteurs, ses artisans avaient contribué à la beauté de la terre entière. Mais Florence avait été aussi un monde violent et cruel qui avait laissé une marque indélébile sur ses habitants. En eux l'histoire vivait, renaissait perpétuellement à travers leurs émotions, leurs aspirations, leurs ambitions.

Il pensa à Florencia dont la beauté évoquait les madones peintes par Raphaël, Florencia... sa madone à lui... Quelque chose de divin habitait la jeune fille. Il eut alors le sentiment qu'il n'était pas seul pour la sauver. Une puissance supérieure était prête à l'aider, à le guider. Oui, Dieu l'accompagnait dans cette croisade. Pour la première fois depuis bien longtemps, il avait besoin d'être secouru, et c'est du fond de son âme qu'il se mit à prier.

Lord Mere parcourut des yeux la luxueuse salle de banquet où le prince Gorizia donnait son dîner. Parviendrait-il à s'éclipser sans attirer l'attention ? Pour l'instant, cela paraissait difficile.

La vaisselle et les chandeliers d'argent posés sur la table étaient splendides, et les bijoux des femmes rutilaient sous la lumière des grands candélabres qui éclairaient la pièce. Même le prince semblait avoir acquis un air de distinction, de cette élégance qui lui faisait défaut le reste du temps.

Des mets raffinés, savoureux, furent servis, accompagnés de l'excellent vin produit par les vignes du prince et dont ce dernier ne cessait de se vanter à qui voulait bien l'entendre. Vêtu d'une livrée bordeaux et violette, galonnée de doré, dont le style rappelait l'époque médiévale, un laquais se tenait derrière chaque convive.

Lord Mere trouva Vincente Gorizia encore plus répugnant que lors de leur première rencontre chez la comtesse Mazara. Quand il lui prit la main pour le saluer, sa physionomie lascive et sournoise évoqua celle d'un reptile, d'un cobra venimeux devant lequel on recule, saisi d'effroi.

On s'assit à table. Lord Mere se trouva placé en face de Vincente qui était entouré de deux jolies jeunes filles, ses cousines de Rome. Il fit beaucoup d'effusions à l'une d'elles qui heureusement avait beaucoup plus d'expérience que ce que sa jeunesse laissait supposer et reçut les compliments obséquieux de son parent avec un savoir-faire étonnant. L'autre cousine, qui devait avoir une quinzaine d'années, assistait sans doute à sa première grande soirée. Les yeux brillant d'excitation, elle promenait des regards curieux autour d'elle. Avec son joli visage et ses longs cheveux qui descendaient jusqu'à la taille, elle ressemblait à une des gracieuses créatures peintes par Botticelli.

De son côté, lord Mere avait pour voisines une charmante demoiselle de Florence qui avait passé beaucoup de temps à Paris, et une autre cousine des Gorizia, arrivée elle aussi de Rome.

La conversation roulait, amusante et spirituelle sur des sujets variés, et s'il n'avait pas eu l'esprit préoccupé par son enquête, il se serait sans doute beaucoup diverti.

Le dîner terminé, les convives se dirigèrent vers un grand salon en rez-de-jardin. Les portes-fenêtres s'ouvraient sur une terrasse. Un orchestre jouait doucement. La décoration de la pièce avait quelque chose d'antique avec ses piliers, ses statues de pierre et l'immense fresque qui couvrait le mur du fond.

N'ayant nulle envie de danser, lord Mere se mit à examiner la peinture murale avec intérêt. Il retrouva une de ses voisines de table, la cousine de Rome, et galamment s'offrit pour lui montrer la collection de tableaux du prince.

— Volontiers, répondit-elle. Bien que je sois de la famille, c'est ma première visite au palais, et je n'ai pas encore eu l'occasion de voir les merveilleux trésors qu'il renferme.

— J'aurais plaisir à vous accompagner, dit-il. Mais je ne suis qu'un piètre guide. Ma première visite à moi ne date que de cet après-midi !

Elle se mit à rire.

— Il paraît qu'hier vous êtes allé au palais Sogino. Vous êtes certainement un amateur d'art passionné !

— Un fervent admirateur de la beauté serait plus juste, corrigea-t-il.

Elle répondit à son compliment par un sourire coquin.

Comme ils prenaient le grand escalier pour

atteindre le premier étage, une voix appela derrière eux :

— Marsalla ! Mon père me demande d'ouvrir le bal maintenant. Tu m'as promis cette danse.

C'était le prince Vincente.

— Oui, j'arrive, s'écria-t-elle. Pardonnez-moi, milord, ajouta-t-elle en s'adressant à lord Mere, je vous rejoindrai dès que je serai libre.

— Je vous attends, promit-il.

Marsalla descendit les marches en courant pour retrouver son cousin. Alors, lord Mere se rendit compte que c'était là le moment rêvé pour quitter la fête et se glisser jusqu'à la tour ouest. Un énorme bouquet le dissimulait en partie et il était persuadé que Vincente Gorizia ne l'avait pas reconnu.

Saisissant l'occasion au vol, il grimpa vivement l'escalier, et se souvenant du plan du palais qu'il avait grossièrement tracé sur un morceau de papier, il n'eut pas trop de mal à reconnaître le chemin des appartements privés du prince.

Il se tenait néanmoins sur le qui-vive. Il n'avait pas oublié sa conversation avec le joaillier Giovanni. Vincente avait un garde du corps. C'est d'ailleurs pour cette raison que Hicks l'avait accompagné au palais. Sa mission consistait à se lier avec le personnel de la maison et à éloigner le garde du corps de la tour ouest.

— Cela me serait utile, milord, avait dit Hicks en aidant son maître à s'habiller, de prendre le flacon de cognac que Sa Grâce emporte toujours avec elle lorsqu'elle va chasser.

— Si tu veux.

— On peut boire une demi-douzaine de bouteilles de leur vin italien, avait-il continué, sans que cela vous monte à la tête. Mais avec le cognac, c'est une tout autre paire de manches pour ne pas être soûl.

— Fais au mieux, Hicks, avait répondu lord Mere. Je te donne carte blanche.

— Soyez prudent, milord. D'après ce qu'on m'a rapporté, les Gorizia ne sont pas des rigolos, et ce n'est pas peu dire !

Lord Mere savait que son valet avait raison.

D'un pas rapide, il longea plusieurs couloirs avant de trouver la chambre du prince. Il ouvrit la porte suivante et vit un grand salon décoré de façon luxueuse.

Le bal ayant commencé, il était probable que le valet du prince et le reste du personnel à son service s'étaient rassemblés dans la cuisine pour dîner à leur tour. Il pouvait donc opérer en toute tranquillité. Personne ne le surprendrait. En vérité, il n'aurait pu choisir meilleur moment pour se livrer à sa petite enquête

D'après Florencia, le coffre-fort qui renfermait les négatifs des photos compromettantes se trouvait dans la chambre à coucher de Vincente. Sans doute était-il dissimulé par quelque artifice...

En effet, au premier coup d'œil, il n'y avait aucun signe de coffre. Il se dirigea d'abord vers une ravissante armoire en marqueterie datant probablement du XVIe siècle. Une clé dorée tourna dans une serrure dorée, le battant s'ouvrit révélant une collection de fouets, de chaînes et autres objets érotiques.

Il serra les lèvres et sa bouche ne fut plus qu'une mince ligne dure. Il referma vivement la porte.

A la pensée que Florencia était promise à un maniaque sexuel, il sentit la nausée le gagner. Il se ressaisit aussitôt. Il ne fallait pas perdre de temps. Son absence risquait d'être remarquée par ses hôtes et de les intriguer.

Il parcourut la pièce du regard. Dans un coin, il y avait une table recouverte d'une lourde couverture de velours frangée, en harmonie avec la décoration chargée de la chambre. Il s'en approcha, et souleva le tapis de table : le coffre-fort était dessous.

Ce n'est pas une mauvaise cachette, songea-t-il.

Il s'agissait d'un modèle récent de coffre, qui ressemblait d'ailleurs fort à celui qu'il possédait lui-même, mais comme il avait suivi des cours à Londres pour apprendre à ouvrir n'importe quel coffre en vente sur le marché, il ne mit que deux ou trois minutes pour trouver la combinaison.

A l'intérieur, il y avait trois étagères. Sur la plus haute, se trouvaient des écrins de velours qui devaient contenir des bijoux. Sur celle du milieu, il y avait des papiers. S'il avait eu le temps de les examiner, sans doute aurait-il découvert des documents compromettants pour leur propriétaire. Mais dans l'immédiat son devoir se bornait à sauver le père de Florencia... Enfin, sur la dernière étagère, il trouva ce qu'il cherchait. Ayant lui-même un appareil de photo, il savait à quoi ressemblait une pellicule photographique.

Heureusement que les négatifs que le prince conservait se présentaient en rouleaux — une invention beaucoup plus récente — et non en plaques de verre, comme il l'avait craint. Cacher dans son habit des daguerréotypes aurait été plutôt difficile.

Chose surprenante, il y avait plusieurs rouleaux de pellicule. Etaient-ils tous sur le prince de Sogino ? Son regard se posa sur un paquet de photos, posé sur la même étagère. Oui, il y avait celles du prince Sogino, et d'autres concernant des personnes qu'il ne connaissait pas. Sans doute étaient-elles aussi victimes d'un chantage de la part de Vincente Gorizia.

Il glissa rapidement les rouleaux dans la poche de son habit à queue de pie. Au moment où il allait refermer le coffre, un petit sachet attira son attention. Il le reconnut aussitôt.

Le mois précédent, au cours d'une visite à Scotland Yard, un commissaire lui avait montré des sachets semblables. Ils contenaient une drogue introduite illégalement en Angleterre par un homme que la police venait d'arrêter.

Le prince prenait donc de la drogue! Voilà sans doute ce qui expliquait pourquoi il avait tant besoin d'argent.

Il referma le coffre en ayant soin de remettre la même combinaison et rabattit le lourd tissu qui le recouvrait. Sur la pointe des pieds, il traversa la chambre et s'arrêta un instant sur le seuil, aux aguets. Personne ne devait le voir sortir de l'appartement du prince. A son grand soulagement, le couloir était désert. Il referma sans bruit la porte derrière lui, et s'engagea dans le vestibule.

Soudain, un cri perçant retentit. Il s'arrêta. C'était un cri de femme. Vite, il fallait quitter la tour ouest avant que le personnel, alarmé, n'accoure.

Il y eut un autre cri. Alors, s'approchant prudemment d'une fenêtre ouverte, il regarda au-dehors. Il était juste au-dessus du rempart, transformé en terrasse, qui surplombait le jardin où se dressait la fontaine d'Ammanati. La nuit était presque tombée. Néanmoins, il distingua une robe blanche et une forme qui se débattait.

Ce ne sont pas mes affaires, se dit-il, se détournant de la fenêtre.

Son seul souci n'était-il pas de rejoindre la fête afin de ne pas éveiller de soupçons?

Au même moment, il reconnut à sa longue chevelure qui se mouvait la jeune fille de quinze ans que le prince Vincente avait eue pour voisine de table. Sans doute l'individu qui la brutalisait était Vincente lui-même. Ce dernier la traînait tant bien que mal vers un petit salon de jardin, installé sur le rempart.

Par la croisée ouverte, lord Mere entendit la malheureuse implorer:

— Non, non... Laissez-moi!

Le prince ne répondit pas et à la façon dont il la maintenait et la tirait vers la banquette de rotin, on comprenait quelle était son intention.

Lord Mere assistait à la scène, horrifié. Sous l'effet de la drogue ou excité par un désir pervers qui le poussait à rechercher la compagnie de jeunes adolescentes, le prince s'apprêtait à commettre le crime que représentait la sculpture d'Ammanati.

Alors, il n'hésita plus. Non, quel que soit le risque qu'il prenait, son devoir était de porter secours à la jeune fille. Il ne lui avait même pas adressé la parole, bien qu'au dîner elle fût assise en face de lui, mais elle était bouleversante de jeunesse et d'innocence, et l'espace d'un instant, son image se confondit avec celle de Florencia.

Il se rua dans l'escalier et s'arrêta devant une porte ouverte qui donnait précisément sur le rempart. Le temps qu'il arrive, Vincente Gorizia avait eu raison de sa victime. Il l'avait allongée sur la banquette et s'était jeté sur elle. Elle continuait de se débattre et de crier, mais avec de moins en moins de force.

— Non, non... pas ça, suppliait-elle, misérable. Je vous en prie... Oh, mon Dieu, sauvez-moi !

Sourd à ses prières, le prince déchira le corsage de sa robe. Elle poussa un cri de terreur. Lord Mere bondit sur lui et, le saisissant par sa redingote, l'obligea à se mettre debout.

— Arrêtez, espèce de malotru ! s'exclama-t-il.

— Vous ! Que diable faites-vous ici ? fit le prince, écumant de rage. Occupez-vous de vos affaires !

— Vous allez laisser cette jeune fille tranquille ou alors vous regretterez d'être jamais né ! menaça lord Mere.

Il tremblait de colère et parlait avec une violence inhabituelle. En d'autres circonstances, il serait resté maître de lui. Mais ce soir, c'était impossible. La pensée que cet être dégénéré aurait pu violer Florencia lui faisait perdre son sang-froid. Seule l'habitait la haine d'un crime immonde et bestial.

Les deux hommes, qui se faisaient face, se foudroyaient du regard. Comprenant soudain qu'elle était libre, la jeune fille se releva et se sauva en sanglotant en direction du palais.

— Veuillez me pardonner, Votre Grandeur, dit lord Mere, faisant un effort surhumain pour retrouver son calme, mais cette enfant est encore trop jeune pour ces jeux d'adulte.

— Sale Anglais fouineur! gronda le prince. Tu vas me le payer... Je vais te tuer!

Sa main alla à la poche intérieure de son habit. Dans la nuit brilla avec une lueur diabolique l'acier d'une lame.

Lord Mere se rendit brusquement compte que la situation devenait périlleuse. Les pupilles du prince étaient anormalement dilatées, ce qui signifiait qu'il était sous l'influence d'une drogue. En outre, il avait beaucoup bu au dîner. Dans son état, il était prêt à tuer sans le moindre scrupule. Et en effet, il brandit son stylet tout en reprenant son aplomb.

Lord Mere se sentit soudain calme et assuré ainsi qu'il l'était toujours dans les moments de danger aigu. Il avait également conscience d'une puissance supérieure, d'une force divine qui le protégeait et le guidait. N'étant pas armé, son seul recours était d'anticiper l'attaque de son agresseur.

Avec la rapidité et l'assurance d'un athlète dont le corps et l'esprit fonctionnent en parfaite harmonie, il se jeta sur son agresseur, et de son poing l'atteignit au menton. Pour cette attaque qui respectait les règles de boxe dictées par le marquis de Queensberry, il dut faire appel à toute son énergie.

Sous le choc le prince vacilla et lâcha son poignard qui tomba à terre avec un bruit métallique.

Lord Mere ne lui laissa pas le temps de se ressaisir. Il le frappa une seconde fois. Ce coup-ci, le prince perdit complètement l'équilibre et, incapable de se rattraper, tomba à la renverse. Le parapet qui ne lui arrivait qu'aux genoux ne le retint pas. Alors, il bascula dans le vide.

Pendant quelques secondes, lord Mere demeura interdit. Il ne pouvait en croire ses yeux. Puis, il s'approcha du mur et regarda de l'autre côté. Juste dans l'alignement de la fontaine Ammanati, le corps du prince gisait, immobile. Il avait fait une chute de douze mètres environ et s'était probablement brisé la nuque. Lord Mere ne pouvait détacher son regard du corps, tache sombre sur la pierre blanche du jardin. Enfin, il se détourna et s'éloigna rapidement.

Il reprit l'escalier emprunté quelques instants plus tôt, se retrouva dans le vestibule qui menait à la chambre du prince, et redescendit le deuxième escalier qui reliait la tour ouest au reste du palais. En très peu de temps, il arriva dans la galerie de tableaux qu'il avait eu l'intention de visiter en compagnie de Marsalla. Celle-ci d'ailleurs ne tarda pas à arriver à sa rencontre. Sa robe rose et argent brillait à la lumière des lampes à gaz qui éclairaient cette partie du palais.

— Ah, vous voilà! s'écria-t-elle. Comme promis, je vous rejoignais, mais je craignais que vous n'ayez changé d'avis...

— J'ai fait un premier tour, histoire de sélectionner les meilleures toiles. Inutile de perdre du temps avec celles qui n'en valent pas la peine.

Il parlait avec calme bien que, encore choqué par la mort accidentelle de Vincente, son cœur battît violemment dans sa poitrine.

— Je suis désolée de vous avoir abandonnée, reprit-elle. C'était un peu cavalier de ma part. Je n'ai d'ailleurs guère aimé danser avec mon cousin. Vincente a beaucoup trop bu au dîner. Aussi j'ai prétexté que je voulais parler à ma mère pour me défaire de sa compagnie le plus vite possible.

— En effet, danser avec un homme en état d'ébriété ne doit avoir rien de plaisant.

Elle se mit à rire.

— J'ai bien peur que cousin Vincente ne soit pas un garçon sérieux! Mais cessons de parler de lui et montrez-moi donc ces tableaux que vous avez choisis.

— Deux ou trois d'entre eux sont de pures merveilles. On dirait que c'est vous qui avez posé pour eux.

Il lui indiqua ses tableaux préférés et, pour jouer son rôle de séducteur jusqu'au bout, déposa un léger baiser sur ses lèvres.

— Rejoignons les autres, dit-il en la ramenant à la salle de bal. Pour votre première soirée à Florence, il ne faudrait pas compromettre votre réputation.

— Nous reverrons-nous pendant votre séjour? demanda-t-elle.

— Je vous promets de faire mon possible, mais je crains que vous ne soyez très prise de votre côté et que vous n'ayez guère de temps à m'accorder.

— Oh, mais je saurai me libérer, objecta-t-elle.

Il la laissa auprès de ses parents et tandis qu'on la plaisantait parce qu'elle avait disparu au bras d'un beau garçon, il s'éclipsa. Il n'avait pas eu l'intention de quitter la soirée aussi tôt, mais il lui était brusquement venu à l'esprit que le corps de Vincente serait découvert d'ici une heure ou plus. Il lui fallait donc un alibi.

Lorsqu'il avait promis à la comtesse Mazara de la rejoindre chez elle après avoir passé la première partie de la soirée au palais Gorizia, ce n'était en vérité que par galanterie. Mais peut-être avait-il eu aussi l'intuition, pour étrange que cela paraisse, que cela risquait de lui être utile. Une fois de plus, la chance lui souriait. Le destin venait à sa rescousse d'une façon presque magique.

Si on savait qu'il avait quitté la réception du prince suffisamment tôt pour se rendre chez la comtesse, on ne pourrait l'impliquer dans la mort de Vincente.

Bien sûr, la jeune fille risquait de rapporter à sa mère que son cousin l'avait brutalisée, et que quelqu'un était heureusement intervenu à temps. Mais cela n'inquiétait pas lord Mere. La plupart des jeunes filles étaient bien trop timides pour raconter une expérience aussi traumatisante — pareille mésaventure était ressentie par la famille comme une tragédie pire que la mort —, et même si elle se confiait, elle ne pourrait donner aucune précision sur son sauveur. Il était sûr qu'elle n'avait pu le reconnaître dans l'obscurité. Elle était trop bouleversée.

Ce qu'il faut, décida-t-il, c'est que tout le monde sache où je me trouve dans les heures à venir.

Il s'approcha donc de deux ou trois convives.

— Vous partez déjà ? demanda l'un d'eux.

— J'ai promis à la comtesse Mazara de ne pas lui faire faux bond, expliqua-t-il. C'est toujours pareil... Deux réceptions agréables le même soir, et le reste du temps aucun divertissement en vue.

L'homme se mit à rire.

— C'est bien vrai, assura-t-il. Les soirées de la comtesse sont toujours très réussies.

Puis, lord Mere prit congé de son hôte. Le prince Gorizia se montra très compréhensif.

— J'ai bien vu que la comtesse était déçue de ne pas vous avoir à dîner, dit-il. Vous êtes trop populaire, jeune homme, mais c'est normal que vous désiriez votre part de gâteau !

Amusé par sa propre plaisanterie et particulièrement satisfait d'avoir prononcé les derniers mots en anglais, il éclata de rire.

Lord Mere sourit.

— Je n'oublierai pas de répéter vos paroles à la comtesse, dit-il. Merci pour ce succulent dîner. J'ai passé une soirée merveilleuse.

Le prince eut la politesse de le raccompagner jusqu'à la porte d'entrée. Lord Mere monta dans sa voiture et les chevaux partirent au trot. Il se renversa contre les coussins moelleux de la banquette et ferma les yeux.

Il avait réussi! Pouvait-il réellement croire que désormais ses soucis et ceux de Florencia étaient terminés? Pourtant, tout s'était bien déroulé, comme un morceau de musique magnifiquement orchestré. Certes, la musique d'une marche funèbre jouait au loin, mais n'entendait-il pas aussi la fanfare éclatante de la victoire?

6

La voiture roula pendant quelques minutes en direction de la ville, puis lord Mere tapa à la vitre. Le cocher tira sur les rênes et le valet de pied descendit pour ouvrir la portière.

— Vous me conduirez chez la comtesse Mazara, mais nous allons d'abord passer chez sir Julius pour déposer Hicks. Appelez-le, j'ai à lui parler.

Le valet s'exécuta. Hicks, qui s'était installé à côté du cocher, vint retrouver son maître et la voiture s'ébranla.

— Mes félicitations, Hicks, dit lord Mere. Tu as fait du bon travail. Je n'ai pas rencontré âme qui vive dans la tour ouest.

— Cela n'a pas été facile pour endormir le garde du corps, milord, répondit le valet. C'est un gars du genre costaud. Il a vidé la moitié du flacon de cognac sans donner le moindre signe d'ébriété. J'ai donc mis dans le reste une de ces pilules blanches que nous avons déjà utilisées.

Lord Mere fronça légèrement les sourcils mais ne dit rien.

— Le résultat a été immédiat, continua Hicks. Quelques minutes plus tard, il s'affalait et tout le personnel, le croyant ivre mort, riait de lui.

Lord Mere eut l'air soulagé. Il avait craint que le

garde ne trouve le corps de Vincente avant la fin de la soirée. Mais heureusement le somnifère puissant que Hicks lui avait administré le ferait dormir pendant encore cinq bonnes heures...

Décidément, jamais la chance ne m'a autant souri, songea-t-il.

C'était peut-être grâce aux prières de Florencia que tout ce qu'il entreprenait depuis ce soir réussissait.

— Bon, maintenant, j'ai une autre mission difficile à te confier, dit-il à Hicks qui attendait de nouvelles instructions. Mais je suis sûr que tu t'en acquitteras à merveille, comme toujours.

— Je ferai de mon mieux, milord.

Cinq minutes plus tard, la voiture s'arrêtait devant le portail de la maison de sir Julius. La villa se dressait, sombre et mystérieuse contre le ciel étoilé. Hicks sauta à terre.

— Bonne nuit, milord, dit-il avec respect, et il attendit que l'équipage reparte avant de s'engager dans l'allée du jardin.

Lorsque lord Mere arriva chez la comtesse Mazara, il n'était pas encore minuit. Les laquais dehors avec leurs torches et la rangée de voitures dans la cour indiquaient qu'aucun invité ne songeait encore à quitter la soirée.

Le maître d'hôtel l'annonça et la comtesse ne put retenir un cri de joie en l'apercevant. Elle se dirigea vers lui avec une grâce féline. Ses yeux brillants de plaisir avaient l'éclat des diamants qu'elle portait.

— Ah, vous voilà! s'écria-t-elle. Vous avez tenu votre promesse. Je craignais tant que vous n'en fissiez rien. J'aurais été vraiment très fâchée.

— Je n'aurais pu supporter de vous décevoir, répondit-il.

Il lui baisa la main.

Comme elle le lui avait assuré, il y avait peu de

monde. Elle le présenta à plusieurs personnes qui, n'ayant plus l'âge de danser, regardaient les jeunes gens évoluer avec entrain au son d'une musique endiablée. L'orchestre était celui qui avait joué la soirée précédente.

Ils rejoignirent un petit groupe. Lord Mere comprit qu'il s'agissait des proches de la comtesse. On l'observa. On lui posa quelques questions sur sa venue à Florence. On lui demanda s'il s'était amusé à la soirée du prince Gorizia.

— A Florence, vous savez recevoir, dit-il. Vos réceptions sont tellement plus divertissantes que ces bals pompeux qu'on donne à Londres.

Les Florentins parurent sensibles à ce compliment. Ils prirent ensuite des nouvelles de la reine et de chaque membre de la famille royale. A leur ton plein de déférence, lord Mere devina que la comtesse avait parlé de lui en termes élogieux et qu'en vérité on le croyait beaucoup plus important qu'il ne l'était.

Cela ne l'ennuya pas. Au contraire. Tant mieux si on remarquait la vive sympathie que témoignait la comtesse à son égard. Et tout en satisfaisant le plus aimablement du monde la curiosité dont il était l'objet, il eut soin de sous-entendre que cette affection était mutuelle. Puis, se tournant vers son hôtesse, il l'invita à danser.

— J'espère que vous n'êtes pas pressé de rejoindre sir Julius, dit-elle. Mes amis ne s'attarderont pas et ce sera merveilleux de rester... seuls... en tête-à-tête.

De toute évidence, la comtesse n'était pas disposée à lui rendre sa liberté de si tôt.

— Je ne souhaite rien d'autre, répondit-il, et je compte les minutes jusqu'au départ de vos invités. Leur compagnie est plaisante, mais entre nous... superflue...

Il la sentit se blottir légèrement contre lui, et une fois de plus, il songea que, s'il n'était pas amoureux de Florencia, une liaison avec la comtesse aurait été une façon fort agréable de passer le temps.

Mais son cœur appartenait à Florencia. Un attachement aussi subit, cela certes pouvait paraître à peine croyable. Et pourtant... Dès l'instant où ses yeux s'étaient posés sur la jeune fille, dès l'instant où il avait reconnu dans ses traits délicats ce visage si souvent peint par Raphaël, visage qui le hantait depuis qu'il avait découvert les œuvres de l'artiste italien, il avait su que c'était elle qu'il cherchait, elle qu'il aimait, et que jamais il ne trouverait une femme plus belle, plus bouleversante.

Néanmoins, la comtesse jouait à son insu un rôle primordial. Il ne devait donc pas la négliger. Si on les croyait amants, on ne pourrait soupçonner son sentiment à l'égard de Florencia, ni ses agissements contre les Gorizia.

Il savait que la joie avec laquelle la comtesse l'avait accueilli ce soir n'avait échappé à personne, et que les regards complices qu'ils échangeaient depuis devaient conforter chacun dans son impression.

La danse terminée, ils retournèrent s'asseoir. A leur approche, les amis de la comtesse se turent brusquement. Lord Mere comprit qu'on avait parlé d'eux. Après quelques minutes d'un silence embarrassé, le plus âgé d'entre eux se leva.

— Il est grand temps que je me retire, ma chère.

Les autres prirent aussi congé. La comtesse ne chercha pas à les retenir. Elle se contenta de dire qu'elle avait été ravie de les voir et qu'elle espérait les retrouver le lendemain à un déjeuner que donnaient des amis communs.

Ce fut le signal du départ pour tous les invités qui, petit à petit, après avoir remercié leur hôtesse de son accueil, s'apprêtèrent à partir. Au même moment, un laquais s'approcha de lord Mere.

— Votre valet est ici, milord, dit-il d'une voix suffisamment forte pour que tout le monde entende. Il désire vous parler. Il paraît que c'est urgent.

Lord Mere eut l'air surpris.

— Je me demande bien ce que cela signifie, dit-il, et se tournant vers la comtesse, il ajouta :

— Croyez-vous que ce soit sir Julius qui se sente plus mal tout à coup ?

— Oh mon Dieu, pourvu que non ! s'écria-t-elle en joignant les mains.

— Faites entrer mon valet, je vous prie, ordonna-t-il.

— Sir Julius est donc malade ? s'enquit un convive.

— Je l'ai vu un bref moment avant de me rendre chez le prince Gorizia, répondit lord Mere. Il se plaignait d'une très grande fatigue, mais ce n'était qu'un léger malaise et il n'envisageait même pas d'appeler le docteur.

Sur ces entrefaites, Hicks entra d'un pas pressé. Il avait endossé sa livrée, ce qui lui donnait l'air du parfait laquais britannique.

— Veuillez m'excuser, milord, dit-il en s'inclinant, mais un messager de Sa Majesté la reine vient d'arriver chez sir Julius. Votre Grâce doit le recevoir sans délai. C'est extrêmement important.

— Un messager de la reine ! s'exclama lord Mere, de plus en plus étonné. As-tu une idée de ce qu'il veut ?

— Sa Majesté vous réclame en Angleterre. Vous devez rentrer immédiatement.

— S'est-il expliqué ?

— J'ai cru comprendre qu'un hôte de marque est en visite à Windsor Castle. La reine vous demanderait de prendre soin de son invité pendant son séjour.

Cette conversation avait lieu naturellement en anglais. Néanmoins, la plupart des personnes présentes dans ce salon parlaient et comprenaient cette langue. Lord Mere devinait qu'aucun mot ne leur échappait.

— Merci, Hicks, dit-il. A-t-on avancé mon équipage ?

— Je suis parti de chez sir Julius en voiture afin de ne pas perdre de temps, milord.

— Tu as eu raison, assura lord Mere.

Hicks s'inclina de nouveau et quitta la pièce.

Lord Mere eut un geste exaspéré de la main.

— Jamais je n'aurais pensé que Sa Majesté interromprait mon séjour à Florence d'une façon aussi impérieuse ! dit-il à la comtesse.

— Je suppose que vous ne pouvez pas désobéir à cet ordre, fit-elle d'un air triste.

— Je n'ai pas le choix. Le messager de la reine m'attend chez sir Julius. Il va sans doute me remettre une lettre où mes instructions seront écrites. Je saurai ainsi quel est ce personnage de haut rang que Sa Majesté reçoit.

Il fit une grimace avant de continuer, avec un rire moqueur :

— Sans doute parle-t-il un langage inintelligible que Sa Majesté, qui s'obstine à me croire capable de tous les exploits linguistiques, me demandera de traduire.

Il était clair que cette histoire avait piqué la curiosité de chacun. D'ici demain tout Florence serait au courant de ce coup de théâtre.

Dès lors, plus personne ne fit mine de vouloir s'en aller. On passerait probablement le reste de la soirée à s'interroger sur cet événement et à se livrer à toutes sortes de spéculations.

Il prit congé des invités, et la comtesse le raccompagna jusqu'à la porte d'entrée.

— Le destin est contre nous, fit-elle à mi-voix.

— C'est ce que je me disais. Je suis désolé.

— Reviendrez-vous à Florence ?

— Je n'ai ni vu ni fait la moitié des choses que j'avais prévues.

Cette réponse ambiguë laissait à entendre qu'il tâcherait de revenir à Florence dès que possible. Il savait du moins que c'est ce que la comtesse comprendrait.

Devant les laquais postés dans le hall, il ne put que lui faire un baisemain, ce dont il s'acquitta avec la ferveur voulue. Ses lèvres s'attardèrent délibérément sur la peau douce de la jeune femme. Quand elle lui dit au revoir, une immense déception se lisait dans son regard.

Soulagé de s'être tiré de ce mauvais pas avec autant de brio, lord Mere s'engouffra dans sa voiture. Au bout de quelques minutes, il tapa à la vitre. L'équipage s'immobilisa. Il dit au valet de pied qu'avant de rentrer chez sir Julius il désirait aller chez le prince Sogino.

Sans paraître le moins du monde surpris par ce changement de programme, le valet transmit l'ordre au cocher. La voiture fit demi-tour.

A cette heure de la nuit, les rues étaient désertes. Bientôt, ils s'engagèrent sur la route qui serpentait à travers la colline. Niché au cœur d'une végétation luxuriante, le palais Sogino apparut enfin.

A l'idée de revoir Florencia et de lui annoncer que désormais ses ennuis étaient terminés, lord Mere sentit son cœur se dilater de joie. Encore maintenant il avait du mal à croire au succès de sa démarche. Pourtant, la pellicule et les photos qui compromettaient le prince étaient bel et bien dans la poche de son habit, et Vincente Gorizia était mort !

Grâce aux bons soins de Hicks, le garde du corps dormait toujours, et la tour ouest étant éloignée des appartements du vieux prince Gorizia, il se pouvait fort bien qu'on ne retrouve le cadavre de Vincente qu'au matin.

La consternation serait générale, mais il était évident qu'on croirait à un accident. Personne au palais ne devait ignorer que le prince buvait et se droguait. Il viendrait donc tout de suite à l'idée qu'il avait basculé du haut du rempart parce qu'il n'était pas dans son état normal.

Seule la jeune cousine qu'il avait brutalisée risquait de dire qu'il s'était battu... Mais, même si elle parlait, les Gorizia feraient tout pour étouffer l'affaire. C'étaient des gens orgueilleux, qui n'aimeraient pas qu'on sache que Vincente avait eu le dessous dans un combat ou qu'un inconnu avait réussi à l'assassiner. Sans doute prétendraient-ils, pour sauver les apparences, qu'il avait succombé à une crise cardiaque, ou qu'à la suite d'un accident il était resté inconscient dehors toute la nuit et avait contracté une pneumonie...

Les aristocrates à Florence avaient tant de fierté ! Quand il s'agissait de protéger l'un des leurs, tous les mensonges étaient bons ! On pouvait être certain que la mort du prince Vincente serait annoncée avec la plus grande discrétion.

La voiture s'immobilisa devant l'entrée du palais Sogino. Le valet de pied frappa d'un coup sec à la porte. Un laquais ouvrit. C'était un tout jeune homme, qui n'avait probablement pas été souvent de service la nuit et ne savait que faire de ces visiteurs qui se présentaient à une heure aussi tardive chez son maître.

Lord Mere descendit de voiture.

— Je dois voir Sa Grâce la princesse Florencia immédiatement, expliqua-t-il. Veuillez lui dire que je suis ici et désire lui parler.

L'air indécis, le laquais le regarda un instant en silence, avant de répondre :

— Sa Grâce est à la chapelle, milord. Je vais la prévenir.

— Non, ne bougez pas, fit lord Mere avec autorité. J'y vais moi-même.

Le domestique n'insista pas.

Lord Mere emprunta une succession de couloirs sombres que seule une lampe à gaz éclairait de temps à autre, et même plus fréquemment une simple bougie sur son applique d'argent.

Il savait où se trouvait la chapelle. Le prince Sogino l'y avait conduit au cours de sa visite pour lui montrer le retable sculpté qui encadrait un superbe tableau de Taddeo Gaddi, représentant la Crucifixion.

La porte était entrebâillée. La chapelle n'était éclairée que par la lumière des cierges qui brûlaient devant les statues des saints, et par la petite veilleuse du sanctuaire. Dans la pénombre, il distingua la mince silhouette de Florencia, agenouillée, face à l'autel, sur les marches du chœur, un voile de dentelle noire recouvrant ses cheveux d'or.

Elle prie pour moi, songea-t-il avec émotion.

Alors, il se sentit envahi par une immense gratitude envers la vie. N'avait-il pas rencontré Florencia, si parfaite et si pure, au moment où il se désolait de sa solitude ? Il ne connaissait aucune femme, parmi celles qui pourtant lui avaient juré leur amour, qui prierait pour lui à cette heure de la nuit.

Doucement, l'épais tapis qui recouvrait l'allée centrale étouffant le bruit de ses pas, il s'avança.

Immobile, la tête légèrement renversée, les yeux fermés, les mains jointes, paume contre paume, comme autrefois, elle priait avec ferveur et dévotion et ne l'entendit pas venir. Son corps, son cœur et son âme unis dans un même élan, elle implorait le ciel de toutes ses forces, évoquant la grâce fragile de la Vierge Marie visitée par l'ange Gabriel. Seul Raphaël aurait pu saisir tant de beauté et de candeur.

Il s'agenouilla à côté d'elle. Prenant soudain

conscience de sa présence, elle tressaillit. Lentement elle tourna la tête. Leurs regards se croisèrent.

— Ma chérie, vos prières sont exaucées, murmura-t-il d'une voix grave, bouleversé par l'atmosphère sacrée de la chapelle et l'abandon pieux de la jeune fille.

Elle le dévisagea, incrédule.

— Voulez-vous dire…? fit-elle dans un souffle, les yeux pleins de larmes.

— Votre père n'a plus rien à craindre et vous non plus.

Elle le regarda un long moment, puis faisant de nouveau face à l'autel, la tête renversée, les paupières closes, elle se mit à remuer les lèvres. Il comprit qu'elle remerciait Dieu qui leur avait porté secours. Il se recueillit lui-même un bref instant. A son retour en Angleterre, il ferait un don à l'église afin d'exprimer sa reconnaissance. Une offrande serait plus éloquente que ses prières quelque peu maladroites.

Ils se relevèrent ensemble. Elle fit une génuflexion et glissa sa main dans la sienne. En silence ils quittèrent la chapelle, traversèrent le couloir et entrèrent dans un petit salon qui contenait des tableaux superbes. Un feu brûlait encore dans la cheminée. Le reste de la pièce était plongé dans l'obscurité.

Lord Mere comprit que c'était là que la famille Sogino avait passé la soirée, mais pour l'instant il ne songeait qu'à Florencia. Il l'enlaça et elle s'abandonna contre lui.

— Est-ce vrai?… Père est sauvé? demanda-t-elle d'une voix hésitante.

— Vous êtes tous les deux sauvés.

Il se pencha sur elle et l'embrassa avec passion. Bientôt, ils eurent l'impression de flotter dans un ciel sans nuages où plus rien ne les effrayait.

— Je... Je ne peux y croire, chuchota-t-elle. Etes-vous sûr que Vincente... va nous laisser tranquille ?

En vérité, il y avait encore beaucoup à faire avant de pouvoir affirmer qu'il n'y avait plus de danger.

— Ma chérie, je dois parler à votre père, se contenta-t-il de répondre. Conduisez-moi chez lui maintenant. Nous n'avons guère de temps pour agir. Bien sûr, je préférerais vous tenir dans mes bras toute la nuit...

A ces mots, un frisson la parcourut. Il la serra contre lui.

— Je vous aime, dit-il. Mon Dieu, comme je vous aime... mais je ne dois plus vous embrasser tant que je ne vous ai pas révélé, à votre père et à vous, mes projets.

Elle le prit par la main et l'entraîna dans le couloir.

— Père est allé se coucher, expliqua-t-elle. Mais il est tellement tourmenté qu'il n'est probablement pas encore endormi. En général, il passe une grande partie de la nuit assis, au coin du feu.

Il lui fut reconnaissant de ne pas le questionner et se laissa conduire à travers le palais. Ils montèrent un escalier qui menait aux appartements privés de la famille et s'arrêtèrent enfin devant une porte massive. Florencia tapa doucement puis, comme personne ne répondait, l'ouvrit.

En entrant dans la grande pièce, lord Mere jeta un rapide coup d'œil vers le lit à baldaquin : il était vide. Et en effet, installé dans un fauteuil à haut dossier, devant un feu mourant, le prince Sogino, un journal déplié sur les genoux, dormait.

Comme Florencia s'approchait de lui, il se réveilla en sursaut.

— Je viens juste de m'assoupir, fit-il. Que veux-tu, ma chérie ?

— Lord Mere est ici, père. Il désire te parler.

Lord Mere s'avança à son tour. Le prince se redressa sur son siège. Il portait une lourde robe de chambre en velours sur une chemise de nuit de soie. Même en habit de nuit, il gardait cet air de distinction et d'élégance qui le rendait si sympathique. Néanmoins, de grands cernes creusaient son visage et ses yeux trahissaient un profond désespoir. Visiblement la peur ne le quittait plus, et il tendit à lord Mere une main tremblante.

— Veuillez m'excuser, milord, si je ne me lève pas pour vous saluer, dit-il d'un ton courtois.

— Je vous en prie, répondit lord Mere, et pardonnez-moi mon intrusion. Si je me suis permis de venir à une heure aussi tardive, c'est que j'ai quelque chose à vous remettre, quelque chose que vous souhaitiez avoir en votre possession depuis longtemps, je crois.

Tout en parlant, il tira de la poche de son habit les photos et les rouleaux de pellicule que Vincente gardait dans son coffre-fort. Le prince regarda le paquet qu'on lui tendait d'un air incrédule. Quant à Florencia, elle poussa une exclamation de surprise et s'agenouilla près du fauteuil de son père. Lorsqu'elle releva la tête, lord Mere vit les larmes couler sur ses joues.

— Comment avez-vous fait pour vous en emparer? s'écria-t-elle. C'est incroyable, extraordinaire... C'est un miracle!

Comme le prince demeurait sans réaction, lord Mere prit la parole :

— Votre Grandeur, puis-je me permettre une suggestion? Jetez donc ces photos au feu et oubliez qu'elles ont jamais existé.

Le prince ne disait toujours rien.

— J'ai pris dans le coffre tout ce que j'ai trouvé, et je crois que certaines photos mettent en cause d'autres personnes que vous. En les détruisant, vous rendez service à toutes les victimes de Vincente Gorizia qui, en apprenant sa mort demain, sauront qu'elles sont libres.

— Vincente est mort? articula enfin le prince.

Dans le silence de la chambre, les mots résonnèrent comme un coup de feu.

— Il est mort, répéta lord Mere. Son cadavre ne sera probablement pas découvert avant quelques heures.

Il ajouta après un moment de silence :

— Dans les circonstances actuelles, il vaudrait mieux, dans l'intérêt de Florencia et dans le vôtre, que vous quittiez la ville avant que la nouvelle ne soit connue de tout Florence.

Le prince parut surpris. Puis, après quelques secondes de réflexion, il demanda d'une voix calme et assurée :

— Où devons-nous aller?

— Réveillez vos gens maintenant, et sous prétexte d'être appelé au chevet d'un parent proche ou d'un vieil ami de votre famille gravement malade, dites que vous devez prendre le train pour Paris avec Florencia et le prince Antonio.

— Et une fois à Paris?

Lord Mere sourit.

— Vous prendrez un autre train pour l'Angleterre. Je vous invite chez moi en Oxfordshire.

Il poursuivit en se tournant vers Florencia :

— Là-bas, nous nous marierons, Florencia et moi, et plus tard, lorsque la mort du prince Vincente sera oubliée, nous annoncerons notre union au grand jour.

A ces mots, la plus vive surprise se peignit sur le visage du prince.

— Est-ce là ce que tu désires, ma chérie? demanda-t-il quand lord Mere se tut.

— Oh oui, père! Je l'aime et, puisque Vincente

est mort, il n'y a aucune raison pour que je ne l'épouse pas.

En silence, le prince se leva et, saisissant photos et rouleaux de pellicule, jeta le tout dans la cheminée. Au contact des braises, le papier s'enflamma et pendant plusieurs secondes une vive lumière éclaira la pièce. Lord Mere enlaça Florencia qui cacha son visage au creux de son épaule.

— Tout est fini, lui dit-il doucement. Maintenant, je vais vous laisser. Il me faut retourner chez sir Julius, prendre mes bagages et attraper le premier train pour Paris, avant vous, si possible. Vous comprenez, n'est-ce pas, que nous ne devons pas voyager ensemble.

Il la regarda un instant, puis continua :

— Je vous attendrai donc à Paris. Nous irons ensuite en Angleterre où vous deviendrez ma femme.

Il sentit la jeune fille trembler d'émotion et de joie. Elle releva la tête. Des larmes perlèrent au bord de ses cils et se mirent à couler doucement sur ses joues. Il songea qu'aucune femme ne lui avait jamais paru plus belle ni plus fascinante. Les yeux dans les yeux, ils ne bougeaient pas, oublieux du temps, oublieux du reste du monde...

De son côté, le prince contemplait, pensif, les flammes qui finissaient de consumer les photos.

— Comment pourrai-je jamais vous remercier ? dit-il en se tournant vers lord Mere.

— Voilà qui est facile, répliqua celui-ci. Accordez-moi la main de Florencia et acceptez de venir en Angleterre. Et puis... j'ai un service à vous demander. J'aimerais que vous emportiez avec vous le collier. Ma sœur serait désespérée si son mari découvrait qu'on le lui a volé.

— Je vous présente mes plus humbles excuses... commença le prince.

— Non, je vous en prie, interrompit lord Mere. Ce

sont les circonstances qui ont poussé votre fils à agir ainsi. Je le comprends parfaitement et je ne vous en fais aucun reproche. J'ai d'ailleurs une proposition à vous soumettre. Avant de quitter Florence, demandez à Giovanni de faire une copie du collier.

— Une copie ? répéta le prince, stupéfait.

— Oui, une copie que vous laisseriez à ma sœur. Mon beau-frère n'y verra que du feu et ce bijou de famille qui a une si grande valeur affective restera en votre possession.

— Vraiment... les mots me manquent pour vous exprimer toute ma gratitude...

— Florencia saura les trouver, dit lord Mere en souriant. Permettez-lui de me raccompagner. Ma voiture attend devant votre porte. Pendant ce temps, donnez vos ordres. Il vous faut quitter la ville le plus vite possible. Naturellement il est essentiel qu'on ne puisse établir un lien entre votre départ, si précipité soit-il, et la mort de Vincente Gorizia.

Le prince opina de la tête.

— Oui, bien sûr. Je vais suivre vos conseils.

Ils échangèrent une chaleureuse poignée de main. Puis lord Mere sortit avec Florencia et le prince tira le cordon de la sonnette pour appeler son valet de chambre.

En silence les deux jeunes gens suivirent le couloir qui les ramena au grand escalier. Lord Mere s'arrêta soudain et, serrant étroitement Florencia contre lui, l'embrassa jusqu'à ce que leurs cœurs battent à l'unisson. Désormais, il n'avait plus peur de la perdre. Elle lui appartenait.

— Je... vous aime, murmura-t-elle. Je vous aime... Il n'existe personne au monde qui soit plus intelligent ni plus merveilleux que vous.

Elle eut un petit rire ému qui ressemblait presque à un sanglot et ajouta :

— Je me trompais bien quand j'affirmais que

jamais saint Georges ou saint Michel n'auraient pu me sauver... Vous, vous avez réussi et je veux m'agenouiller à vos pieds pour vous exprimer toute ma reconnaissance.

— Je préfère vous garder dans mes bras, répondit-il, bouleversé par cet aveu. Je vous adore, ma petite madone. Enfin je peux vous le dire! Et le plus tôt nous serons mariés, le mieux ce sera. Une vie me semble bien trop courte pour vous prouver mon amour.

— J'espère que père ne nous demandera pas d'attendre de peur de choquer notre famille par notre précipitation.

— Nous garderons notre mariage secret et nous passerons plusieurs mois en Angleterre. Après la mort de Vincente, votre absence ne surprendra réellement personne.

— Pourvu que vous ayez raison, fit-elle d'un air soucieux. Je désire tant devenir votre femme. Je veux être avec vous, mais je ne veux pas, pour votre bien comme pour celui des miens, causer de scandale.

— Faites-moi confiance, ma chérie. Notre foi et nos prières nous ont déjà apporté tant de bonheur. Il n'y a aucune raison pour que cela change.

Il l'embrassa une dernière fois, et parce que cette séparation lui était trop douloureuse, il se dégagea brusquement et descendit l'escalier en courant.

Dans le hall, le valet de service attendait, la porte grande ouverte. Il s'engouffra dans sa voiture et, tandis qu'il s'en retournait chez sir Julius, il réfléchit au voyage qui les attendait. A Paris, il demanderait un compartiment privé pour être avec Florencia et le prince pendant la dernière étape.

Enfin! l'essentiel était de quitter Florence avant les Sogino. Heureusement, lorsqu'il arriverait chez sir Julius, Hicks aurait déjà fait ses bagages et se serait renseigné sur l'heure du premier train pour Paris.

Tout rentrait donc dans l'ordre, comme un puzzle difficile dont les morceaux se mettent enfin en place. Il avait obtenu l'information que le comte de Rosebery désirait et retrouvé le collier de sa sœur; il avait rencontré Florencia et surtout il avait réussi à la sauver de l'horrible destin auquel on la promettait. N'était-il pas le plus chanceux et le plus heureux des hommes sur terre ? Il se surprit lui-même en murmurant à voix basse :

— Merci, mon Dieu, merci.

Comme prévu, Hicks attendait son maître dans sa chambre. Les malles étaient faites, les habits de voyage posés sur une chaise. Un léger sourire aux lèvres, lord Mere ôta sa tenue de soirée tout en demandant :

— A quelle heure partons-nous, Hicks ?

— La voiture nous amènera à la gare à cinq heures, milord. J'ai dit à tout le monde que la reine vous rappelait d'urgence en Angleterre.

— Merci, Hicks. Tu t'es fort bien acquitté de ton rôle et, ce qui est important, c'est que les invités de la comtesse Mazara t'aient cru.

Un sourire satisfait se dessina sur les lèvres du valet.

— Je me suis beaucoup plu à Florence, milord, dit-il simplement. C'était un séjour agréable qui nous a un peu changés de notre routine.

— Ce sera probablement notre dernière aventure, observa lord Mere en songeant à Florencia.

— Voilà qui m'étonnerait. Si ce n'est pas une chose, c'en est une autre, n'est-ce pas ?

Lord Mere ne répondit pas.

La réflexion de Hicks l'amusait. Quelle serait sa réaction lorsqu'il apprendrait son mariage ? L'affection dont il l'entourait ne risquait-elle pas de se transformer en jalousie ?

Hicks avait toujours traité les affaires de cœur de son maître avec un certain mépris, comme s'il estimait qu'une femme n'avait pas le droit de s'attacher à lui et que de toute façon une liaison ne pouvait être que passagère. Lord Mere ne s'était jamais formalisé de cette attitude, la mettant sur le compte du caractère quelque peu impertinent de son valet.

Lord Mere se glissa dans son lit et se mit à réfléchir.

Lorsque Florencia serait sa femme, il n'aurait plus besoin de rouler de par le monde comme dit la chanson. Et en vérité, il n'imaginait rien de plus merveilleux que de vivre auprès d'elle dans la paix et la tranquillité de la campagne de l'Oxfordshire.

Elle représente tout ce que j'ai jamais désiré, songea-t-il.

L'adorable visage de la jeune fille ne le quittait pas. Comment était-il possible qu'en un si court laps de temps elle remplisse son existence entière et exclue ce qui jusqu'à présent avait été sa raison d'être ?

Il s'était toujours pris pour un aventurier solitaire et maître de son destin. Certes, il avait aimé la compagnie des femmes au point de ne pouvoir s'en passer. Mais aucune n'avait été irremplaçable et d'ailleurs il s'agissait toujours d'amours brèves et de passage.

Il comprenait désormais que s'il en avait été toujours ainsi, c'est que ses relations amoureuses n'étaient pas satisfaisantes. Il lui était pénible de l'avouer, mais l'attirance qu'il avait éprouvée pour ses maîtresses avait été purement physique. Son âme et son cœur étaient demeurés fermés, insensibles, muets. Jusqu'à ce qu'il rencontre Florencia, rien de spirituel ne l'avait uni à sa partenaire, et ce vide, il l'avait terriblement ressenti.

Car n'était-il pas vrai que cette émotion qui l'habitait quand il admirait un tableau de Raphaël, que cet amour de la beauté auquel il se vouait depuis toujours trahissaient une prodigieuse soif de spiritualité ?

Mais il n'avait jamais rencontré quelqu'un qui partageât le même élan, et ce besoin était resté inassouvi... Maintenant, il savait que c'était précisément ceci qui le rattachait à Florencia. Un lien invisible les unissait pour l'éternité.

— Je l'aime, dit-il à voix haute.

Pour la première fois de sa vie, ces mots avaient une réelle signification. Florencia et lui s'appartenaient corps et âme.

Grâce aux tableaux de Raphaël, il avait pris conscience des qualités qu'il recherchait chez une épouse, mais jusqu'à présent, il avait été incapable de l'exprimer, même dans le secret de son cœur, d'une façon aussi complète.

Dire qu'il avait cru ne jamais rencontrer cet « idéal féminin » qui berçait ses rêves ! Heureusement, le destin veillait. Sa soif de perfection, son désir d'absolu l'avaient empêché d'accepter un pis-aller et de se marier. Et puis, par des circonstances étranges et même, il fallait le reconnaître, tragiques, Florencia s'était trouvée sur son chemin.

Il ne se sentait nullement coupable de la mort de Vincente. Il n'avait jamais eu l'intention de le tuer. En outre, c'était un débauché de la pire espèce, un individu méprisable qui avait conduit à la ruine et au désespoir des centaines de personnes et qui méritait son châtiment. Sa disparition était un soulagement pour tous. Désormais, mieux valait ne plus y songer.

Il espérait qu'une fois en Angleterre Florencia et son père réussiraient à rayer de leur mémoire ce terrible épisode de leur vie. Le feu avait déjà réduit en cendres les documents compromettant l'honorabilité du prince Sogino. Ainsi, le souvenir de cette âme noire qu'était Vincente Gorizia s'effacerait peu à peu avec le temps pour sombrer, comme celui de tant de misérables avant lui, dans l'oubli...

Corruption et beauté se partageaient Florence. Mais, lorsqu'on évoquait cette cité superbe, on ne pensait qu'à son charme ensorcelant et à sa richesse artistique.

La tâche de lord Mere consistait à aider la femme qu'il aimait à oublier les blessures morales qu'on lui avait infligées.

De même qu'il était parti en croisade contre l'ignominie des Gorizia, il allait désormais entraîner sa bien-aimée dans un monde merveilleux où seule brillait la lumière des anges, où seul existait l'Amour.

7

Debout à la fenêtre du salon, Florencia ne se lassait pas d'admirer le paysage riant qui s'offrait à ses yeux, et découvrait peu à peu le charme de la campagne anglaise.

Jamais elle n'aurait cru que l'herbe pût être aussi verte. Devant la terrasse il y avait un lac qui était magnifique avec ses cygnes blancs et noirs qui glissaient, sereins, sur la surface argentée de l'eau.

Dans le grand parc, sous les énormes chênes séculaires, elle aperçut des biches et des cerfs à la robe tachetée, et tandis qu'elle les observait, un groupe de colombes blanches quitta le refuge des arbres pour s'envoler vers la maison.

Depuis le soir où lord Mere lui avait annoncé la mort de Vincente Gorizia, elle avait l'impression de rêver. A tout instant, elle remerciait Dieu qui ne l'avait pas abandonnée dans son désarroi et avait permis qu'elle rencontre un être aussi exceptionnel que lord Mere.

Après qu'il eut quitté le palais, cette nuit-là, elle était restée quelques minutes au haut du grand escalier, tremblante d'émotion, toute pleine encore de ses baisers, une sorte d'ivresse au cœur... Puis, elle avait couru aussi vite que possible chez son frère pour le réveiller.

Antonio dormait dans sa chambre, la pièce où la veille lord Mere s'était introduit.

Elle ouvrit la porte et, se dirigeant à tâtons vers le lit, appela :

— Réveille-toi, Antonio ! Réveille-toi ! Nous partons pour l'Angleterre.

Elle l'entendit remuer. Il devait se demander ce qui se passait.

— Ecoute, Antonio, reprit-elle. Il faut te lever. J'ai une nouvelle importante à t'apprendre.

Il s'assit enfin, alluma la bougie posée sur sa table de chevet et regarda sa sœur avec curiosité.

— Que racontes-tu ? As-tu dit que nous allions en Angleterre ?

— Oui, grâce à lord Mere, nous sommes sauvés. Père n'a plus rien à craindre des Gorizia, et moi non plus. Vincente est mort.

Son frère resta plusieurs secondes sans pouvoir parler, de toute évidence le souffle coupé par cette révélation.

— Est-ce possible ? s'exclama-t-il enfin. En es-tu sûre ?

— Sûre et certaine, répondit-elle. Lord Mere s'est emparé des photos et des négatifs que Vincente gardait dans son coffre. Il vient de les apporter à père qui les a brûlés aussitôt. Désormais plus personne ne peut nous faire chanter.

— C'est à peine croyable !

— C'est pourtant la vérité. Vincente étant mort, il est préférable de quitter la ville tant qu'on n'a pas encore découvert son corps. Aussi, dépêche-toi, Antonio ! Père est en train de prévenir le personnel de notre départ. On leur dit qu'un parent proche est gravement malade à Paris et qu'on part le retrouver.

— Vraiment... quel coup de théâtre !... Je ne m'y attendais pas, fit Antonio en repoussant en arrière ses cheveux noirs qui tombaient sur son front.

— Je sais, cela a l'air d'un véritable conte de fées, mais nous en parlerons plus tard. Pour l'instant, il n'y a pas une minute à perdre. Prépare-toi et appelle ton valet pour qu'il fasse tes malles.

Elle se dirigea vers la porte.

— N'oublie pas, ajouta-t-elle sur le seuil, de bien dire que nous allons à Paris. En fait, nous y ferons simplement halte, le temps de reprendre un train pour l'Angleterre. Lord Mere nous invite dans son château en Oxfordshire.

Laissant son frère bouche bée à cette dernière révélation, elle sortit en courant et s'empressa d'aller rejoindre son père.

Elle le trouva en train de finir de s'habiller. Dans la pièce voisine, son valet de chambre faisait ses bagages. Le maître d'hôtel arriva presque aussitôt, d'un pas pressé, visiblement affolé par ce départ impromptu en pleine nuit.

Le prince lui donna ses instructions : un valet devait se rendre chez Giovanni et ramener le paquet qu'on lui donnerait. Tout en parlant, il s'assit à sa table de travail et écrivit à la hâte un mot pour le joaillier.

Florencia devina son contenu. Probablement lui demandait-il de confier le collier au domestique, après en avoir fait un croquis afin d'en fabriquer une copie. Giovanni gardait en effet le précieux collier dans un coffre, dans sa propre maison. C'était un bijou de trop grande valeur pour prendre le risque de le laisser dans sa boutique du Pont Vieux.

Grâce à lord Mere, nous osons enfin agir, songea-t-elle. Lui seul peut mener à bien n'importe quelle entreprise, et apparemment c'est avec la même réussite qu'il gère sa vie.

Son intuition ne tarda pas à se révéler juste.

Lorsque les Sogino arrivèrent à Paris, à peine quelques heures plus tard que lord Mere, celui-ci les attendait sur le quai de la gare. Ensemble, ils se rendirent à la gare du Nord où un compartiment privé avait été rattaché au train-bateau en partance pour Calais.

Epuisés par une nuit mouvementée, Florencia, Antonio et leur père s'étaient assoupis à plusieurs reprises dans le train qui les emmenait d'Italie en France. Mais en retrouvant lord Mere, Florencia oublia sa fatigue. Elle était si heureuse, si pleine d'amour pour lui, qu'elle aurait pu s'envoler dans le ciel ou danser sur les eaux argentées de la Seine !

Quand il l'aida à descendre du compartiment, il vit son visage radieux. Leurs mains se touchèrent, un frisson les parcourut, et il eut le sentiment qu'ils ne pouvaient être plus proches...

A Paris, le soleil brillait. Les hautes maisons avec leurs volets gris et les grands marronniers en fleur étaient un pur enchantement.

Comme elle regardait autour d'elle, émerveillée par tant de nouveautés, lord Mere lui murmura à l'oreille :

— Nous viendrons ici, un jour prochain. Vous verrez que Paris est une ville faite pour l'amour et la joie de vivre.

Emue par la passion qui perçait dans sa voix, elle le regarda et se dit que peu importait le lieu, l'essentiel était qu'ils soient ensemble. Ensemble, ils trouveraient toujours le bonheur et l'amour...

De peur que Florencia ne trouve le voyage trop éprouvant, lord Mere décida de ne prendre le bateau que le lendemain matin. Ils firent donc halte dans les environs de Calais, chez d'anciens amis de son père. Le vieux couple sympathisa aussitôt avec le prince Sogino, et pendant qu'ils bavardaient tous les trois, sous prétexte de lui montrer les fleurs de la serre, lord Mere entraîna Florencia hors du salon. Plein de tact, Antonio venait de se retirer dans sa chambre.

— Ma chérie, dit-il, une fois seul avec elle, enfin je peux vous dire que vous êtes belle et que je vous aime à la folie... Heureusement que nous sommes délivrés de cet horrible Vincente !

— Je crains de ne jamais trouver les mots qu'il faut pour vous remercier, fit-elle à mi-voix.

— Je ne veux pas vous entendre parler de la sorte. Tout ce que je désire, c'est vous voir gaie et insouciante.

— Je n'ai plus peur maintenant, et je sais que si un jour je me sentais de nouveau malheureuse, je n'ai qu'à vous parler.

Elle leva sur lui ses yeux brillant de bonheur. Bouleversé par cet aveu, il la serra dans ses bras et la regarda longuement, avec adoration, avant de répondre :

— Vous êtes parfaite, ma madone... que j'ai cherchée toute ma vie. Jamais je n'aurais cru vous trouver, si ce n'est dans un tableau...

— Je ne suis pas un rêve, fit-elle doucement.

— Je m'en assurerai.

Il se pencha sur son visage offert et l'embrassa. Il sentit le cœur de la jeune fille battre à grands coups contre le sien. Jamais il n'avait connu pareille ivresse, pareille émotion.

Sachant que le prince n'aimerait guère qu'ils restent trop longtemps seuls, en tête-à-tête, ils ne tardèrent pas à regagner le salon. Quelques instants plus tard, chacun se retirait dans sa chambre.

Le lendemain, ils traversèrent la Manche. A Douvres, le train privé de lord Mere, qui devait les conduire en Oxfordshire, les attendait. Florencia n'avait encore jamais vu de train privé. C'était aussi amusant qu'une maison de poupée. Elle en explora le moindre recoin, s'extasiant à tout moment avec des exclamations émerveillées.

Lord Mere lui souriait tendrement.

— J'adore vous voir vous conduire comme une enfant, murmura-t-il à voix basse pour qu'elle seule entende. Jusqu'à présent, vous étiez une jeune femme plutôt grave et soucieuse. Maintenant, vous avez changé.

— Vous avez raison, chuchota-t-elle, je ne suis plus la même, et cela, c'est grâce à vous.

— Ne vous méprenez pas, cependant, je vous trouvais déjà très belle, assura-t-il, un sourire malicieux aux lèvres.

Il disait vrai. Le bonheur transformait Florencia. Maintenant que plus aucune tragédie n'assombrissait sa vie et qu'aucun danger ne la menaçait, telle une épée de Damoclès au-dessus de sa tête, on eût dit qu'elle avait rajeuni.

A chaque minute qu'ils passaient ensemble, il sentait qu'il l'aimait davantage. Et comme il languissait de lui montrer son château et les endroits du parc et du domaine si chers à son cœur! Il attendait ce moment avec une joie enfantine.

Il était fort tard lorsqu'ils arrivèrent à Mere Park et, après le dîner, lord Mere proposa de se retirer pour se reposer. Florencia et son père ne se firent pas prier car ils tombaient littéralement de fatigue. Seul Antonio s'attardait. Lord Mere comprit qu'il désirait lui parler.

— Qu'y a-t-il, Antonio ?

— J'aimerais avoir votre avis..., commença le jeune homme après un instant d'hésitation. Croyez-vous que votre sœur... me pardonnera Jamais ?

— Je me suis posé cette question. Votre embarras est naturel, mais je vous demande de faire un effort. J'aimerais que Jennifer soit présente à mon mariage. C'est la seule personne de ma famille que j'invite, puisque mon union avec Florencia ne sera pas annoncée officiellement avant plusieurs mois.

— Peut-être comprendra-t-elle... lorsqu'elle connaîtra toute l'histoire...

— J'en suis persuadé, assura lord Mere pour le réconforter. Demain je m'occuperai avec votre père des dispositions à prendre pour que la cérémonie ait lieu le plus vite possible.

Il n'en dit pas plus sur le moment, mais en vérité, il avait le sentiment que malgré toute l'amitié qu'il lui témoignait, le prince Sogino était quelque peu réticent à donner sa fille à un homme qui n'était pas de religion catholique.

Aussi il ne fut pas le moins du monde surpris lorsque le lendemain matin le prince demanda à lui parler en particulier. Le petit déjeuner terminé, lord Mere le fit entrer dans son bureau.

— Vous savez, n'est-ce pas, que tout ce que je désire, c'est le bonheur de ma fille, commença le prince. Elle vous aime et... nous vous sommes redevables pour votre aide... Vous avez tant fait pour nous... mais vous ne l'ignorez pas, nous sommes catholiques. Dans les familles anciennes comme la nôtre, nous tenons à ce que nos enfants reçoivent une éducation conforme à notre religion. Notre église est très stricte sur ce point.

— Votre Grandeur, je comprends fort bien votre souci, répondit lord Mere qui s'était attendu à ce genre de propos, et je crois avoir la solution à ce problème. Il y a cinquante ans, mon grand-père épousa la comtesse Marie-Thérèse de Beauchamp qui appartenait à une famille française aussi respectée et révérée que vous l'êtes en Italie.

Le prince écoutait avec attention et lord Mere continua :

— Ma grand-mère était bien sûr catholique et mon grand-père, quatrième lord Mere, très fier que ses parents aient soutenu la cause des protestants depuis l'époque de la Réforme. Un de mes ancêtres avait eu une charge à la cour d'Henri VIII.

Il sourit avant d'ajouter :

— On s'étonna que mon grand-père souhaite épouser une catholique, mais la vérité est qu'il était follement épris de la jeune Marie-Thérèse, autant que je suis amoureux de Florencia.

— Que s'est-il passé ? s'enquit le prince.

— Avec l'accord de leurs guides spirituels, les deux familles trouvèrent un compromis. Les filles qui naîtraient de ce mariage seraient élevées dans la foi catholique, les garçons dans la foi protestante.

— Les églises respectives ont-elles jugé cet arrangement convenable ?

— Apparemment oui. Mes grands-parents ont eu six enfants : trois filles, trois garçons. Ils vécurent heureux et on les a longtemps cités en exemple dans la famille et dans le voisinage. Ils sont entrés en quelque sorte dans la légende !

Le prince se mit à rire.

— Une fois de plus, Ingram, vous me soulagez d'un grand poids. Avec un tel précédent, je ne crois pas qu'on puisse me reprocher d'avoir donné ma fille à un anglican !

— J'espérais bien que vous seriez de cet avis. Le mariage ne sera pas célébré dans ma chapelle privée, mais dans une petite église catholique qui se trouve sur mon domaine. Je pense que cela vous fait plaisir. En outre, le secret sera plus facile à garder.

Il eut un sourire avant d'ajouter :

— Je suis sûr que les gens du village ne devineront même pas que c'est moi le fiancé.

Avec sa brillante capacité d'organisation, lord Mere veilla à ce qu'on fermât l'église à clé pendant les préparatifs et il fit courir le bruit que les futurs mariés étaient des amis à lui.

En ce qui le concernait, le Dieu qui l'avait aidé

dans son entreprise était le même que celui que la jeune fille priait, car le bien avait triomphé du mal. C'est pour cela que leurs prières, dites du tréfonds de leur cœur, avaient été exaucées.

Il aimait Florencia et désirait l'épouser. C'est là tout ce qui lui importait. Ensemble, ils vivraient dans l'amour et l'honneur. Ils fermeraient leur porte au mensonge et à la débauche. Ils s'efforceraient de communiquer leur bonheur à tous ceux qui les entouraient.

Soudain il se rendit compte que jamais auparavant il n'avait considéré l'existence sous cet angle. Sans doute l'influence de Florencia l'avait déjà changé et rendu meilleur. Car avec Florencia, ses rêves se réalisaient enfin. La personnalité de la jeune femme le régénérait et à son contact, de nouvelles aspirations, de nouveaux idéaux se révélaient à lui-même.

Le matin suivant, lord Mere se leva de bonne heure pour aller à Londres voir sa sœur. Il lui rapportait le collier que le prince lui avait remis dès leur arrivée en Oxfordshire.

— J'ai suivi votre conseil et j'ai demandé à Giovanni une copie du bijou. Il en a fait un croquis pour se mettre au travail immédiatement.

Lord Mere opina de la tête en signe d'assentiment.

— Je crains que cela ne coûte beaucoup d'argent, reprit le prince non sans hésitation.

— Peu importe, répondit lord Mere. Vous êtes heureux d'avoir de nouveau ce collier en votre possession et de savoir qu'un jour Antonio le donnera à son tour à ses enfants. Pour moi, c'est l'essentiel.

Ces paroles émurent vivement le prince.

— Je remercie chaque jour Dieu dans mes prières pour avoir permis que nous vous rencontrions.

... A neuf heures, lord Mere arriva à Londres et se rendit à Park Lane. Comme il s'y attendait, on lui annonça que sa sœur n'était pas encore levée. Par contre, le marquis de Kirkham était à la salle à manger.

Il fut sur je point de monter directement chez Jennifer, puis il se ravisa. Son beau-frère se demanderait quelle affaire pressante il avait à traiter avec sa sœur pour ne pas prendre le temps de lui dire bonjour. Il était inutile d'éveiller ses soupçons alors qu'il ramenait précisément le collier florentin !

Il entra donc dans la salle à manger où le marquis prenait un petit déjeuner royal. Une douzaine d'entrées au moins, servies sur de la vaisselle d'argent, étaient disposées sur le buffet.

Le marquis releva la tête, étonné.

— Tiens, quelle surprise, Ingram ! Je te croyais à l'étranger.

— Je viens d'arriver à l'instant et je passais voir Jennie.

— Elle est encore couchée. Assieds-toi et déjeune avec moi.

Plus par politesse que par faim, lord Mere se servit d'un hors-d'œuvre et accepta la tasse de café que lui remplit le maître d'hôtel.

— Alors, ce séjour à Paris a-t-il porté ses fruits ? demanda-t-il.

Son beau-frère allait sans doute se lancer dans le récit long, détaillé et profondément ennuyeux de son voyage... Et en effet, le marquis ne tarit pas sur le sujet pendant plusieurs minutes.

— De retour à Londres, j'étais fort las, conclut-il enfin. Je deviens trop vieux pour ces séjours sur le continent et ces discussions interminables autour de repas tout aussi interminables.

Lord Mere ne cacha pas son étonnement.

— Serais-tu malade, Arthur ?

— Je ne l'ai pas encore dit à ta sœur, mais j'ai

consulté un docteur en rentrant. Il m'a mis en garde contre tout excès. C'est le cœur.

— Je suis désolé.

— Il m'a recommandé de ne pas me surmener, mais avec ma fonction à la cour, c'est difficile.

— Tu devrais dire la vérité à Sa Majesté.

— Elle ne m'écouterait pas, fit le marquis d'un air soucieux. Comme toutes les femmes, lorsqu'elle désire quelque chose, elle s'attend à être obéie et vite !

— Sans doute, répondit lord Mere, un sourire aux lèvres, mais il faut penser à toi. Jennie te dira la même chose.

— Bah, je crois que je ne lui en parlerai même pas. Personnellement je trouve que la maladie, c'est un sujet de conversation plutôt ennuyeux, et je préfère l'éviter.

Lord Mere but son café et se leva.

— Je monte voir Jennie. Je suis réellement navré de te savoir fatigué, Arthur. Tu dois prendre soin de toi. A l'avenir, refuse de te charger de missions trop éprouvantes.

Néanmoins, il savait qu'il prêchait dans le désert. Son beau-frère aimait trop son travail. Il ferait son devoir jusqu'au bout, quel que soit le prix qu'il lui en coûterait.

Lorsqu'il entra dans la chambre de sa sœur, lord Mere fut frappé, encore plus que par le passé, de la différence d'âge qui existait entre les époux.

Jennie, qui venait de se réveiller, avait une fraîcheur et une jeunesse incomparables, avec ses cheveux longs qui retombaient sur ses épaules, sa peau claire et diaphane à la lumière du jour.

En voyant son frère, un lueur de joie éclaira son regard comme si un rayon de soleil brusquement s'y reflétait.

— Ingram ! s'exclama-t-elle. Te voilà de retour ! J'ai tellement pensé à toi.

— Moi aussi.

Il posa le paquet qu'il tenait à la main devant elle, sur le lit. Elle ne le toucha pas, le fixant des yeux avec appréhension, comme si elle craignait qu'il ne disparaisse tout à coup au moment où elle tendrait le bras.

— C'est... vraiment...? bredouilla-t-elle.

— C'est ton collier, dit-il en s'asseyant sur le lit.

— Oh, Ingram, tu me l'as ramené!

Les larmes aux yeux, elle tendit les deux mains vers son frère.

— Tu as donc réussi! Comment pourrai-je jamais te remercier?

Lord Mere lui donna un baiser sur la joue.

— J'ai une longue histoire à te raconter à propos de ce collier et du vol dont tu as été victime, Jennie, dit-il après avoir jeté un coup d'œil en direction de la porte pour s'assurer qu'elle était bien fermée.

A ces mots, elle rougit violemment et baissa les yeux. Il comprit que le rappel de son aventure avec le prince Antonio l'intimidait. Il entreprit de lui rapporter tout ce qui s'était passé depuis son départ pour Florence. Jennie ne tarda pas à relever la tête et, au fur et à mesure qu'il parlait, ses yeux s'agrandissaient d'étonnement. Quand enfin il dit qu'il était revenu en Angleterre avec les Sogino et que le prince, Florencia et Antonio se trouvaient en ce moment même à Mere Park, elle ne put retenir une exclamation de surprise.

— Ils sont... ici... en Angleterre?

— Il fallait qu'ils quittent Florence avant que la nouvelle de la mort de Vincente n'éclate. Et puis... je vais épouser Florencia.

— Tu vas te marier?

— Le plus tôt possible. Je suis amoureux et je n'ai pas l'intention d'attendre plus longtemps. Si Florencia prenait le deuil, ce serait uniquement par souci des convenances. Cet individu qui la convoitait méritait la mort depuis des années pour les violences qu'il infligeait à des jeunes filles.

— Votre mariage doit donc rester secret ?

— Quelque temps seulement, peut-être trois mois. Tu es la seule personne en dehors du père et du frère de Florencia à connaître la nouvelle.

Il fit une pause avant d'ajouter :

— J'aimerais que tu viennes à Mere Park dès ce soir, ou si tu préfères, demain. Le mariage a lieu jeudi.

Jennie demeura silencieuse.

— Tu sais bien, Ingram chéri, que je ne souhaite que ton bonheur, dit-elle enfin, mais jamais je n'oserai revoir... Antonio. Le seul fait de m'imaginer dans la même pièce que lui m'embarrasse terriblement...

— Lui aussi est mal à l'aise. Il me l'a dit. C'est pourquoi je te propose de partir aujourd'hui pour Mere Park. Ainsi, vous aurez tout demain, Antonio et toi, pour vous expliquer. Je ne tiens pas à ce que le jour de mon mariage soit gâché par des histoires de famille !

Jennie se mit à rire.

— Oh, Ingram chéri, loin de moi cette idée !

Elle eut un instant d'hésitation avant d'ajouter :

— En vérité, je me sens tellement soulagée maintenant que je sais pourquoi Antonio s'est enfui avec ce collier. J'avais honte... J'étais humiliée de penser qu'il m'avait courtisée dans le seul but de me voler un bijou.

Elle n'avait pas besoin d'en dire plus. Son frère devinait quels sentiments l'avaient agitée pendant son absence.

Dans la journée ils partirent pour l'Oxfordshire. En approchant du château, les soudains silences de Jennifer et la légère rougeur qui colorait son visage n'échappèrent pas à lord Mere. Sa sœur aimait encore le prince Antonio, et c'est avec un émoi de jeune fille qui va à son premier rendez-vous qu'elle allait retrouver son amoureux.

Mais tous deux avaient sous-estimé le tact et le charme des Italiens.

Antonio salua Jennifer avec tant de naturel et de spontanéité que bientôt toute gêne la quitta, et après l'avoir présentée au prince et à Florencia, il l'entraîna sur la terrasse. Ils sortirent par la porte-fenêtre ouverte du salon.

Lord Mere avait remarqué quels regards ardents Antonio posait sur Jennifer, et lorsqu'ils revinrent au salon où ils burent tous une coupe de champagne avant de monter se changer pour le dîner, il trouva sa sœur transformée. Jamais il ne l'avait vue aussi jolie. Elle rayonnait de bonheur.

Tout n'est peut-être pas fini entre eux, songea-t-il

Plus tard dans la soirée, son intuition se révéla ne pas être si fausse que cela.

Le dîner terminé, ils restèrent à bavarder de mille choses, et entre autres de leur départ précipité d'Italie. Puis Florencia raconta à Jennie combien elle avait trouvé amusant de voyager dans un train privé. Lord Mere, qui les observait, se dit que sa sœur paraissait aussi jeune que Florencia.

Bientôt, elles eurent sommeil et, main dans la main, allèrent se coucher. Le prince Sogino ne tarda pas à se retirer également, laissant Antonio et lord Mere ensemble.

— Un alcool avant d'aller au lit ? proposa lord Mere.

— Non, merci. J'ai à vous parler.

— Je vous écoute.

Comme Antonio semblait chercher ses mots, lord Mere vint à son secours.

— Est-ce au sujet de Jennie ?

— Vous allez probablement me dire qu'il est

encore trop tôt et nous désapprouver, mais... j'aime votre sœur et je sais qu'elle m'aime.

Lord Mere demeura quelques secondes interloqué. Certes, cet aveu ne le surprenait guère, mais il n'avait pas prévu que le prince serait aussi franc.

— Quel que soit le temps qu'il me faudra patienter, j'attendrai que Jennie soit libre. Son mari est beaucoup plus âgé qu'elle. Peut-être que le ciel sera aussi bon pour nous qu'il l'a été pour vous, et qu'un jour nous serons réunis.

Il parlait avec une sincérité touchante.

— J'aime ma sœur, répondit lord Mere, et tout ce que je souhaite, c'est qu'elle puisse enfin goûter au même bonheur que moi.

— Merci, dit Antonio. Votre sœur m'a avoué ne pas avoir de relations satisfaisantes avec son mari depuis plusieurs années. Je pense donc ne pas blesser les convenances si l'on nous voit ensemble.

— J'espère simplement que vous serez heureux tous les deux.

En montant se coucher, lord Mere s'arrêta chez sa sœur pour lui souhaiter bonne nuit. De nouveau, sa jeunesse le frappa. Jennie méritait vraiment une vie plus gaie. Qu'avait-elle connu de l'amour dans les bras de son vieux mari ?

Il s'assit sur le lit et prit sa main dans la sienne. Jennifer ne le quittait pas des yeux. Elle savait qu'Antonio lui avait parlé. Ce fut elle qui rompit le silence en demandant à mi-voix :

— Es-tu... choqué, Ingram ?

— Non, bien sûr que non. Je ne désire qu'une seule chose : que tu sois heureuse, comme nous le sommes, Florencia et moi.

Avec un cri, elle se jeta au cou de son frère. Le visage baigné de larmes, elle ne cessait de l'embrasser, ne trouvant aucun mot pour exprimer sa joie et sa reconnaissance.

Le mariage célébré, lord Mere et Florencia partirent d'abord dans le Leicestershire, dans un pavillon de chasse où il était convenu qu'ils passeraient quelques jours, puis dans un autre château de famille situé en Cornouailles.

De peur que Florencia ne soit fatiguée, Lord Mere avait jugé plus sage d'organiser ainsi leur lune de miel. Ne revenaient-ils pas à peine d'Italie, voyage long et harassant, fait quasiment d'une seule traite ?

Sur la route, la voiture, attelée à quatre chevaux superbes — les plus beaux de son écurie —, semblait s'envoler dans les airs.

Lord Mere poussa un soupir d'aise. Il avait enfin résolu tous les problèmes, surmonté tous les obstacles. Tout était en ordre. A leur retour, une vie nouvelle commencerait...

Le mariage avait eu lieu, comme prévu, dans la petite église catholique construite sur le domaine. Lord Mere l'avait fait décorer d'une profusion de lis blancs qui masquaient les murs nus et les lourds piliers de pierre, et c'était devenu un petit paradis de verdure. A son sens, le lis blanc était la fleur qui symbolisait la douceur et la candeur de Florencia.

Comme on avait manqué de temps pour commander une toilette de mariée, Florencia avait enfilé une simple robe blanche. Le ravissant voile en fine dentelle de Bruxelles, qui appartenait aux Mere depuis des générations, complétait sa tenue, et dans ses cheveux on avait fixé le diadème de diamants qui provenait lui aussi de la collection de bijoux de la famille Mere.

Il eût été plus approprié qu'il fût en forme d'auréole, car Florencia ressemblait plus que jamais à une madone. Elle était adorable et quelque chose de sacré émanait de sa personne. N'était-elle pas digne de trôner dans l'une des petites chapelles latérales dédiées chacune à un saint et devant lesquelles brûlaient des cierges ?

Comme il s'agissait d'un mariage mixte, le service fut court. Peu importait. Dieu bénissait les nouveaux mariés de la même façon.

Puis, on regagna la maison où on célébra l'événement avec une coupe de champagne. Après un déjeuner léger, Florencia alla se changer. Ils partirent sous une pluie de pétales de roses que jetèrent Jennifer et Antonio.

— Quelle journée merveilleuse ! dit Florencia. Je ne rêvais pas d'un plus beau mariage.

— Est-ce bien vrai ? s'enquit lord Mere, quelque peu anxieux. Ne regrettez-vous pas l'absence de demoiselles d'honneur et de vos amis ?

— Je ne désirais qu'une chose : être seule avec vous et Dieu, répondit-elle simplement. Comment savez-vous que le lis blanc est ma fleur préférée ?

— Parce que vous en avez la beauté. Lorsque vous êtes entrée dans l'église, votre grâce fragile m'a rappelé celle d'une sainte. Peut-être devrais-je vous vénérer au lieu de vous épouser !

Elle eut un petit rire et posa sa main sur son genou.

— Je ne suis pas aussi parfaite qu'une sainte... Et l'amour que j'éprouve pour vous est très... humain.

— Je vous apprendrai cet amour-là, mon adorée, répondit-il, ému par ce timide aveu.

Avec un léger soupir de bonheur, elle se blottit contre lui, et tandis que la voiture filait au vent, il se sentait le plus heureux des hommes.

Plus tard dans la nuit, quand seule la lumière des étoiles éclairait la chambre et que l'air frais de la nuit pénétrait par les fenêtres ouvertes, Florencia, la joue contre l'épaule de son mari, murmura :

— M'aimez-vous... toujours ?

Il la serra étroitement et répondit :

— Ma chérie, quelle question ! D'ailleurs, ce serait plutôt à moi de vous la poser.

— Vous savez que je vous aime. Jusqu'à aujourd'hui, je n'imaginais pas que cela puisse être... si beau, si bon, si merveilleux.

— J'espère que vous ne changerez jamais d'avis. C'est de cette façon que je vous aime depuis le premier jour où nous nous sommes rencontrés.

Elle poussa un profond soupir.

— Comment peut-on se marier sans aimer ? C'est impossible.

Il y avait dans la voix de la jeune femme comme un sanglot.

— Chassez ces mauvais souvenirs, dit lord Mere. Je ne veux plus que vous y pensiez. Vous êtes ma femme désormais et nous nous aimons du même amour.

— Je sais, et si je suis dans vos bras ce soir, c'est parce que vous m'avez sauvé de ces ténèbres effrayantes qui m'enveloppaient et me faisaient souhaiter la mort.

— Que désirez-vous maintenant ?

— Vivre et vous aimer pendant mille ans !

Il se mit à rire.

— Mille ans, ce n'est pas suffisant. Nous sommes l'un à l'autre pour l'éternité, ma bien-aimée. Nous sommes une seule et même personne et rien ne pourra nous séparer.

Elle poussa un cri.

— Croyez-vous réellement ce que vous venez de dire ? La première fois que je vous ai vu, je vous ai reconnu tout de suite. Vous étiez celui qui venait dans mes rêves et me consolait.

— Et moi, je vous aimais à travers les portraits que Raphaël avait peints quatre cents ans plus tôt sans savoir que vous existiez !

— C'est vrai, j'existe.

— Cela, je dois encore m'en assurer. (Il effleura des lèvres le visage de Florencia tandis que sa main caressait son corps.) Etes-vous sûre de ne pas disparaître tout à coup ? Vous retourneriez dans votre cadre sur le mur et je serais si malheureux sans vous... Je vous chercherais en vain et ne trouverais de réconfort nulle part, car de toutes les femmes que je rencontrerais, aucune ne serait vous...

— Je suis réelle, bien réelle...

Il se pencha sur elle et l'embrassa, d'abord doucement et avec vénération, comme s'il craignait de lui faire mal. Il la sentit trembler sous son étreinte. Son baiser se fit plus pressant, plus exigeant.

— Je ne savais pas que l'amour était ainsi, murmura-t-elle quand il releva la tête.

— Comme quoi ?

— C'est si puissant, si fort, et aussi comme un feu ardent...

— L'amour est à l'image de l'univers, dit-il, une étrange émotion dans la voix. L'amour, c'est les feuilles des arbres, les sommets enneigés des montagnes, les profondeurs vert sombre des océans. C'est aussi un soleil brûlant qui incendie notre corps.

— Quand vous m'embrassez, c'est ce que je ressens, fit-elle dans un souffle. Quand vous m'aimez, on dirait que le feu me consume et que je me fonds en vous pour n'appartenir qu'à vous.

Il la regarda un instant, bouleversé, puis l'embrassa, l'embrassa jusqu'à ce que le désir les enflamme. Le cœur de Florencia battait contre son torse. Il savait qu'elle le désirait autant qu'il la désirait, car ils n'existaient pas complètement l'un sans l'autre.

Alors, comme ils atteignaient le firmament et que les étoiles brillaient autour d'eux, ils ne firent plus qu'un avec le soleil.

Lord Mere était comblé. Il avait enfin rencontré la

compagne de ses rêves. Elle avait la beauté à laquelle il s'était toujours consacré, elle avait la foi qui l'avait guidé, inspiré et aidé dans les moments difficiles de son existence.

C'était l'Amour dans toute sa gloire, l'Amour éternel, l'Amour Vie.

Douce enchanteresse

Barbara Cartland
Douce enchanteresse

Traduit de l'anglais
par Christine Dermanian

Éditions J'ai lu

Précédemment paru sous le n° 2857

Titre original :

SWEET ENCHANTRESS

Copyright © Barbara McCorquodale, 1958
Pour la traduction française :
© Éditions J'ai lu, 1990

1

Londres, 1958.

« Seigneur, quel étrange personnage... »

Le plus jeune associé de Patterson, *Delhouse and Patterson*, se targuait d'être connaisseur en matière de femmes. Et la personne installée en face de lui, sur un fauteuil en cuir, était pour le moins différente des clientes qu'il avait coutume de recevoir dans son bureau.

— Je suis venue dès que j'ai reçu votre lettre... avec le billet de train, disait-elle d'une voix faible, mal assurée.

Mr Patterson toussota.

— Mes associés ont jugé utile de le joindre au courrier. Après la mort de votre père, nous ignorions quelle était... hmmm... votre situation financière.

Elle sourit. Et ce sourire léger, fugace, métamorphosa l'expression mélancolique de son visage.

— C'est très gentil à vous d'avoir pensé à ces détails matériels. Merci.

— Je vous en prie. Bien, je propose que nous passions maintenant à l'affaire qui nous intéresse.

Mr Patterson ouvrit un épais dossier vert que sa secrétaire avait pris soin de poser sur son bureau avant l'arrivée de la cliente.

« Où diable trouve-t-on de pareils vêtements ? » se demanda-t-il, toujours intrigué par le spectacle que lui offrait la jeune femme, dans son tailleur en tweed informe, usé aux coudes. Le gris terne de cette tenue ne faisait que rehausser la pâleur de son teint. « J'ai l'impression qu'elle risque à tout moment de s'évanouir. Elle a sûrement été malade. »

Sa peau diaphane semblait avoir été tendue sur ses pommettes saillantes. Derrière des lunettes cerclées de métal, ses grands yeux bleus creusés de cernes lui dévoraient le visage.

Elle baissa les paupières, gênée par cette inspection, et c'est alors seulement qu'il s'aperçut qu'il la fixait. Il toussa de nouveau pour s'excuser.

— Je me demandais, dit-il en hâte, si vous aviez eu le temps de prendre le petit déjeuner dans le train.

— Non, je... En fait, je n'avais pas assez d'argent.

Mr Patterson appuya sur la sonnette située à l'extrémité de son bureau. La secrétaire apparut aussitôt.

— Commandez des sandwichs, ordonna-t-il. Poulet, jambon, fromage, ce qu'ils auront. Et du café. Une pleine cafetière.

La secrétaire haussa les sourcils.

— Très bien, monsieur, répondit-elle en lissant sa jupe noire du plat de la main.

Elle avait sans doute compris l'urgence de la situation car, quelques minutes plus tard, le serveur de l'établissement voisin se présentait avec un plateau chargé de victuailles.

— Ah, voilà ! s'exclama Mr Patterson, un ton trop haut. Posez tout ceci devant Miss Mansford afin qu'elle puisse se servir. Je vois que vous avez apporté deux tasses. Parfait. Merci beaucoup.

Le serveur disparut. La jeune femme contemplait le plateau d'un air désemparé.

— Avec ou sans lait ? hasarda-t-elle enfin.

— Sans, s'il vous plaît.
Elle le servit et lui tendit la tasse par-dessus le bureau. D'un geste de la main, il refusa l'assiette de sandwichs qu'elle lui présentait. Alors elle se servit, de ses doigts longs, très fins, et il remarqua les veines bleues qui transparaissaient sous la peau.

« Le vieux démon a bien dû lui laisser quelque argent, tout de même », se dit Mr Patterson, tout en déclarant à voix haute :

— Si je ne me trompe, votre père est décédé depuis trois mois. Nous n'avions pas le privilège de gérer ses biens.

— Effectivement. C'est la maison Mackenzie and McLead d'Inverness qui s'en occupait, répondit Zaria Mansford.

— J'en ai entendu parler. Votre père vous a légué la maison, n'est-ce pas ?

— Oui. Mais je ne pense pas qu'elle soit aisément vendable. Elle est très isolée. On ne peut y accéder que par un sentier privé qui traverse la lande. Et la poste et le téléphone sont à huit kilomètres.

Mr Patterson hocha la tête.

— Je vois.

— Ce n'est pas tout, ajouta-t-elle en mâchant une bouchée avec une lenteur délibérée. Mon père m'a aussi légué un certain nombre de manuscrits que je dois finir de rédiger, comme le stipule l'une des clauses de son testament. J'espère que je trouverai un éditeur qui acceptera de les publier.

« Depuis trois mois, elle n'a donc aucune source de revenus », songea-t-il.

— Eh bien, la situation est différente, maintenant ! s'exclama-t-il. Libre à vous bien sûr de finir les œuvres de votre père, mais vous pourrez en tout cas le faire dans un cadre agréable. Vous vous souvenez sans doute que votre tante possédait deux maisons ?

Une villa dans le sud de la France, l'autre en Californie.

Zaria Mansford posa son sandwich et dévisagea le conseiller juridique.

— Je n'arrive toujours pas à y croire. Quand j'ai lu votre lettre, j'ai pensé qu'il s'agissait d'une erreur. Je me rappelle évidemment très bien tante Margaret, mais il y a bien huit ans que je ne l'ai pas revue. J'avais onze ans à l'époque. Nous étions en route pour l'Afrique, mon père et moi, et nous avons fait halte à Paris. Elle souhaitait me voir et avait insisté pour que nous lui rendions visite. A cette occasion, ils s'étaient violemment disputés.

— Il me semble que Mr Mansford avait des... hmmm... différends avec beaucoup de gens. D'après mes informations, à sa mort, il était en procès avec deux de ses ex-amis archéologues, son éditeur et le directeur de l'un de nos grands musées.

— C'est exact, murmura la jeune femme.

«Un homme au caractère fort, impétueux», pensa Mr Patterson, se remémorant les propos que l'un de ses collègues lui avait un jour tenus sur le Pr Mansford.

Puis, reportant son attention sur la frêle silhouette de sa cliente, il se demanda si elle avait beaucoup souffert de ce tempérament autoritaire.

— En tout cas, votre tante ne vous a pas oubliée, déclara-t-il, s'efforçant de prendre un ton jovial. Elle vous a légué pratiquement tout ce qu'elle possédait. Bien sûr, elle n'a pas oublié son personnel, ni ses œuvres de charité, mais l'essentiel de sa fortune vous revient.

— A... combien s'élève ce... cette somme? s'enquit-elle d'une voix étranglée.

Mr Patterson haussa une épaule.

— Eh bien... disons un peu plus de trois cent mille

livres. Il m'est difficile d'avancer un chiffre exact tant que le testament n'a pas été validé.

Zaria, sans doute trop stupéfaite par cette information, ne souffla mot.

« De l'argent jeté par les fenêtres ! » ajouta l'homme de loi en son for intérieur, les yeux rivés sur la jeune femme.

Même des vêtements élégants — en supposant que celle-ci ait suffisamment de goût pour les acheter — ne parviendraient pas à rendre attirante sa silhouette efflanquée. Ses cheveux ternes et plats tombaient sans grâce sur ses épaules. Non, décidément, miss Mansford n'était pas séduisante.

— Quels sont vos projets à présent ? lança-t-il néanmoins avec un grand sourire. Irez-vous aux Etats-Unis, ou dans le sud de la France ?

— Je ne sais pas encore.

Il avait perçu le fléchissement de sa voix.

— Rien ne presse, évidemment, reprit-il doucement. Mes associés vous ont réservé une chambre à l'hôtel Cardos, un établissement familial et confortable, situé à Belgravia.

— Je vous remercie.

— Bien, revenons-en au testament. Vous héritez donc de la somme que j'ai mentionnée, ainsi que des deux propriétés de Miss Crawford. Il y a également le yacht de votre tante, qui est sous location en ce moment. Il ne sera pas facile d'annuler ce contrat, signé il y a trois mois. Je ne pense d'ailleurs pas que vous le souhaitiez.

— Non, bien sûr.

— Nos agents ont négocié un prix assez intéressant. Le locataire est un millionnaire américain : Mr Cornelius Virdon. Il arrivera à Marseille, où l'attend le yacht, dans deux jours. J'ai cru comprendre qu'il envisageait de longer les côtes d'Afrique. Il s'intéresse de très près à l'archéologie et voudrait faire quelques fouilles.

— Est-ce un grand yacht ? demanda Zaria.

— D'une taille raisonnable, paraît-il. Il s'appelle l'*Enchanteresse*.

Mr Patterson marqua une pause et lança un regard à quelques lettres assemblées par un trombone et posées à côté du dossier.

— Ah ! s'exclama-t-il, soudain. Il y a encore autre chose. Mr Virdon a loué le yacht à la condition que nous embauchions en son nom une secrétaire qui possède des connaissances en archéologie et qui parle arabe.

Il remarqua la lueur d'intérêt qui avait jailli dans le regard de son interlocutrice.

— Nous avons accepté cette clause, mes associés et moi, sans nous douter des difficultés qu'elle allait entraîner. A un moment, nous avons même craint que le contrat ne soit annulé : en dépit de diverses annonces passées dans les journaux, nous ne trouvions personne qui corresponde aux critères exigés par Mr Virdon.

Zaria fronça les sourcils.

— Ah ! Et pourquoi donc ?

— Je n'en ai pas la moindre idée. Nous avons reçu une bonne centaine de réponses d'archéologues. Tout autant, de personnes parlant arabe. Mais apparemment, les deux paraissaient incompatibles. (Il croisa les bras.) Et puis, il y a une dizaine de jours — nous commencions réellement à désespérer —, nous avons reçu une lettre d'une certaine Miss... voyons, oui c'est cela, Miss Brown. Doris Brown. Cette jeune femme a travaillé au British Museum et également au service de célèbres archéologues. Je pense que Mr Virdon devrait être pleinement satisfait.

— Cette affaire est donc réglée, observa Zaria, visiblement surprise par cette longue parenthèse.

Mr Patterson lui adressa un sourire.

— Vous vous demandez sans doute pourquoi je vous ennuie avec ces problèmes. Eh bien, en fait, nous ne sommes pas vraiment en mesure de juger des compétences de Miss Brown. Or, comme vous êtes une experte en archéologie et que vous parlez arabe, nous nous sommes dit que vous pourriez peut-être avoir un entretien avec elle...

— Mon arabe moderne n'est pas excellent. De surcroît, je n'ai pas voyagé dans ces pays depuis cinq ans. J'y suis allée bien sûr, plusieurs fois, avant... avant que mon père ne décide de partir seul.

Mr Patterson remarqua son hésitation au moment de mentionner le professeur et supposa qu'il se cachait là-dessous une sombre histoire.

— Il vous suffirait en réalité de poser quelques questions bien orientées à Miss Brown. Nous avons notre réputation à défendre, vous le comprenez bien. Nous préférerions rompre cette clause du contrat plutôt que d'envoyer quelqu'un d'incompétent.

— Soit. Quand devrai-je rencontrer cette personne ?

— Je lui demanderai de se présenter à votre hôtel cet après-midi. Si cela vous convient, bien entendu. Elle devrait prendre le ferry du soir, qui part de Victoria à 19 heures. Nous pourrions fixer le rendez-vous à 15 heures. Mais nous sommes samedi, et je crains de ne pas être là si vous nous appelez pour nous dire qu'elle ne vous semble pas correspondre aux exigences de Mr Virdon. (Il lança un regard à sa montre, tout en poursuivant avec un sourire :) A cette heure-là, je jouerai probablement au golf. Il faut bien se détendre un peu le week-end...

Zaria acquiesça d'un léger signe de tête.

— Supposons que Miss Brown ne possède pas la moindre notion d'arabe. Que devrai-je faire ?

— Si vous me le permettez, je vais vous remettre son passeport ainsi que les billets nécessaires pour le voyage. Vous ne les lui donnerez que si vous la jugez apte à remplir les fonctions que Mr Virdon attend d'elle. (Il prit sur son bureau une grosse enveloppe en papier kraft qu'il posa devant la jeune femme.) Cela peut vous paraître d'une prudence excessive, mais nous avons préféré avoir votre assentiment avant de prendre une décision. Mr Virdon est un homme très important — vraiment très important — et je ne voudrais surtout pas le décevoir sur ce point.

Zaria s'agita sur sa chaise.

— Si Miss Brown ne convient pas... dois-je le lui dire ?

— Nous vous en serions reconnaissants. Dans cette hypothèse, je vous prierai d'appeler ma secrétaire chez elle. (Ce disant, il inscrivit quelques chiffres au dos de l'enveloppe.) Voici son numéro de téléphone. Soyez gentille, ne l'appelez que s'il y a un problème. Et maintenant, miss Mansford, je vous prie de m'excuser, mais j'ai un autre rendez-vous.

— Oui, oui, bien sûr.

Elle se leva précipitamment, manquant renverser le plateau. Mr Patterson feignit de n'avoir rien remarqué.

— Il me reste une dernière chose à ajouter, déclara-t-il en se levant à son tour. Mes associés ont ouvert un compte en banque à votre nom afin de pourvoir à vos dépenses en attendant que toutes les formalités soient réglées. Ils y ont déposé un millier de livres.

— Merci, balbutia-t-elle.

Il lui remit une nouvelle enveloppe, de forme oblongue.

— Vous risquez d'être à court de liquide pendant le week-end, aussi ont-ils joint cinquante livres en billets à ce chéquier établi à votre nom. J'espère que cela suffira. Mais n'ayez crainte ; les patrons de l'hôtel se montreront très conciliants et vous feront crédit si nécessaire.

— Merci, répéta-t-elle. Vous... êtes bien certain que tout cet argent m'appartient ?

— Absolument.

— Dans ce cas, vous serait-il possible d'en envoyer un peu à Sarah, une vieille femme que mon père employait dans notre maison en Ecosse ?

— Evidemment. Souhaitez-vous la garder encore à votre service ?

— Non. Je sais qu'elle a l'intention de prendre sa retraite. Mais je voudrais lui verser une pension.

— Ne craignez rien, je m'en occupe. Vous pouvez vous décharger de ces problèmes matériels sur nous. Au revoir, miss Mansford.

Lorsqu'il serra la main de la jeune femme, il eut l'impression de ne tenir que des os entre ses grands doigts. Puis elle hocha la tête et traversa le couloir.

En la regardant s'éloigner, le conseiller juridique eut presque envie de rire. Songer que cet épouvantail allait percevoir une telle somme d'argent... Une somme supérieure à celle qu'il serait susceptible d'amasser s'il travaillait jusqu'à l'âge de cent ans !

« C'est vraiment jeter des perles aux pourceaux ! » songea-t-il, tandis que la porte du fond se refermait sur Zaria.

Une petite valise à la main, la jeune femme franchit le seuil de l'édifice et regarda autour d'elle. La rue était presque déserte. Elle ignorait comment se rendre à l'hôtel Cardos, mais il devait bien y avoir un bus qui la conduirait à proximité de l'établissement.

Zaria Mansford descendit lentement l'artère. Elle se sentait très lasse. Elle n'avait quasiment pas dormi la nuit précédente, en dépit de la couchette, réservée avec son billet de train. Bien qu'affamée, elle n'avait pas digéré les deux seuls sandwichs qu'elle avait mangés. Elle devrait se montrer plus prudente avec la nourriture.

Pommes de terre et flocons d'avoine, telle avait été la composition de ses repas ces six derniers mois. Elle se rappelait encore la terrible scène, le week-end qui avait précédé la mort du professeur, quand le boucher avait présenté sa note.

— Tu crois donc que je suis cousu d'or, espèce de petite cannibale ? s'était-il écrié, furieux. Comment as-tu osé commander autant de viande ? Je ne suis pas millionnaire !

Puis il l'avait battue — comme si souvent d'ailleurs —, la giflant, la frappant sur tout le corps. Jusqu'à ce qu'elle s'effondre à ses pieds. Mais bientôt, la fatigue aidant, les coups devinrent moins virulents. A cette époque-là, elle ne se doutait pas que la délivrance était aussi proche.

Zaria s'engagea dans Oxford Street. Le bruit des bus, taxis et autres véhicules s'intensifia dans sa tête jusqu'à former un bourdonnement lancinant. Elle ferma les yeux. Elle n'allait quand même pas s'évanouir en pleine rue. Elle lança un regard affolé autour d'elle, cherchant un endroit où s'appuyer, et se rappela soudain qu'elle avait les moyens de s'offrir un taxi.

C'était donc vrai ! Elle était riche. Elle ne souffrirait plus jamais de la faim.

Elle n'aurait plus jamais peur de cette voix terrifiante, de ces coups qui l'abrutissaient. Plus peur de se rendre au village pour acheter des vivres qu'elle ne serait pas à même de payer. Elle était riche. Riche !

Il lui sembla que les moteurs des véhicules qui sillonnaient la rue scandaient ce mot :
Riche ! Riche ! Riche !

Miss Doris Brown arriva à l'hôtel Cardos à 15 heures et fut conduite au deuxième étage par un groom. Ce dernier traversa le hall et s'arrêta devant une porte à laquelle il frappa deux coups discrets.

Une voix se fit alors faiblement entendre.

— Entrez.

Il tourna la poignée et s'effaça devant miss Brown.

A la vue de la jeune femme, la réaction de Doris Brown fut semblable à celle de Mr Patterson.

« Seigneur, quel étrange phénomène ! » se dit-elle, tout en demandant à voix haute :

— Etes-vous miss Mansford ? Miss Zaria Mansford ?

— Elle-même. Entrez, je vous en prie, ajouta-t-elle doucement en lui désignant un siège.

Zaria avait ôté sa veste, et le pull-over tricoté main, étriqué, qu'elle portait sur sa jupe en tweed, procura à miss Brown la sensation d'être elle-même très élégamment vêtue.

— Vous êtes donc la fille du Pr Mansford, reprit-elle, apparemment étonnée. J'ai eu l'occasion de le rencontrer une fois — Oh ! il y a longtemps — et je garde le souvenir d'un monsieur très séduisant. Bien sûr, tout le monde n'aime pas les barbus, mais il était néanmoins fort bel homme.

Zaria acquiesça en silence.

— Lorsque j'ai appris que je devais avoir une entrevue avec vous, puisque vous êtes la propriétaire du yacht sur lequel... (Elle s'interrompit brusquement et fixa son interlocutrice.) Vous êtes bien la propriétaire de ce yacht, n'est-ce pas ?

— Tout à fait. Mais je ne l'ai appris qu'aujourd'hui.

— Comme c'est amusant ! s'exclama miss Brown. Je suppose que vous avez dû être surprise. Encore que, personnellement, je ne serais pas spécialement ravie de posséder un yacht. Je n'ai qu'un goût très modéré pour les croisières en mer. Mais quand j'ai eu vent de ce poste, j'ai posé ma candidature pour rompre un peu la routine.

— Je comprends. J'espère que vous serez satisfaite de cette expérience.

— Eh bien, je ne crois pas, justement !

Zaria écarquilla les yeux.

— Je crains de ne pas bien comprendre...

— C'est précisément pour cela que je suis venue. Quand on m'a téléphoné, juste avant le déjeuner, je n'étais pas encore très sûre de moi, donc j'ai accepté ce rendez-vous. Et puis, au cours du repas... mon fiancé s'est enfin décidé : il m'a demandée en mariage. J'ai accepté. Nous envisageons de nous marier la semaine prochaine.

Zaria commençait à y voir plus clair.

— Ce qui signifie que vous ne partirez pas sur le yacht avec Mr Virdon ?

— Voilà, répondit la jeune femme en hochant fermement la tête. Je dois me rendre ce soir dans le Yorkshire pour faire la connaissance de mes futurs beaux-parents. Je suis évidemment désolée de vous annoncer cette nouvelle si tard, mais les circonstances ne me permettaient pas de prévoir un tel dénouement.

— Les associés de *Delhouse and Patterson* seront sans doute très déçus. J'ai cru comprendre qu'ils avaient eu beaucoup de mal à trouver quelqu'un qui réunisse les qualités requises.

— Je suis certaine que cette affaire finira par s'arranger, déclara miss Brown en se levant. Il ne me reste plus qu'à vous saluer, miss Mansford, et à vous souhaiter toute la chance que l'on peut espérer quand on possède un yacht. A votre place, je me joindrais à l'expédition... si toutefois vous aimez la mer.

Elle marcha jusqu'à la porte et, avant de sortir, adressa un petit signe de la main à Zaria. Cette dernière garda quelques instants les yeux fixés sur le battant qui s'était refermé, puis elle se rassit et s'empara de la grosse enveloppe que lui avait remise Mr Patterson.

Il fallait qu'elle téléphone à la secrétaire. Ennuyée, elle s'avisa qu'elle ignorait le nom de ladite secrétaire.

Elle regarda distraitement l'enveloppe : elle n'était pas scellée. N'écoutant que son instinct, elle la vida sur la table basse. Le pli contenait un passeport neuf établi au nom de Doris Brown, des billets agrafés pour les trajets Victoria-Douvres, Douvres-Calais et Calais-Marseille, ainsi qu'une petite somme en monnaie française et deux lettres.

L'une d'entre elles était adressée à Mr Cornelius Virdon, l'autre, à l'entête de *Delhouse and Patterson*, à miss Doris Brown. Celle-ci non plus n'était pas cachetée et, cédant à la curiosité, Zaria la lut.

Miss Brown devait prendre le train de 19 heures au départ de Victoria. En gare de Marseille, elle se rendrait à l'hôtel Britannia, où une chambre avait été réservée à son nom. Elle y resterait jusqu'à l'arrivée du yacht. Elle se présenterait au capitaine et, si Mr Virdon était à bord, lui remettrait l'enveloppe portant son nom.

Tout avait été minutieusement prévu, il suffisait de suivre les instructions indiquées.

Tandis qu'elle fixait le passeport d'un regard vide, une idée germa dans l'esprit de Zaria. Pourquoi ne prendrait-elle pas la place de Doris Brown ? Elle était ferrée en archéologie et parlait arabe, bien qu'elle n'ait pas eu l'occasion de pratiquer cette langue depuis quelques années.

Cette soudaine illumination se fraya un chemin en elle, par vagues successives, qui déferlaient trop vite pour qu'elle ait le temps de les examiner. Puis tout sembla se stabiliser, prendre forme. Ce serait si facile…

Il lui suffirait de suivre les instructions destinées à Doris Brown. Tous les papiers étaient en sa possession. Elle n'aurait pas à décliner son identité. Ne serait pas obligée d'expliquer qu'elle était la propriétaire du yacht.

C'était insensé, bien sûr. Complètement fou. Elle ne pouvait pas agir ainsi. Et cependant, pourquoi pas ? Aucune raison réelle ne l'empêchait d'endosser le rôle de miss Brown. Rien ne la retenait à Londres, ou ailleurs.

La jeune femme balaya la pièce du regard. Elle ne se sentait pas à l'aise dans cet endroit impersonnel et luxueux, si différent de ce qu'elle avait connu jusque-là. Elle s'était fait servir le déjeuner dans la chambre, effrayée à l'idée d'affronter la grande salle de restaurant. Elle n'aurait probablement pas su quoi commander. Par téléphone, elle avait demandé qu'on lui monte des œufs et du bacon, mais le serveur l'avait persuadée d'opter plutôt pour une omelette, suivie d'un steak servi avec des légumes. Quoique terrorisée par le prix d'un tel festin, elle n'avait pas osé refuser. Puis elle s'était souvenue avec un soulagement intense que ces détails matériels n'avaient désormais plus aucune importance.

Elle pourrait également s'offrir des vêtements. Une robe comme celle que portait Doris Brown, par exemple. Peut-être même plus jolie encore. Des chaussures aussi. Et une séance chez le coiffeur.

Elle fut alors agitée de tremblements. A quoi bon ?

Elle ignorait par quoi commencer, où aller... Elle ne se rappelait même plus à quand remontait sa dernière acquisition. Elle avait dû acheter une robe à Inverness, mais il y avait bien longtemps de cela. Depuis, elle se confectionnait ses habits, taillant des jupes dans de vieux manteaux, tricotant des pull-overs avec de la laine récupérée. Son père refusait catégoriquement de lui donner le moindre argent de poche. C'en était même devenu une obsession.

Un an auparavant, elle avait fait une tentative de fugue, fermement déterminée à trouver un travail pour échapper aux vexations, aux privations qu'elle endurait dans la sombre petite maison de la lande. Il l'avait rattrapée avant qu'elle n'atteigne la route principale et l'avait ramenée de force, la rouant de coups tout le long du chemin.

— Tu resteras ici et tu travailleras pour moi! hurlait-il. Si tu t'imagines que je vais t'autoriser à courir le monde, tu te trompes! Allez, remets-toi à ces manuscrits.

Elle n'avait plus jamais essayé de s'enfuir. Pas même quand il était parti, la laissant seule avec Sarah, la vieille femme qui était entrée au service de Mr et Mrs Mansford le jour de leur mariage.

Pendant cette dure période, Zaria avait parfois l'impression que sa tête allait exploser. Mais elle poursuivait sa tâche, trop épuisée pour se rebeller, trop faible pour esquiver les coups de son père.

Que faire? se demanda-t-elle en se passant la main sur le front. Jamais elle n'avait été confrontée à la nécessité de prendre une telle décision.

Elle se leva, se dirigea vers l'armoire en bois blond et contempla l'image que lui renvoyait le miroir. Elle regarda ses cheveux châtains, sans éclat, qu'elle coupait elle-même; les lunettes de la Sécurité sociale que son père l'avait obligée à porter le jour où elle avait déclaré déchiffrer avec difficulté les minuscules caractères d'un manuscrit ancien.

Elle les ôta. Ses yeux d'un bleu presque délavé, étaient rougis, cernés. Alors sa vue se brouilla de larmes. Des larmes qui affluaient lentement, difficilement à ses paupières car, en dépit de tout ce qu'elle avait enduré, elle n'avait pas pleuré depuis des années.

« Je suis hideuse, articula-t-elle d'une voix cassée. Hideuse et terriblement seule. Si seulement je pouvais être morte... »

Elle tourna le dos à la glace et se précipita vers le sofa pour enfouir son visage dans un coussin.

Elle fut prise d'un brusque désir de partir, de retourner en Ecosse. Retrouver la maison sombre et humide, avec la vieille Sarah, les horribles meubles de style victorien, l'atmosphère pesante, ces murs imprégnés de la présence de son père...

Du moins tout cela lui était-il familier. Ce qu'elle vivait ici la paniquait.

Elle poussa un petit gémissement et se redressa. Quelque chose tomba à terre. Le passeport de Doris Brown. Dans la chute, il s'entrouvrit à la page où figurait la photo de la jeune femme.

Zaria ne parvenait pas à en détacher le regard. Un portrait diffus, sur lequel il aurait été possible de reconnaître n'importe qui.

« Je pourrais lui ressembler », chuchota-t-elle.

Elle sut à cet instant précis que sa décision était prise. Elle occuperait la place de Doris Brown. Ne serait-ce que pour ne pas rester dans cet hôtel qui lui était étranger à attendre que quelque chose — quoi ? — survienne. D'ailleurs elle ne supporterait pas de demeurer ainsi seule, inactive.

« Je vais y aller ! »

Elle répéta plusieurs fois cette phrase puis, d'un geste résolu, appuya sur la sonnette. Ensuite elle s'assit et, rigide, attendit.

Une femme de chambre se présenta enfin. Une jeune personne joliment faite, à l'allure décidée, qui n'appréciait visiblement pas d'être dérangée au beau milieu de l'après-midi.

— Vous avez appelé, madame ?
— Oui. J'aurais besoin de votre aide.
— Je vous écoute, madame.
— Eh bien... eh bien..., commença Zaria gauchement. Je dois partir à l'étranger. Je suis arrivée ce matin d'Ecosse, où j'ai oublié toutes mes affaires. Il faudrait absolument que je me procure un manteau, une jupe, un chemisier, des bas, des chaussures... Je voudrais aussi aller chez le coiffeur. Et acheter quelques produits de maquillage.

La femme de chambre haussa légèrement les sourcils.

— Madame a sans doute oublié que nous sommes samedi.

— Oui, je sais bien que tous les magasins sont fermés. Mais, ne me serait-il pas possible d'acheter tout cela à... quelqu'un ? A vous, par exemple ! N'auriez-vous pas quelques vêtements à me vendre ?

La femme de chambre la dévisagea, les yeux ronds.

— S'il vous plaît, insista Zaria. C'est... très important pour moi.

Il s'agissait là d'un S.O.S. lancé à une femme par une autre femme, sur un sujet qui ralliait toutes les femmes du monde, quelles que soient leur condition, leurs croyances, leur couleur de peau ou leur nationalité : l'habillement.

Debout devant la fenêtre de l'hôtel Britannia, Zaria regardait les voitures défiler dans l'avenue ensoleillée. Marseille ressemblait à une fourmilière industrielle et accentuait son sentiment de solitude.

Toute la nuit, étendue sur la confortable couchette, elle s'était demandé si elle n'avait pas perdu la raison. Devait-elle regagner Londres dans les plus brefs délais ? Ou bien continuer mais en informant Mr Patterson de sa décision ?

Ne trouvant aucune réponse satisfaisante aux multiples questions qui la harcelaient, elle avait fini par se borner strictement aux instructions rédigées à l'intention de miss Brown.

Arrivée à Marseille, ayant appris que l'hôtel était situé près de la gare, elle s'y était rendue à pied.

Elle s'écarta de la fenêtre. Dans ce mouvement, elle vit sa silhouette se refléter dans les nombreux miroirs qui ornaient les murs de la pièce. Le tailleur que lui avait finalement cédé la femme de chambre, bien que n'ayant pas été confectionné par un grand couturier, avait indéniablement plus d'allure que le vieil ensemble en tweed qu'elle portait depuis des années. L'une des collègues de la jeune femme avait accepté de rafraîchir sa coupe de cheveux et de lui vendre quelques produits de maquillage.

Zaria se rapprocha du miroir central. Oui, elle avait incontestablement meilleure mine que la veille.

— Tu es Doris Brown ! décréta-t-elle à voix haute.

Puis elle éclata de rire, imaginant la réaction de l'authentique miss Brown, si elle avait vu l'allure de son usurpatrice.

D'ailleurs, elle avait jeté ses lunettes. Car elle voyait parfaitement. Et si les manuscrits que lui confiait Mr Virdon étaient trop difficiles à déchiffrer, elle en achèterait une autre paire avec une jolie monture en écaille. Ces horribles lunettes cerclées de métal lui auraient toujours rappelé son père et ses violentes colères.

— Fatiguée ? Tu *ne peux pas* être fatiguée ! Allons, dépêche-toi, je veux que cette transcription soit finie demain soir. Pourquoi Dieu m'a-t-il donné une débile mentale pour fille ? C'est pourtant extrêmement simple. Il suffit que tu te concentres un peu sur ce que tu fais.

— Mais je n'en peux plus, père. J'ai travaillé très tard tous les soirs de la semaine. J'ai d'horribles migraines.

— Maudite fainéante ! Ton devoir est de m'aider. Tu crois peut-être que je vais t'entretenir toute ta vie pour rien ? Mets-toi au travail, te dis-je. Et vite, sans quoi je te brise les os !

Zaria se demandait parfois si un chien aurait survécu aux traitements que lui infligeait son père. Mais elle ne pouvait rien y changer.

A sa mort, manquant cruellement de moyens, elle avait été condamnée à rester dans cette petite maison isolée du reste du monde. Et surtout, ses désirs de fuite avaient disparu. Quitter ces lieux l'effrayait.

Elle y était cependant parvenue. Elle était loin, à présent, de cette lande déserte.

Dans ce port, elle avait l'impression d'avoir enfin recouvré sa liberté. Nul ne l'empêcherait désormais d'aller où elle voulait, d'agir comme bon lui semblait.

Dans un subit accès de révolte, elle ouvrit son sac et en sortit son tube de rouge à lèvres, qu'elle appliqua d'un geste ferme sur sa bouche. Le rouge : symbole de défi, d'énergie, de vitalité. Tout ce qu'elle n'avait jamais eu le courage de revendiquer.

Elle rangeait le tube lorsque la porte s'ouvrit. Elle n'avait pas entendu frapper et se tourna, surprise. Elle sursauta en voyant un homme dans l'embrasure. Il se glissa prestement dans la pièce avant même qu'elle n'ait le temps de réagir. Ii referma le battant sans faire de bruit et s'y adossa.

— Que voulez-vous ? parvint-elle à articuler.

Elle s'était exprimée en anglais, oubliant, dans sa confusion, qu'elle se trouvait en France. Il lui répondit dans la même langue.

— Vous êtes bien Miss Doris Brown ?

— Ou... oui.

— Parfait. Je craignais de m'être trompé de chambre.

Il paraissait essoufflé. Elle remarqua qu'il tenait une valise à la main et un imperméable sur le bras. Il avait des cheveux très noirs, le teint pâle et portait des lunettes de soleil. Dans son parler, elle avait décelé un accent qu'elle ne parvenait pas à définir.

Zaria inspira profondément et s'arma de courage.

— Je... ne comprends pas ce que vous faites dans ma chambre. Pourquoi n'avez-vous pas frappé avant d'entrer ?

— Je n'en avais pas le temps, répliqua-t-il, le souffle court.

Il avait sans doute monté l'escalier en courant. Mais pourquoi ? Elle croisa nerveusement les doigts, ne sachant quelle attitude adopter face à cette situation pour le moins insolite.

Comme s'il avait perçu ses hésitations, il reprit, d'une voix plus calme :

— N'ayez pas peur, je vous en conjure. J'ai appris que vous étiez ici et je tenais absolument à vous voir.

— Appris ? Par qui donc ?

— Cela n'a pas grande importance. Une seule chose compte vraiment : j'ai besoin de vous.

Elle dressa l'oreille et reconnut alors son accent. Une intonation à peine discernable, mais incontestablement américaine.

L'homme était grand, élancé. Il avança vers elle d'une démarche souple.

— Me permettez-vous de m'asseoir ?

— Oui. Enfin... je ne sais pas. Pourquoi avez-vous fait ainsi irruption dans ma chambre ?

— S'il vous plaît, miss Brown. Je peux tout vous expliquer, si seulement vous m'accordez quelques minutes d'attention. (Il parlait lentement, détachant chaque syllabe. Il se tourna soudain vers la porte, l'ouvrit et inspecta le corridor avant de la refermer.) Je tenais à m'assurer que personne ne nous écoutait.

Il rejoignit Zaria et s'installa dans un fauteuil recouvert de cretonne fleurie. Il grimaça légèrement en s'asseyant. Comme il lui présentait son profil droit, elle vit qu'il portait un pansement au-dessus de l'oreille et remarqua ses chairs meurtries à hauteur de la tempe.

L'inconnu porta la main à sa blessure, comme pour la dissimuler.

— J'ai eu un accident de moto. Ce qui explique que je sois un peu... affaibli.

Elle acquiesça, hésita, puis finit par s'asseoir en face de lui.

— Puis-je fumer ? demanda-t-il.

— Oui, bien sûr.

— Vous en êtes certaine ? Personnellement, je ne supporte pas l'odeur de tabac dans une chambre. Il est vrai qu'à mon avis je ne crois pas que vous dormiez ici ce soir. Le yacht est arrivé au port.

— Ah ! On ne m'a pourtant pas prévenue.

— Il a jeté l'ancre il y a à peine quelques minutes. Vous allez être informée d'ici peu et vous monterez à bord.

— Comment savez-vous tout cela ? s'enquit-elle.

— Un ami à vous m'a prévenu de votre arrivée. Il m'a demandé de me lancer à votre recherche.

Zaria se passa la langue sur les lèvres. Puis elle murmura :

— De... qui s'agit-il ?

— Vous ne vous souvenez probablement pas de lui, répliqua l'Américain avec un geste vague. Vous l'avez rencontré à Londres, et il a appris par d'autres amis que vous alliez participer à cette croisière. Il m'en a informé, ce qui explique ma présence ici. Je suis venu solliciter votre aide.

Zaria afficha un air surpris.

— Qu'attendez-vous de moi ?

— Que vous m'emmeniez avec vous.

L'espace d'un instant, elle crut ne pas avoir bien entendu. Et elle dévisagea cet homme bizarre, à qui les lunettes noires donnaient un air impersonnel, presque irréel.

— Je ne vous comprends pas très bien, dit-elle enfin.

Il posa les coudes sur ses genoux et se pencha.

— Ecoutez-moi, miss Brown, il est absolument impératif que je me rende à Alger. Ma mère est malade. Il faut que j'aille la voir.

— Mais... pourquoi ne pas prendre un bateau de ligne régulière ? Ou l'avion ?

— Parce que je n'ai pas d'argent.

La jeune femme se mordit les lèvres. Elle n'était que trop sensible à ce genre d'argument. Elle examina plus attentivement son interlocuteur qui avec ses vêtements bien coupés, de qualité, ne paraissait pas tellement démuni.

— Je suis désolée, murmura-t-elle gentiment. Je sais ce que cela signifie d'être pauvre. Mais je ne vois pas comment je pourrais vous être d'un quelconque secours.

— Détrompez-vous. Vous jouez un rôle capital dans ce voyage, ainsi que me l'a appris mon ami. Mr Virdon a insisté pour qu'on lui fournisse une secrétaire qui ait des connaissances en archéologie et qui parle arabe. Ce que j'avance est exact, n'est-ce pas ?

— Oui.

— Bien. Vous expliquerez qu'il vous paraît nécessaire d'emmener un assistant, étant donné l'ampleur de la tâche.

— Mr Virdon ne me croira pas, objecta-t-elle.

— Mais si. Il *doit* vous croire. Vous saurez vous montrer convaincante.

— Et pourquoi accepterais-je de jouer ce jeu ?

— Parce que je vous supplie de le faire, rétorqua l'Américain d'une voix vibrante. Il faut que je fasse ce voyage, que je sois auprès de ma mère pour la soutenir. Mon beau-père est une brute, il la maltraite. Je dois aller à Alger avant qu'il ne soit trop tard.

Sa ferveur bouleversa la jeune femme. D'instinct, elle se sentit prête à donner son assentiment. Cet homme avait des problèmes et il faisait appel à elle avec une sincérité indubitable.

Elle tenta néanmoins de se raisonner.

— Ecoutez, je n'ai jamais rencontré Mr Virdon. Il m'a engagée par l'intermédiaire d'un cabinet juridique, à Londres. Et s'il ne m'autorise pas à me faire accompagner par un assistant ? S'il est furieux que je me sois permis de prendre une telle initiative sans le consulter ?

L'Américain hocha la tête avec fermeté.

— Cela me surprendrait. Si vous vous conformez à mes consignes, je suis sûr que tout se passera bien.

— Mais enfin... pourquoi agirais-je ainsi ? protesta-t-elle.

— Parce que vous avez bon cœur, je le sais. Et je vous l'ai dit, ce voyage a pour moi une importance capitale. Enfin, parce qu'en fait vous n'avez rien à perdre en accomplissant un acte de générosité.

Il avait raison. Au pire, elle pourrait toujours

annoncer que le yacht lui appartenait. Elle n'oserait probablement jamais s'y résoudre, mais cette hypothèse n'en restait pas moins rassurante.

— J'ai échafaudé un plan, ajouta-t-il. Quand vous recevrez le message du capitaine vous annonçant que le yacht est à quai, nous monterons à bord, et vous me présenterez comme étant votre fiancé.

— Mon fiancé? se récria-t-elle, affolée.

— Oui. Vous expliquerez que nous venons de nous fiancer et qu'au dernier moment cette séparation vous a semblé trop pénible.

Cela paraissait plausible. La vraie Doris Brown ne s'était-elle pas elle-même fiancée juste avant le départ? A cette différence toutefois qu'elle avait renoncé à son emploi.

— Mais... je ne sais même pas comment vous vous appelez, observa-t-elle d'une petite voix.

— Exact. Mon nom est... Chuck. C'est du moins celui que m'ont donné mes amis de faculté. Et mon nom de famille : Tanner. Chuck Tanner. Par chance, il s'avère que je parle un peu arabe et que je possède quelques notions d'archéologie.

— C'est un point positif. (Mais elle hésitait. Alors rougissant de sa propre audace, elle lança à brûle-pourpoint:) Cela vous ennuierait-il de... d'enlever vos lunettes de soleil?

Il s'exécuta sans aucun commentaire. Puis, plongeant ses yeux verts pailletés de gris dans ceux de la jeune femme, il murmura :

— Pourquoi?

— Simple curiosité. J'avais envie de voir votre visage à nu.

Elle se garda bien d'ajouter qu'elle considérait que les yeux étaient le miroir de l'âme. Les siens avaient l'aspect serein d'un lac aux eaux calmes. Ils reflétaient l'honnêteté, la sincérité.

— Merci, dit-elle enfin, en baissant le regard.

Il remit aussitôt ses lunettes.

— Je suis obligé de les porter, expliqua-t-il. Je suis très sensible à la lumière et il m'arrive d'avoir d'épouvantables migraines.

Soudain, la sonnerie du téléphone retentit, stridente.

— Ce doit être quelqu'un du yacht, observa précipitamment Chuck. Ne parlez pas de moi. Dites simplement que vous vous rendez immédiatement à l'embarcation.

Zaria se dirigea posément vers l'appareil posé sur la table de nuit. Elle souleva le combiné et entendit une voix qui s'adressait à elle en anglais.

— Est-ce bien miss Brown?

— Elle-même.

— Bonsoir, miss. Je suis un membre de l'équipage de l'*Enchanteresse*. Je vous appelle de la part du capitaine afin de vous signaler notre arrivée au port. Vous pouvez nous rejoindre dès à présent.

— Très bien. Prévenez le capitaine que j'arriverai dans une demi-heure environ.

— Parfait, miss. Nous sommes ancrés quai n° 3, à l'emplacement 47.

— Je vous remercie.

— De rien, miss. A tout de suite.

Il y eut un déclic sur la ligne et Zaria reposa le combiné. Chuck Tanner se tenait derrière elle.

Elle avala sa salive.

— Et si... si vous ne souhaitiez monter à bord que pour voler Mr Virdon?

Il éclata de rire.

— Je puis vous assurer que telles ne sont pas du tout mes intentions. Je n'envisage pas non plus de dérober les manuscrits ou autres objets que vous êtes susceptibles de découvrir. Non, comme je vous l'ai dit, je veux simplement me rendre à Alger et je n'ai aucun autre moyen d'effectuer ce voyage.

La jeune femme se mordit les lèvres.

— Ecoutez... pour ne rien vous cacher, votre proposition ne me séduit pas vraiment. Imaginons que le capitaine refuse de vous laisser monter à bord ?

— Je suis sûr que cela ne se produira pas. Il vous dira qu'il appartient à Mr Virdon, à son arrivée, de prendre une décision. C'est à ce moment-là que vous devrez vous montrer particulièrement persuasive. Je compte sur vous, miss Brown. Il s'agit pour moi d'une question de vie ou de mort.

La détermination qui perçait dans sa voix fit frissonner la jeune femme.

— Une dernière précision. Quand vous descendrez régler la note, demandez au réceptionniste de vous appeler un taxi. Donnez au chauffeur l'adresse des quais. Mais, dès qu'il aura démarré et que personne ne pourra vous entendre, dites-lui que vous devez d'abord passer à la pharmacie de la rue Garibaldi. Je vous attendrai là.

— Nous ne partons pas ensemble ?

Il hocha la tête.

— Non. Je vais sortir par la porte de service, c'est plus sûr. Je ne tiens pas à être vu.

— Je ne comprends toujours pas très bien, soupira-t-elle. Pourquoi vous cachez-vous ? Qui fuyez-vous ? La police ? Auriez-vous fait quelque chose de... mal ?

— J'ai fait beaucoup de choses répréhensibles dans ma vie, répliqua-t-il avec un sourire. Mais en tout cas rien qui puisse, en ce moment, concerner la police française. Je vous en prie, ayez confiance en moi. (Il marqua une pause avant d'ajouter :) Il faut absolument que j'aille à Alger, et personne ne doit se mettre en travers de mon chemin. Les relations de mon père — plus précisément, ses fils — ne veulent pas que je voie ma mère. Ils redoutent qu'elle ne me lègue son argent. Voilà tout.

Zaria laissa échapper un petit soupir de soulagement.

— Très bien. Je suivrai vos instructions.

En dépit des étranges manières de l'Américain et de l'histoire abracadabrante qu'il lui avait racontée, elle était néanmoins contente qu'il embarque avec elle.

— Bien, je crois qu'il est temps maintenant de quitter les lieux, dit-il. N'oubliez pas que mon nom est Chuck et que nous sommes censés nous aimer. Je vous appellerai Doris.

— Non, s'il vous plaît! (Comme il paraissait surpris par la vivacité de sa protestation, elle s'empressa d'ajouter:) Doris est le nom que je porte... dans ma profession. Les intimes m'appellent Zaria.

— Zaria, répéta-t-il doucement. Comme c'est joli! Il s'agit d'un prénom arabe, n'est-ce pas?

— Oui. Je suis de pure souche anglaise, mais ma mère l'a choisi parce qu'il lui plaisait beaucoup.

— Je trouve moi aussi ce prénom ravissant. Zaria... Je ne l'oublierai pas. Nous garderons Miss Doris Brown pour les occasions formelles.

La jeune femme n'avait écouté que son impulsion. A présent, elle regrettait de s'être laissée aller à un tel élan de sincérité. N'aurait-il pas mieux valu qu'elle conserve le prénom de Doris? Avec le risque cependant de ne pas répondre à l'Américain s'il l'appelait ainsi. D'oublier en somme qu'elle avait endossé le rôle de miss Brown!

Il souleva sa valise et avança vers la porte.

— A tout de suite.

Il sortit sur la pointe des pieds, regarda à droite et à gauche et referma doucement la porte.

A son tour, Zaria prit son bagage et traversa le couloir en direction de l'ascenseur. Arrivée dans le hall de réception, elle régla sa note et, suivant les instructions de Chuck, commanda un taxi. Quelques secondes plus tard, elle passait le portail, devant lequel l'attendait une voiture.

Elle était finalement contente de pouvoir venir en aide à cet inconnu qui lui inspirait confiance. Avant de s'installer à l'arrière, elle lança au chauffeur l'adresse des quais. Ensuite, comme convenu, elle lui demanda de faire une halte rue Garibaldi.

Chuck, qui les attendait derrière la porte vitrée de la pharmacie, s'engouffra aussitôt dans le taxi.

— Avez-vous acheté des médicaments pour votre blessure ? s'enquit-elle.

— Oui. Le pharmacien m'a recommandé une pommade qui, à l'en croire, aurait des effets miraculeux. Mais je suis sceptique...

Le reste du trajet se déroula en silence. Ils franchirent les portes du port et roulèrent jusqu'à l'emplacement 47 du quai n° 3. Là, Zaria vit l'*Enchanteresse* amarré.

Jusque-là, elle ne s'était guère attardée à penser au yacht — son yacht. Mais elle ne s'attendait néanmoins pas à trouver un navire aussi blanc, élégant et luxueux.

Le capitaine, un homme d'une quarantaine d'années portant la barbe, s'avança aussitôt à leur rencontre, la main tendue. Il était vêtu d'un bel uniforme blanc aux boutons dorés.

— Enchanté, miss Brown. Je vous souhaite la bienvenue sur ce bateau. J'espère que nous ne vous avons pas trop fait attendre.

— Non, pas du tout, répondit-elle avec un sourire contraint. Permettez-moi de vous présenter Mr Tanner, mon... mon fiancé.

— Votre fiancé ? Quelle surprise ! Nous ignorions que vous viendriez accompagnée.

— J'espère que Mr Virdon n'y verra aucun inconvénient. J'ai été recrutée par un cabinet juridique de Londres, qui a eu apparemment beaucoup de difficultés à satisfaire à la demande de Mr Virdon. Or, nous venons tout juste de nous fiancer, Mr Tanner et moi. Cela m'ennuyait de partir sans lui et, par ailleurs, j'ai pensé qu'il pourrait me servir d'assistant, puisqu'il a lui-même participé à certaines expéditions de ce type, en Afrique également.

Le capitaine hocha la tête.

— Je pense que ça ne devrait poser aucun problème. De surcroît, nous ne manquons pas de place. (Sur ce, il se tourna vers l'un des matelots.) Portez les bagages de Mr Tanner à la cabine D.

L'homme s'exécuta. Le capitaine poursuivit :

— Et maintenant, je voudrais vous montrer vos quartiers, miss Brown. Vous souhaitez peut-être prendre une tasse de thé ? Le steward est justement en train de préparer un vrai goûter anglais, qui sera servi dans le salon.

— C'est très gentil, observa Zaria.

Le capitaine regarda sa montre.

— Mr Virdon devrait arriver aux alentours de 6 heures. Il a débarqué hier soir au Havre par le *Cherbourg*. Il m'a annoncé qu'il prendrait le train de jour pour Marseille. Ses amis et lui seront donc probablement là en fin d'après-midi.

Il précéda la jeune femme dans l'escalier qui descendait aux cabines et lui fit visiter celle qui lui avait été attribuée pour le voyage. Zaria fut charmée par le goût sobre et raffiné de cette pièce aux murs lambrissés d'acajou. La cabine de Chuck était située un peu plus loin sur le même couloir.

L'homme emprunta ensuite un autre passage, au

bout duquel ils entrèrent dans une cabine spacieuse aménagée en salle de travail. Il y avait là un bureau en noyer nanti de grands tiroirs, une machine à écrire, des rayonnages contenant des dossiers et du matériel photographique, ainsi que l'équipement nécessaire à la restauration de poteries anciennes.

— Nous avons récupéré ces objets à Cannes, où Mr Virdon les avait entreposés au retour d'une expédition effectuée l'an dernier, expliqua le capitaine.

— Je reconnais là du bon matériel de professionnel, observa Zaria.

Le capitaine raccompagna la jeune femme jusqu'à sa chambre, puis lui expliqua où se trouvaient le salon et la salle à manger. Elle referma la porte derrière lui et resta debout, indécise.

Soudain, un coup retentit et le battant s'ouvrit avant qu'elle n'ait le temps de répondre. Chuck apparut. Il souriait.

— Tout s'est déroulé à merveille jusqu'ici, déclara-t-il d'un ton enthousiaste. L'aventure commence. Etes-vous excitée ou effrayée?

— Tout simplement terrorisée!

— Pourquoi donc? Je suis là pour vous protéger, ne l'oubliez pas.

2

Debout sur le pont, Zaria regardait les docks s'éloigner lentement, se fondre dans les brumes du petit matin. Les eaux étaient translucides, si pâles qu'on imaginait mal qu'elles puissent virer au bleu indigo en cours de journée.

Recouvert des voiles de l'aurore, le port avait la consistance irréelle des paysages de contes de fées.

Elle cligna des paupières, ne parvenant toujours pas à croire qu'elle voyageait bel et bien sur ce yacht et qu'il lui appartenait. Son sourire extasié se figea en une grimace anxieuse quand elle songea aux difficultés qu'il lui faudrait bientôt affronter.

La veille, Mr Virdon et ses amis ne s'étaient pas présentés à 18 heures, comme prévu. Le capitaine avait reçu un télégramme annonçant qu'ils avaient été retenus à Paris et qu'ils n'arriveraient à Marseille qu'aux alentours de minuit.

— Je suppose qu'il faut que nous les attendions, dit Zaria à Chuck lorsque le steward leur transmit le message.

— A quoi bon ? Il sera toujours temps d'informer Mr Virdon de ma présence demain matin.

La jeune femme hocha la tête.

— J'aimerais autant que cette affaire soit réglée le plus rapidement possible. De toute façon, je suis terrifiée à l'idée de le rencontrer.

— Mais pourquoi ? (Comme elle ne répondait pas, il ajouta :) Vous êtes vraiment bizarre. Tout vous fait peur. Quels sont donc vos sujets de préoccupation... excepté moi ?

Zaria tourna la tête, embrassant du regard la confortable cabine aménagée en bureau. L'espace d'un instant, elle fut sur le point de lui dire qui elle était réellement, de lui avouer sa supercherie. Puis elle se rappela qu'elle ignorait tout de cet homme, qu'elle ne le connaissait que depuis quelques heures.

D'un ton qui se voulait assuré, elle déclara :

— Je crois qu'il serait opportun que vous me parliez un peu de vous.

— Bien sûr. Que désirez-vous savoir ? J'ai vingt-huit ans. Je suis américain, de mère française. Ma mère s'est remariée avec un Français. Je connais assez bien l'Europe. Je fume, je bois et j'aime les enfants. Est-ce là le genre de questions que vous aviez l'intention de me poser ?

— Je pense, répliqua-t-elle, dubitative.

Elle avait l'impression qu'il lui cachait quelque chose, en dépit de son attitude naturelle.

— Bien. Dans ce cas, passons à vous. Vous avez été malade, n'est-ce pas ?

Sur le point de nier, Zaria se ravisa. Ses joues creuses et ses yeux cernés n'étaient guère le signe d'une parfaite santé. D'un autre côté, elle n'avait aucune intention de raconter ses déboires à cet homme.

— Oui, j'ai effectivement été malade, mentit-elle.

— Je m'en doutais. Cette croisière vous remettra d'aplomb. Vous pourrez profiter de ma présence pour vous décharger de toutes les tâches qui vous incombent. Du moins jusqu'à Alger.

— De quoi vivez-vous ?

Il hésita avant de répondre, et elle pressentit qu'il ne lui dirait pas la vérité.

— En réalité, j'ai exercé plusieurs métiers dans ma vie, répondit-il avec un geste évasif. J'ai fait mon service militaire, comme tout bon citoyen, je sais piloter un aéroplane et, à l'occasion, je peux effectuer des travaux de plomberie.

« En d'autres termes, vous n'êtes pas disposé à me dire ce que vous faites réellement », songea-t-elle. Elle n'eut cependant pas le courage d'énoncer cette opinion.

La conversation parut se figer, et Zaria prit cruellement conscience de sa gaucherie et de son inexpérience dans les relations humaines. Mais elle avait vécu si longtemps éloignée de toute civilisation, et elle rencontrait si peu de gens...

Et pourtant, elle se rappelait le temps où sa mère vivait encore. La maison qu'ils habitaient à Edimbourg regorgeait toujours d'invités qui aimaient parler, rire, s'amuser. Zaria descendait le grand escalier, vêtue d'une jolie robe, et saluait les lords et les ladies qui déambulaient dans le vaste salon. Il lui semblait encore entendre le brouhaha des voix, voir ces visages souriants. Sa mère était une maîtresse de maison hors pair, et chaque réception se soldait par un véritable succès.

Puis elle était morte. Zaria se remémora les longues nuits passées à l'appeler dans le noir.

— Maman, où es-tu ? Reviens ! Reviens, je t'en supplie.

Ils avaient quitté Edimbourg, son père et elle. Au début, ils avaient voyagé de par le monde. Puis ils avaient vécu quelque temps à Londres, jusqu'à ce que le professeur décide de s'installer en Ecosse, dans cette petite maison perdue dans la lande.

— Superbe, n'est-ce pas ?

Une voix derrière elle la tira de ses songes. Elle sursauta et découvrit Chuck, à un mètre d'elle.

— Vous êtes très matinale, observa-t-elle.

— Je pensais que Mr Virdon aurait peut-être besoin de moi.

— Cela me surprendrait. D'après le steward, ils prendront tous le petit déjeuner dans leurs cabines.

— Tous ? insista-t-elle, étonnée.

Il eut une petite grimace.

— On voit bien que vous n'êtes pas habituée à fréquenter les riches oisifs...

— Mr Virdon n'est pas un oisif, protesta-t-elle. Il...

Puis les mots moururent sur ses lèvres. Elle se rappela le comportement curieux des trois hommes à leur arrivée, la nuit dernière. Mais peut-être lui avaient-ils paru tels parce qu'elle-même se sentait très mal à l'aise. Deux d'entre eux semblaient bien toutefois être ivres.

Il était un peu plus de minuit quand ils étaient montés à bord. Une grande voiture les avait conduits jusqu'au quai, et ils avaient traversé la passerelle en silence ; presque, avait-elle pensé alors, comme des garnements qui s'apprêtent à se faire gronder. Mais ce n'était là qu'une impression ridicule.

Mr Virdon portait le costume conventionnel du yachtman : un pantalon blanc, une vareuse également immaculée, avec des boutons dorés. Il avait soulevé sa casquette pour serrer la main du capitaine et lui avait présenté ses amis.

— Voici Mr Edie Morgan, Mr Victor Jacobetti. (Il se tourna avant d'ajouter :) Et Miss Kate Hanover.

Celle-ci était sortie en dernier du véhicule et s'engageait à son tour sur la passerelle, essoufflée.

— Hé, attendez-moi, enfin ! Quelle est cette hâte subite ?

Elle les rejoignit en courant. Un tourbillon de cheveux blonds, de bracelets tintinnabulants. Sa lourde chevelure platine coulait en cascade sur ses épaules, ses longs ongles rouges paraissaient presque phosphorescents dans la nuit. Un nuage de parfum entêtant l'enveloppait.

Zaria la fixa avec un étonnement non dissimulé. Elle n'avait encore jamais rencontré de créature aussi sophistiquée. Particulièrement dans le cadre d'une expédition archéologique.

Mais le capitaine passait déjà aux présentations d'usage.

— Monsieur Virdon, voici Miss Brown. Elle a quelque chose à vous annoncer, à propos d'un nouveau passager : Mr Tanner.

— Mr Tanner ? répéta Mr Virdon en serrant la main de Zaria.

Il avait haussé un sourcil. Déjà, le petit homme d'une quarantaine d'années qui portait le nom d'Edie Morgan s'exclamait :

— Un autre passager ? Qu'est-ce que cela signifie ? Il ne s'agit pas d'une croisière d'agrément !

— Du calme, Edie, coupa Mr Virdon. Le plus simple serait de demander à Miss Brown ce qu'il en est exactement.

Consciente que tous les regards étaient posés sur elle, Zaria sentit ses joues s'enflammer. Elle enfonça les mains dans les poches de sa veste.

— J'espère que... cela ne vous ennuie pas, monsieur Virdon, commença-t-elle, s'efforçant de contrôler les tremblements de sa voix. En fait, Mr Tanner...

Elle se tut, et Chuck, jugea nécessaire d'intervenir.

— Ma fiancée est un peu timide, veuillez l'excuser. Je suis moi-même désolé de jouer les intrus, mais nous ne voulions pas vous abandonner, connaissant les difficultés qu'a eues Mr Patterson pour engager quelqu'un qui corresponde à vos exigences. Or, Miss Brown et moi-même venons tout juste de nous fiancer et nous ne souhaitions pas nous séparer. Après avoir parlé ensemble de cette affaire, nous avons décidé que le plus simple serait que je participe moi aussi à ce voyage. Il se trouve que je parle également arabe et que j'ai déjà collaboré à des expéditions de ce genre. Je serai donc à même de vous prêter main-forte.

— Eh bien... voilà qui est une surprise, répliqua Mr Virdon d'une voix incertaine. Nous sommes bien sûr ravis de vous avoir parmi nous, monsieur... euh, Tanner, n'est-ce pas ?

Chuck acquiesça avec un sourire.

— Si, comme il l'affirme, il peut nous être utile... observa Mr Jacobetti.

Ce dernier était un homme jeune, au visage quelconque, que seuls animaient deux petits yeux noirs. Des yeux qui, Zaria l'avait bien remarqué, s'étaient posés sur elle avec dédain. De toute évidence, il la rangeait dans la catégorie des femmes totalement dénuées de charme.

— D'accord, l'affaire est classée, déclara Edie Morgan d'un ton ferme, comme si la décision dépendait de lui. Et maintenant, nous pourrions peut-être boire un verre ?

— Je pensais que vous désireriez vous restaurer, sir, avança le capitaine. Le steward a dressé le couvert dans la salle à manger.

— Je prendrais volontiers quelque chose d'un peu plus fort qu'un repas, après ce voyage éreintant ! lança Kate Hanover de sa voix aiguë.

Les trois hommes opinèrent du chef, partageant visiblement son avis. Le capitaine les pria donc de le suivre dans le salon.

Dès qu'ils eurent disparu, Zaria et Chuck — qui étaient restés sur le pont — échangèrent un regard étonné.

— Ces gens sont curieux… murmura-t-il.

— Ce n'est pas du tout ainsi que j'imaginais Mr Virdon. Tous les archéologues que j'ai rencontrés jusqu'ici semblaient s'être endormis avec leurs vêtements !

— Celui-ci est sans doute l'exception qui confirme la règle. Il ne nous reste plus qu'à aller nous coucher. Je puis vous assurer qu'ils n'auront pas besoin de nous ce soir.

Elle obtempéra, car elle était épuisée, n'ayant pas fermé l'œil, la nuit précédente. Elle s'attendait cette fois encore à souffrir d'insomnie mais sombra dans un profond sommeil dès qu'elle eut posé la tête sur l'oreiller.

Ce matin-là, en entendant le moteur se mettre en marche, elle s'habilla en hâte et accourut sur le pont.

Elle dévisagea Chuck et, à sa mine reposée, en conclut qu'il avait lui aussi bien dormi. Il portait toujours ses lunettes de soleil, et elle se prit une fois de plus à regretter de ne pouvoir déchiffrer les expressions qui passaient dans son regard.

— Chuck, lança-t-elle soudain. Vous n'avez vraiment pas d'argent ? Comment ferez-vous en arrivant à Alger ?

— Oh ! je me débrouillerai sur place. (Il s'accouda à la balustrade et la fixa quelques instants en silence.) Voyez-vous, ce qui me choque en vous, c'est votre air sérieux. Vous ne riez donc jamais, comme les autres filles de votre âge ? Depuis que nous nous sommes rencontrés, vous n'avez pas dû sourire plus d'une ou deux fois.

Elle releva ses cheveux d'un geste lent de la main.

— J'ai sans doute oublié comment on sourit...

— Expliquez-moi pourquoi.

Zaria hocha la tête.

— Je préfère l'oublier. Et peut-être vaut-il mieux que nous ne nous livrions à aucune confidence : nous ne sommes que des barques qui se croisent sur l'océan de la vie.

Il lui prit la main et joua délicatement avec ses doigts fins.

— Quelle image romantique ! Et il me semble que vous êtes, vous, une toute petite barque.

La porte derrière eux s'ouvrit et Edie Morgan apparut. Il portait une robe de chambre en brocart rouge de laquelle dépassait le pantalon de son pyjama rayé.

— Ah ! vous voilà, miss Brown, s'exclama-t-il, ignorant Chuck. Je voudrais envoyer immédiatement un câblogramme. Je suppose que nous avons une radio à bord ?

— Oui, je crois.

Elle sortit nerveusement un calepin et un stylo de son sac.

— Parfait. Ecrivez : « Mme Bertin 15, rue Clemenceau, Lyon III, stop. Vous retrouverons demain midi à Tarralisa, stop. Amenez Ahmed et avec autre voiture, stop. Attends réponse, stop. Edie. »

— Très bien.

— Dépêchez-vous d'envoyer ce message. Elle devrait être arrivée à Lyon à l'heure qu'il est...

Il avait prononcé cette dernière phrase à voix basse, comme s'il se parlait à lui-même. Il se dirigeait vers la porte lorsque la voix de Chuck l'arrêta.

— Nous faisons route pour Tarralisa, monsieur

Morgan ? Je pensais que nous nous rendions directement à Alger...

Les mâchoires serrées, Edie Morgan parut sur le point de lui conseiller de se mêler de ses propres affaires. Puis il se ravisa, et l'expression de son visage se radoucit.

— J'ai effectivement omis d'informer Miss Brown de ce léger changement : nous devons passer par Tarralisa pour récupérer deux passagers. L'un d'entre eux est Mme Bertin, une créatrice de mode très connue à Paris. Elle est sur le point d'ouvrir une boutique à Alger, c'est la raison pour laquelle elle nous accompagne. Un personnage haut en couleur, vous verrez.

Sur ce, il tourna les talons.

— Nous ferons donc une halte à Tarralisa, soupira Zaria. Je suis désolée, je sais combien il vous tarde de fouler le sol d'Alger.

— Ce n'est pas très grave. Cela ne représente jamais qu'un jour de retard.

La jeune femme baissa les yeux sur son calepin.

— Excusez-moi, il faut que je remette ce message à l'officier chargé de la radio.

Un peu plus tard, elle pénétrait dans le bureau, où elle trouva Chuck. Penché au-dessus d'une carte, celui-ci étudiait la distance entre Marseille et Tarralisa.

— J'imagine qu'il existe un semblant de port dans cette petite ville, observa-t-il. Curieux lieu de rendez-vous !

— Effectuer le trajet Lyon-Tarralisa en vingt-quatre heures sera probablement épuisant.

— Oui. (Il replia la carte et se tourna vers la jeune femme.) Apparemment, nul n'a besoin de nous en ce moment. Pourquoi n'en profiteriez-vous pas pour monter prendre le soleil sur le pont ? A ce propos, vous savez sans doute qu'il n'est pas recommandé de se déplacer avec des chaussures à talons sur un bateau.

— Je n'en ai pas d'autres, avoua-t-elle.

Il lui adressa une grimace comique.

— Je doute que les miennes soient à votre taille. Attendez-moi ici, je vais demander à Jim, le steward, s'il n'aurait rien à vous proposer.

Quelques minutes plus tard, il revint, tenant une paire de tennis blanches à bout de bras.

— Pointure 38. Vous pensez que ça pourrait vous convenir ?

— Je chausse du 37, mais ce sera parfait. A qui appartiennent-elles ?

— J'ai cru comprendre qu'un très jeune matelot a travaillé une dizaine de jours sur le yacht, l'an dernier. La propriétaire du bateau ayant pour coutume de fournir l'uniforme de l'équipage — l'une de ses excentricités, selon Jim —, la tenue de ce moussaillon est restée à bord. Je lui ai demandé d'apporter aussi un pull-over et un pantalon dans votre cabine.

— Pour... moi ?

— Absolument. Vous serez plus à l'aise dans des vêtements sport que dans votre tailleur. De toute façon, quelle que soit votre garde-robe, je serais surpris que vous puissiez rivaliser avec Miss Hanover !

— Telle n'était pas mon intention...

Chuck ne se doutait évidemment pas que sa « garde-robe » se réduisait aux vêtements qu'elle portait. Elle se reprocha de ne pas avoir fait quelques achats à Marseille. Mais, effrayée par son usurpation d'identité, elle s'en était tenue strictement aux instructions de Mr Patterson et était donc restée cloîtrée dans sa chambre en attendant l'arrivée du yacht.

— Je vais de ce pas essayer ces affaires, dit-elle timidement.

Bien qu'un peu grandes, les tennis étaient bien plus confortables que ses escarpins à talons. Et elle se sentit immédiatement à l'aise dans le chaud chandail de laine blanche, brodé au nom du yacht. Elle enfila ensuite le pantalon en épaisse toile marine et se regarda dans la glace, perplexe. Jamais encore elle n'avait porté de pantalon.

Elle était si mince que ce vêtement lui donnait l'allure d'un jeune garçon. Oserait-elle quitter sa cabine dans un tel accoutrement ?

Zaria redressa les épaules et s'engagea dans la coursive qui menait au bureau. Elle dut faire appel à toute sa volonté pour ne pas s'enfuir lorsqu'elle subit l'inspection de Chuck.

— Ah, vous voilà dans une tenue plus appropriée aux circonstances ! Allons maintenant respirer l'air du large. Je ne connais pas de meilleure prescription pour vous donner bonne mine.

Son attitude joviale et détendue avait un effet infiniment sécurisant sur la jeune femme. Elle grimpa derrière lui l'échelle qui accédait au pont.

Le soleil avait chassé les brumes matinales et la mer se parait déjà de ses plus belles nuances de bleu. La brise était chargée d'embruns. Les paupières closes, Zaria tendit le visage vers les chauds rayons du soleil, jouissant de ces instants de plénitude. Quarante-huit heures à peine auparavant, sa vie était si triste, totalement dénuée d'intérêt.

Elle se sentait déjà différente. Il lui semblait qu'un sang nouveau coulait dans ses veines, un sang bouillonnant d'énergie. Et elle n'était plus seule. Aussi mystérieux soit-il, Chuck représentait pour elle une présence amicale. Elle refusait d'envisager ce qui se produirait après son départ. Elle refusait également d'admettre la joie qui l'avait envahie quand elle avait appris qu'ils feraient un détour par Tarralisa au lieu de prendre directement la route d'Alger.

— J'adore la mer! s'était alors écrié Chuck. Vous ai-je dit que j'ai participé à une chasse à la baleine dans le Grand Nord? Je garde un merveilleux souvenir de cette aventure.

Zaria poussa un petit soupir.

— Les hommes ont bien de la chance, fit-elle. Ils ont souvent la possibilité de vivre des expériences excitantes. Il n'en va malheureusement pas de même des femmes : elles sont freinées par le rôle qu'on leur a assigné depuis l'enfance. Par leur manque d'audace, de courage.

— Il faut qu'elles soient courageuses.

— Et si elles ne le sont pas? Si, au contraire, un rien les effraie? murmura-t-elle.

— Vous commettez une lourde erreur si vous pensez vous décrire. Un être lâche n'aurait jamais accepté de voler au secours d'un inconnu comme vous l'avez fait. Je vous en serai éternellement reconnaissant et j'aurai peut-être un jour l'occasion de vous rendre la pareille.

Elle ne répondit rien, mais ces paroles lui allèrent droit au cœur.

— Dorénavant, reprit-il, il faudra éviter ce genre de conversation. Ce pourrait être dangereux. Les cloisons ne sont pas bien épaisses sur un bateau. Et nous ne sommes pas davantage en sécurité sur le pont : le vent porte les mots et les hublots des cabines ne sont pas forcément fermés. Ah! autre chose : efforcez-vous d'avoir une attitude plus tendre avec moi. Je suis votre fiancé, que diable!

— J'essaierai...

Au bout du pont, elle distingua la silhouette de Mr Virdon, très élégant dans sa tenue de yachtman.

Il s'installa sur l'un des transats rayés bleu et blanc et chaussa des lunettes de soleil.

Tournant le dos à Chuck, Zaria avança résolument vers lui.

— Bonjour, monsieur Virdon. Vous souhaitez peut-être me remettre quelques notes à taper à la machine ? A moins que vous n'ayez des instructions particulières à me donner avant que nous n'arrivions à Alger ?

— Non, non. Adressez-vous plutôt à Edie pour ces questions d'ordre pratique.

— Très bien. (Elle hésita, puis ajouta :) Je me demandais où vous aviez l'intention d'entreprendre les fouilles. A Tipasa, je suppose, puisque c'est là qu'a été découvert, il y a quelques années, le fronton d'un temple. Mais vous avez peut-être une autre idée en tête...

— Edie est au courant de tout. Je vous le répète, adressez-vous à lui !

Zaria fut saisie par l'agacement qui perçait dans sa voix. Ecarlate, elle hocha la tête et s'écarta prestement de la chaise longue pour se diriger vers l'avant du bateau. Là, elle s'assit, adossée à des cordages, et regarda la vaste étendue d'azur que fendait le yacht. Elle était presque assoupie quand elle prit conscience d'une présence à ses côtés.

— Le déjeuner sera servi dans quelques minutes, dit doucement Chuck.

— Oh... je somnolais. Je vais me passer un peu d'eau sur le visage avant le repas. Et...

— Oui ?

— Pourriez-vous m'attendre dans le bureau, s'il vous plaît, Chuck ? Je n'ai pas très envie d'arriver seule dans la salle à manger.

— D'accord. Mais ne tardez pas trop.

Elle acquiesça et descendit l'escalier jusqu'à sa

cabine. Après s'être rafraîchie, elle se regarda dans la grande glace. Elle ne s'habituait toujours pas à l'image que lui renvoyait le miroir, avec ce pantalon. Par contre, le chandail blanc lui donnait un air sportif qui lui plaisait assez.

Prise d'un brusque accès de joie, elle traversa la coursive en chantonnant et ouvrit la porte du bureau.

— Je suis prête, lança-t-elle avec un sourire.

Chuck, assis derrière la table de travail, brandit une feuille de papier.

— Venez, dit-il. Je voudrais vous montrer quelque chose qui va vous amuser.

Zaria le rejoignit. Alors, à son grand étonnement, il lui passa le bras autour des épaules. Elle se raidit immédiatement et le dévisagea, abasourdie.

— Ma chérie, dit-il à voix basse. Je vous aime tant...

Elle crut un instant qu'il avait perdu la raison. Cette brusque intimité, ce visage penché sur elle firent naître en Zaria un sentiment proche de la panique. Elle ouvrit la bouche, prête à pousser un cri. Puis elle s'aperçut qu'il avait placé la feuille de papier devant elle. Du regard, il lui enjoignait de la lire.

Zaria s'exécuta, mais les mots semblaient avoir entamé une sarabande endiablée sur la feuille blanche. Troublée par la proximité de ce grand corps masculin, elle ne parvenait pas à les déchiffrer. Puis ils se fixèrent enfin.

« Quelqu'un est en train de nous écouter, lut-elle. Jouez le jeu. »

— En fait, je suis très en colère contre vous, murmura-t-il, la tenant toujours serrée contre lui.

La jeune femme avala sa salive.

— En... colère?

— Oui. Nous nous sommes à peine vus ce matin.

A quoi pensiez-vous donc en regardant si longtemps la mer, espèce de petite folle ? N'êtes-vous pas heureuse ? Ecoutez, Zaria, cessons de nous préoccuper de nos parents, des bans, de la cérémonie. Nous nous marierons le plus rapidement possible.

Elle parvint à articuler un son qui ressemblait à un assentiment. Elle essayait d'obéir aux instructions de Chuck, de « jouer le jeu », comme il le lui avait demandé. Mais son cerveau semblait paralysé.

— Si... nous allions déjeuner ? dit-elle, pressée d'en finir avec cette mise en scène qui la mettait très mal à l'aise.

— Vous êtes bizarre en ce moment, ma chérie. Mais je vous aime. Je vous aime à la folie !

Il se tut et plongea son regard dans celui de la jeune femme. Pendant un moment, terrifiée, elle crut qu'il allait l'embrasser. Puis il la lâcha et éclata de rire.

— D'accord, allons déjeuner. Je sais que vous êtes affamée. Vous serez peut-être en de meilleures dispositions à mon égard après le repas !

Il lui prit la main et la guida jusqu'à la salle à manger.

Mr Virdon trônait en bout de table, un whisky à la main.

— Que se passe-t-il donc ? s'exclama-t-il avec colère. Pourquoi tout le monde est-il en retard ?

— Je suis désolé, monsieur Virdon, répliqua poliment Chuck. Je bavardais avec Mr Jacobetti et je n'ai pas vu le temps passer.

— Ah ! Qu'avait donc Victor de si important à vous dire ?

— Nous discutions des mérites comparés de différents modèles d'avions.

Mr Virdon hocha la tête, et Zaria crut lire une expression de soulagement dans son regard.

— Victor adore tous les objets volants, observa-t-il en souriant.

La porte s'ouvrit sur Kate, que suivait Edie Morgan.

Kate était réellement très jolie, songea Zaria. La veille au soir, la jeune femme lui avait paru d'une beauté tapageuse, mais à la lumière du jour, force lui était d'admettre qu'elle s'était trompée. Elle admira la finesse de ses traits, l'éclat de ses yeux verts ourlés de longs cils, ses lèvres rouges et pulpeuses. Tout en elle respirait la sensualité.

Vêtue de jeans et d'un sweater noir qui moulait les rondeurs de sa poitrine, elle avança vers Mr Virdon en ondulant des hanches et lui posa un baiser sur le front.

— Bonjour, mon cœur. Te sens-tu mieux ce matin ?

— Un peu. Mais je ne me suis pas complètement débarrassée de cette maudite migraine.

— Je t'avais bien dit d'éviter les mélanges.

— Où devons-nous nous asseoir, Zaria et moi ? demanda Chuck.

— Où vous voulez, répondit Edie Morgan. (Puis comme s'il se rappelait subitement qu'il n'était pas l'hôte, il se tourna vers Mr Virdon.) Qu'en penses-tu, Corny ?

C'était la première fois que quelqu'un appelait Mr Virdon par son prénom, et Zaria regretta qu'Edie Morgan ait transformé Cornelius en un surnom aussi ridicule que Corny.

— Comme toi : que chacun prenne place où bon lui semble.

Il tendit alors son verre vide au steward, lui ordonnant d'un signe de tête de le remplir. Les apéritifs furent servis avant l'arrivée de Mr Jacobetti, qui s'installa à la gauche de Mr Virdon.

— J'étais en train d'expliquer au capitaine que ce bateau avance trop lentement à mon goût, déclara-t-il. Si nous souhaitons être demain à midi à Tarralisa, il faudrait accélérer l'allure.

— Ne vous inquiétez pas, nous y serons en temps voulu, observa Chuck.

Tous se tournèrent vers lui, comme s'il venait d'annoncer une nouvelle sensationnelle.

— Qu'en savez-vous ? lança Edie Morgan, un sourcil levé.

— J'ai simplement jeté un œil à la carte avant de me livrer à un rapide calcul qui me permet d'affirmer que, sauf incident, nous arriverons à l'heure à Tarralisa.

Edie Morgan alluma une cigarette sans quitter Chuck du regard.

— Judicieux. Et que savez-vous encore ?
— A quel sujet ?
— En général, répondit-il avec un geste vague. Je n'ai pas encore très bien compris la raison de votre présence sur ce bateau...

— Il me semblait pourtant que nous avions tiré cette affaire au clair hier soir. Miss Brown était la seule candidate correspondant au profil exigé par Mr Virdon. Elle a d'ailleurs été engagée in extremis. (Délibérément, il marqua une pause et but une gorgée avant de reprendre :) Lorsque nous nous sommes fiancés, je lui ai exprimé mes réticences au sujet de cette expédition. Compte tenu de la situation, il lui paraissait incorrect de rompre son contrat au dernier moment. Après avoir pesé le pour et le contre, nous avons décidé que je l'accompagnerais. Ce qui me permet par ailleurs d'offrir mes services à Mr Virdon.

— Finement joué ! railla Mr Jacobetti.

Chuck adressa un sourire à la cantonade.

— J'espère que nul d'entre vous ne me considère comme un importun. Si tel était le cas, nous quitterions le bateau, Miss Brown et moi-même, à Alger.

— Non, répliqua fermement Edie Morgan. Nous avons réellement besoin d'une personne parlant arabe. N'est-ce pas, Corny ?

— Absolument.

— Pfft ! soupira Kate en levant les yeux au ciel. Sommes-nous obligés de parler de choses sérieuses pendant le repas ? Personnellement, je suis ravie que Mr... quel est votre nom, déjà ?

— Tanner. Chuck Tanner.

— Oui, je disais donc que la présence de Mr Tanner me réjouissait pleinement. Plus on est de fous, plus on s'amuse !

Le steward posa un grand plateau de hors-d'œuvre au centre de la table. Il contenait des langoustines, du saumon fumé et un assortiment de fruits de mer.

Comme Zaria fixait d'un air hésitant l'assiette que le steward avait placée devant elle, Chuck déclara en souriant :

— Mangez. Je suis certain que cela vous plaira.

Elle acquiesça sans mot dire.

— Oui, incitez-la donc à se nourrir ! s'exclama Victor Jacobetti. Les hommes ne devraient jamais épouser des femmes maigres. Elles ont en général un caractère épouvantable.

— Les femmes ne sont heureuses que quand les hommes prennent la peine de s'occuper d'elles, minauda Kate en gratifiant Chuck d'un regard appuyé.

— Dans ce cas, je pense que Zaria sera très heureuse.

— Zaria ! Quel drôle de nom ! s'écria la jolie blonde.

— C'est un prénom arabe, expliqua Zaria, se décidant à intervenir.

Kate hocha la tête et s'adossa à sa chaise.

— Quel est votre programme pour cet après-midi, messieurs ?

— Personnellement, j'envisage un brin de sieste, répondit Edie en décortiquant une langoustine. J'ai du sommeil à rattraper. Et toi, Corny ?

— Je vais m'allonger sur le pont. Autant profiter du soleil tant que nous sommes ici.

— Passionnant! marmonna Kate. Tant pis, je trouverai bien une occupation...

A la fin du déjeuner, elle se leva et s'adressa à Zaria :

— Bien, puisque rien ne nous retient ici vous voulez bien m'aider à défaire mes bagages miss Brown ? Ensuite, je m'accorderai moi aussi un peu de repos.

La jeune femme se leva à son tour et lui emboîta le pas. Elles traversèrent le salon avant de descendre l'échelle qui menait aux cabines. Celle de Kate Hanover se trouvait à l'extrémité du couloir.

— Ce garçon qui vous accompagne est vraiment très séduisant, déclara-t-elle en ouvrant la porte. Où l'avez-vous connu ?

— A... Londres.

Zaria songea qu'il lui faudrait se souvenir de tout ce qu'elle disait et en informer Chuck afin qu'ils ne se contredisent pas.

— Un coup de maître! murmura Kate en enveloppant son interlocutrice d'un regard lourd de sous-entendus. Vous avez beaucoup de chance... (Elle haussa les épaules et poursuivit :) Bien, occupons-nous de ces bagages, maintenant. Il est temps de mettre un peu d'ordre dans mes affaires.

Deux grandes valises ouvertes couvraient presque toute la surface de la cabine. Des vêtements épars jonchaient le sol, le lit. Zaria commença à ranger ceux qui se trouvaient au-dessus, essayant de ne pas laisser transparaître l'envie que faisaient naître en elle ces étoffes soyeuses, imprégnées du parfum exotique qu'elle avait senti la veille lorsque Kate les avait rejoints sur le pont.

— Croyez-vous que le personnel du yacht soit fiable ? demanda la jeune femme blonde en grimaçant. J'ai emporté tous mes bijoux, ce qui est stupide. J'aurais dû les laisser dans un coffre à la banque.

— Ç'aurait sans doute été plus sûr pour un long voyage de ce genre.

— Oui, mais nous ne retournerons pas à New York avant longtemps. Enfin, à priori, parce que avec Edie, on ne sait jamais...

Zaria la dévisagea, surprise.

— Vous êtes donc la... l'invitée de Mr Morgan ?

— Tout juste ! Je vis avec lui depuis deux ans et je vous prie de croire que ce n'est pas de tout repos !

— Quel métier exerce-t-il ?

Toujours accroupie, Zaria vit les jambes de la jeune femme s'immobiliser. Elle eut l'impression d'avoir commis une bévue lorsque Kate se laissa choir sur le lit.

— Vous êtes extrêmement méthodique et efficace ! s'exclama cette dernière, changeant abruptement de sujet de conversation. Je ne peux malheureusement pas en dire autant. Il me faut un temps infini pour faire et défaire mes bagages.

Zaria hocha la tête.

— Il ne me reste plus que cette mallette à vider.

— Oh ! laissez donc, je m'en occuperai tout à l'heure. Je voudrais me reposer un peu maintenant. Je vous remercie infiniment, vous m'avez été d'un grand secours.

— Je vous en prie.

Zaria sortit en hâte, pressée de quitter la cabine et son occupante. Elle courut presque jusqu'au pont. Il fallait qu'elle s'entretienne avec Chuck, qu'il lui explique ce que signifiait la scène qui s'était déroulée dans le bureau.

Lorsqu'elle arriva sur le pont, elle vit Mr Virdon confortablement installé sur une chaise longue rouge, à l'abri du vent. Assis à ses côtés, Edie Morgan était apparemment engagé dans une conversation sérieuse. Tout près de là, Victor Jacobetti se prélassait lui aussi sur un transat.

Zaria avança tout doucement jusqu'au parapet, espérant ne pas éveiller leur attention. Elle reconnut alors, derrière les cordages, l'épaisse chevelure noire de Chuck qui dépassait d'un siège rayé. Parfait. Il était suffisamment isolé pour que nul ne les entende.

Il fit mine de se lever lorsqu'elle l'eut rejoint mais, d'un geste de la main, elle lui enjoignit de rester assis et s'accroupit à sa droite.

— Expliquez-moi tout, chuchota-t-elle.

— Donnez-moi votre main et ayez l'air ravie de me retrouver. On nous regarde.

Elle obtempéra.

— J'ai l'impression de tenir entre mes doigts un pauvre oiseau tombé du nid. Allons, cessez donc de trembler, cessez d'avoir peur...

— Chuck, je ne... comprends rien à ce qui se passe sur ce yacht.

— Moi non plus. Et je vous concède que ces gens ont un comportement suspect.

— Je partage votre avis. Mais... pour quelle raison avez-vous élaboré une telle mise en scène, tout à l'heure ? demanda-t-elle, d'une toute petite voix.

— J'ai découvert un micro — un modèle récent, très sophistiqué — caché sous le bureau. Il me semblait bien que Jacobetti prolongeait bizarrement notre conversation dans sa cabine. Pendant ce temps,

Morgan était certainement en train de dissimuler ce micro dans le bureau.

— Mais enfin, pourquoi ? répéta-t-elle.

— Pour s'assurer que nous ne les avons pas trompés sur notre identité.

Elle prit une courte inspiration.

— Pour quel motif se méfieraient-ils de nous ?

Il hésita un instant, parut sur le point de révéler quelque chose d'important, puis afficha une moue d'indifférence.

— Je ne sais pas. Virdon se trouve peut-être sur une piste importante. Vous n'ignorez pas que la compétition est ardue dans le domaine de l'archéologie. Il préfère sans doute éviter toute fuite avant de rendre publics les résultats de cette exploration. Après tout, je pourrais parfaitement être un espion envoyé par un autre groupe de chercheurs.

— Oui, bien sûr.

Curieusement, cette explication déçut la jeune femme. Elle avait cru à un moment qu'il allait lui dévoiler un secret : mais elle s'était apparemment méprise.

— Ils ont effectivement l'air bizarre, conclut-elle enfin.

— Quelle impression vous fait Virdon ?

Zaria hésita.

— Il ne ressemble en tout cas à aucun des archéologues que j'ai connus jusqu'ici. Cela va sans doute vous paraître stupide mais... ces gens me font peur. Edie Morgan et ce Jacobetti sont si différents des passagers que l'on s'attendrait à trouver sur ce yacht. Pourquoi Mr Virdon les a-t-il choisis pour compagnons de route ?

Chuck haussa les épaules.

— Ils semblent effectivement tout droit sortis d'un film de série B. Mais ne leur accordez pas trop d'importance. Efforçons-nous de ne pas perdre notre sang-froid et conformons-nous aux consignes qu'ils nous donneront. Après tout, vous avez été engagée pour cela, n'est-ce pas ?

Il marqua une pause, dévisagea Zaria et, au grand étonnement de la jeune femme, ôta ses lunettes. Une grande douceur transparaissait dans ses yeux gris-vert.

— Oui. Bien sûr.

— Quand nous arriverons à Alger, je vous dirai tout ce que vous désirez savoir. En attendant, je vous demande d'avoir confiance en moi : cela facilitera les choses. Et je vous certifie que rien de ce que je ferai ne sera dirigé contre vous. Me croyez-vous ?

Elle acquiesça en silence, incapable de détacher le regard de ces prunelles limpides posées sur elle. Elle avait l'impression que la force et la vitalité qui émanaient de Chuck l'imprégnaient tout entière. Et elle fut soudain profondément heureuse de l'avoir à ses côtés, de pouvoir compter sur lui.

Soudain, alertée par son sixième sens, Zaria se retourna. Edie Morgan se tenait derrière eux, à quelques pas à peine.

— Eh bien, les tourtereaux, vous vous dorez au soleil ? lança-t-il de sa voix nasillarde.

Chuck se leva aussitôt.

— Non, non, restez assis. Ce n'est pas à vous que je voudrais parler, mais à Miss Brown.

Elle se redressa et, la voix chargée d'appréhension, demanda :

— Oui ? A quel sujet ?

— Nous avons examiné votre cas, Mr Virdon et moi-même, et nous estimons qu'il serait parfaitement inhumain de vous emmener tous les deux — votre fiancé et vous — dans le désert pour cette expédition. Apparemment, vous ne rêvez que de tête-à-tête.

— Mais... commença Zaria, interloquée.

Edie Morgan l'interrompit d'un geste de la main.

— Laissez-moi finir. Nous avons étudié les différentes solutions possibles et en sommes arrivés à la conclusion qui nous paraissait la plus juste : nous considérerons que votre contrat prend fin quand nous atteindrons le port d'Alger, miss Brown.

— Pour quelle raison ? insista-t-elle. Mr Patterson était pourtant très ferme quant à la nécessité d'une secrétaire pour cette expédition.

— En effet, Mr Virdon avait lui-même insisté auprès du cabinet pour que cette clause du contrat soit remplie. Mais les circonstances sont quelque peu différentes maintenant, puisqu'il se trouve que la personne qui accompagne Mme Bertin parle elle aussi arabe.

Zaria hocha lentement la tête.

— Mr Virdon est un homme bon et généreux, poursuivit Edie Morgan avec emphase. Il retiendra des places pour votre fiancé et vous sur l'un des bateaux qui font la traversée Alger-Marseille, via les Baléares. Je suis sûr que vous serez enchantés par cette croisière. Toutes les dépenses seront évidemment à sa charge et vous percevrez de surcroît un mois de salaire. Ces conditions me paraissent plus qu'honorables, qu'en pensez-vous ?

— Oui, oui, répondit-elle précipitamment. Je comprends que Mr Virdon n'ait plus besoin de mes services, et c'est effectivement très aimable à lui de me verser mon salaire intégral, ainsi que de m'offrir le billet de retour.

— Bien, dans ce cas, cette affaire est réglée.

Edie Morgan alluma une cigarette et s'éloigna. Ses chaussures à semelles de crêpe ne faisaient aucun bruit sur le plancher. Pendant les quelques instants qui suivirent son départ, sa présence semblait encore planer au-dessus des deux jeunes gens — une présence désagréable et, bizarrement, menaçante.

— Je ne comprends pas très bien, soupira enfin Zaria.

— N'accordez pas trop d'importance à ce changement. De toute façon, nous ne sommes pas encore arrivés à Alger.

— Mr Morgan me terrifie. Je regrette d'être venue.

— Vraiment ? Si vous n'aviez pas accepté ce poste, je n'aurais pas pu vous demander de m'aider. Je ne vous aurais pas connue, et je n'aurais jamais rien su de cette grandeur d'âme, de ce courage dont vous avez fait preuve en acceptant de m'emmener avec vous.

— En effet. Mon malheur a contribué à votre bonheur.

Elle se frotta les bras en frissonnant.

— Le temps s'est rafraîchi. Vous devriez descendre vous reposer dans votre cabine, Zaria. A votre réveil, appelez le steward, qu'il vous serve une tasse de thé bien chaud. Vous n'êtes pas obligée de le prendre au salon.

— Mmmm... je pense que je vais suivre vos conseils.

La mer était houleuse, et la coque du yacht heurtait de plein fouet les crêtes blanches des vagues. Chuck se leva et lui prit le bras pour l'aider à traverser le pont, qui tanguait sous leurs pieds. Elle marchait à ses côtés, prenant un immense plaisir à sentir tout près d'elle cette protectrice présence masculine.

Devant la porte de la cabine, il accentua la pression de ses doigts sur le bras de la jeune femme.

— Essayez de dormir. Cela vous fera le plus grand bien.

La douce température qui régnait dans la pièce lui parut fort accueillante après le vent qui soufflait sur le pont. Elle se déshabilla et se réfugia avec délices sous l'édredon douillet.

Elle enfonça la tête dans l'oreiller et, les paupières closes, tenta de se remémorer les paroles réconfortantes de Chuck, de chasser de son esprit l'entretien avec Edie Morgan, qui impliquait la fin de cette croisière, le retour à la vie normale. Il lui faudrait songer à son avenir, prendre des décisions. Les images se brouillèrent bientôt dans sa tête, et elle glissa dans les brumes cotonneuses du sommeil.

Elle se laissa emporter par un rêve où tout n'était que bien-être, bonheur.

— Je vous aime, lui soufflait Chuck à l'oreille. Je vous aime…

Il la tenait dans ses bras, la serrait contre lui.

Elle fut réveillée par deux coups discrets frappés à la porte.

— Oui, entrez.

La porte s'ouvrit sur Jim, le steward, chargé d'un plateau.

— Je vous ai apporté du thé, miss, annonça-t-il en souriant. Je ne vous ai pas vue au salon et je me suis dit qu'en bonne Anglaise qui se respecte vous ne voudriez pas manquer le traditionnel thé de 5 heures.

La jeune femme étouffa un bâillement.

— Serait-il déjà 5 heures ?
— Et demie, même.

Zaria se redressa, remontant l'édredon sur ses épaules. Elle n'avait pas l'habitude d'être servie dans sa chambre.

— Merci, c'est très gentil.

Après le départ de Jim, la jeune femme versa le breuvage fumant dans la tasse.

L'heure du dîner approchait, et elle s'apprêtait à s'habiller pour rejoindre la salle à manger lorsqu'un coup retentit à la porte. Jim venait la prévenir que la mer était très démontée et que tout le monde avait décidé de prendre le repas dans sa cabine.

— Il est donc inutile de vous déranger, miss, je vous apporterai un plateau.

— Vous allez servir tout le monde ? s'étonna-t-elle.

— Oui, miss. Mais ne craignez rien, je suis habitué au mauvais temps et cela ne me perturbe pas du tout. Par ailleurs, je serais surpris que tous les passagers dînent...

Il lui adressa un sourire de connivence qu'elle fut incapable d'interpréter, et s'éclipsa.

Après un délicieux repas dont, à la consternation de Jim, elle ne mangea que la moitié, Zaria se rendormit. Elle voulait de nouveau rêver de Chuck, entendre encore sa voix chaude lui susurrer des mots tendres. Mais elle sombra dans un sommeil profond et sans rêves. Un sommeil qui lui avait été refusé depuis de nombreuses années, et dont elle sortit au matin, fraîche et dispose.

Elle avait demandé à Jim de lui apporter une tasse de thé une heure avant qu'elle ne s'habille et ne se rende à la salle à manger. Mais au lieu de cela, il la réveilla avec un plateau contenant un petit déjeuner complet.

— Le capitaine a dit que nous arriverions à Tarralisa aux alentours de midi, comme prévu. La mer s'est calmée. Quand vous vous lèverez, vous aurez tout juste l'impression que quelqu'un vous berce doucement dans un rocking-chair.

Elle rit et regarda avec gourmandise les plats appétissants posés sur le plateau. Elle avait faim à présent. Tout en beurrant un toast moelleux, elle comprit pourquoi sa tante avait passé les dernières années de sa vie sur ce bateau à sillonner les mers.

217

Dans de telles conditions, la vie à bord était extrêmement agréable.

En dépit de ses efforts pour se remémorer les traits de tante Margaret, ceux-ci demeuraient flous dans son esprit. Elle ne se rappelait que la violente querelle qui avait opposé le frère et la sœur.

— Une vipère qui prend pour proie les sentiments des autres ! s'était écrié son père, quelque temps plus tard. Toute cette sensiblerie parce que le hasard a fait que nous sommes nés des mêmes père et mère. Qu'elle aille au diable ! Et le plus tôt sera le mieux !

Zaria secoua résolument la tête pour chasser ces souvenirs d'une extrême violence. Ils n'avaient plus lieu de la harceler désormais, puisque le professeur était parti à jamais.

Elle commençait seulement à prendre conscience de la stupide faiblesse qui l'avait empêchée de quitter la sinistre maison, à la mort de son père. Pourquoi n'avait-elle pas contacté sa tante à ce moment-là ? Celle-ci aurait sans nul doute oublié le passé et l'aurait affectueusement accueillie.

Contrairement à ce que pensaient tous ceux qu'elle rencontrait, Zaria n'avait pas été malade. Du moins pas comme ils l'entendaient. Mais le surmenage intellectuel, la malnutrition et les mauvais traitements qu'elle avait subis quotidiennement ces dernières années avaient eu un effet indéniable sur son état de santé. Elle était en fait plus mal en point que bien des gens qui se trouvent sous traitement médical.

— Il faut que je me rétablisse, dit-elle à voix basse. Il le faut.

Son élan de vitalité se brisa lorsqu'elle s'avisa qu'elle serait de nouveau seule dans quarante-huit heures. Ce voyage prendrait fin à Alger, et Chuck la quitterait. Une terrible sensation de vide s'insinua en elle, la forçant à admettre l'importance qu'il avait prise dans sa vie. Elle essaya alors de rire, parce que cette dépendance était ridicule, insensée.

Chuck était un étranger. Comment pouvait-il soudain revêtir une telle importance à ses yeux ? Elle avait l'impression de l'avoir toujours connu. Il y avait en lui quelque chose de doux et de fort à la fois, quelque chose qui lui donnait envie de se reposer sur lui, alors que c'était lui qui avait sollicité son aide.

La jeune femme éprouva un brusque désir de le voir et finit son petit déjeuner en hâte avant de se lever. Elle n'avait d'autre tenue que celle du moussaillon, que Chuck lui avait fournie la veille.

Debout devant le miroir, elle brossa longuement ses cheveux, dans l'espoir de leur redonner l'éclat qu'ils avaient autrefois. Retrouveraient-ils jamais cette vigueur qui faisait l'admiration de sa mère ?

— Tu as des cheveux magnifiques, ma chérie, lui disait-elle souvent. Prends-en toujours soin. Une belle chevelure est un atout majeur chez une femme, ne l'oublie pas.

C'étaient des boucles épaisses, douces et luisantes comme de la soie.

— Le jour où tu décideras de les couper, je suis sûre que nous pourrons en faire un matelas !

Elle riait alors. Et Zaria sourit au souvenir de ces tendres instants. Puis ce sourire se figea et un sanglot s'étrangla dans sa gorge.

— Tu seras très belle un jour, ma petite Zaria. Et j'espère que tu tomberas amoureuse d'un homme merveilleux. Mais rappelle-toi toujours ceci : l'amour est un tyran. Quand on aime, on doit se donner tout entière.

— Je m'en souviendrai, maman.

Sur le moment, ces propos lui avaient paru abscons. Ils lui étaient néanmoins souvent revenus en mémoire.

Que ressentirait-elle à présent si elle était réellement fiancée? Si Chuck et elle s'aimaient? A cette pensée, ses joues s'embrasèrent, et elle fixa le reflet que lui renvoyait le miroir. Ses cernes n'avaient pas disparu et ses pommettes était toujours aussi saillantes.

« Qui pourrait bien avoir envie de m'aimer? » songea-t-elle avec amertume avant de se diriger vers la porte.

Accoudé au bastingage, Chuck contemplait les côtes espagnoles qui se rapprochaient lentement. De hautes falaises arides derrière lesquelles apparaissaient, au loin, des cimes couronnées de blanc.

— C'est superbe! s'exclama-t-elle involontairement en le rejoignant.

— Bonjour. Comment allez-vous aujourd'hui? En tout cas, vous avez l'air plus détendue.

Elle esquissa une grimace dubitative.

— Ne vous êtes-vous donc pas regardée dans la glace ce matin? insista-t-il. Jim m'a confié qu'il s'occupait personnellement de vous nourrir. Il semblerait que ce traitement commence à porter ses fruits.

— Jim est une véritable commère! riposta-t-elle en riant. Mais il est adorable avec moi.

— Pourquoi ne le serait-il pas? Je suis sûr que vous attirez toujours la gentillesse des gens.

Il ne s'attendait certes pas à ce que la jeune femme se rembrunisse ainsi à cette simple remarque.

— Pas toujours... murmura-t-elle, tendue, comme si ces paroles avaient éveillé en elle de pénibles souvenirs qui troublaient la beauté de cette matinée ensoleillée.

— Dans ce cas, n'y pensez plus. Efforcez-vous d'oublier le passé, s'il n'est ni agréable ni constructif. Reléguez tout cela au fond de votre mémoire. Ce n'est pas hier mais demain qui compte.

La voix d'Edie Morgan, qui montait l'escalier, parvint jusqu'à eux. Chuck se tut aussitôt.

— Quelle nuit épouvantable ! grommela-t-il, tourné vers Chuck. A vous dégoûter à tout jamais de monter sur un bateau ! Quand je pense que nous avons traversé l'Atlantique sans essuyer le moindre grain...

— La Méditerranée peut être traître, affirma Chuck. Tout le monde va bien ?

— Victor se plaint d'horribles migraines, mais à mon avis, il devrait plutôt accuser l'alcool que le mauvais temps !

Il paraissait ignorer délibérément la présence de la jeune femme, muflerie qui la comblait d'aise, car elle n'avait aucune envie de se lancer dans des politesses.

Le yacht se frayait un chemin vers l'entrée du petit port. Victor Jacobetti les rejoignit sur le pont au moment où l'*Enchanteresse* approchait lentement des quais.

Zaria entendit les mots qu'il glissait à l'oreille d'Edie Morgan.

— Pourquoi as-tu choisi un endroit aussi perdu comme lieu de rendez-vous ? Ça n'a pas dû être facile pour Lulu d'arriver jusqu'ici.

— Elle a des voitures, non ? rétorqua sèchement Edie. Et puis, ce n'est quand même pas le bout du monde ! Que se passe-t-il ? Tu t'es réveillé de mauvaise humeur ?

— Pas du tout. Enfin, tu es censé savoir ce que tu fais, après tout...

« Comme ils sont étranges, songea la jeune femme. Ils donnent parfois l'impression de se détester. »

Kate apparut, ravissante dans son ensemble corsaire rayé bleu et blanc. Elle bâilla paresseusement et mit sa main en visière pour se protéger de la lumière crue du soleil.

— Nous n'avons pas encore accosté ? Je serais volontiers restée un peu plus longtemps au lit.

— Ah! Tu n'as peut-être pas assez dormi? lança Victor, sarcastique.

Kate le gratifia d'une œillade glaciale.

— Je me suis laissé dire que tu avais eu toi-même une nuit très agitée, Victor... En fait, d'après le steward, seul Mr Tanner aurait dignement affronté cette tempête. (Elle adressa un grand sourire à Chuck et glissa son bras sous le sien.) Il faut que vous me révéliez votre secret pour braver les intempéries, minauda-t-elle. Prenez-vous des cachets, ou êtes-vous un surhomme?

— Je crois que j'ai tout simplement ce qu'on appelle communément le pied marin.

Elle hocha la tête en battant des cils, et Zaria soudain très malheureuse, détourna le regard de cette scène. Pourquoi n'était-elle pas capable, elle, d'afficher une attitude aussi légère en présence de Chuck? Pourquoi ne pouvait-elle pas plaisanter, rire, au lieu d'être paralysée à ses côtés? Pourquoi lui était-il impossible de se comporter comme les autres femmes?

Elle ne connaissait que trop la réponse à ces questions, mais cela ne lui rendait pas la tâche plus aisée pour autant. Elle aurait tant voulu ressembler à Kate, agir avec la même désinvolture, avoir ses hanches et sa poitrine voluptueuses, ses reins cambrés...

— Pensez-vous qu'il y ait des magasins à Tarralisa? demanda alors celle-ci. Nous pourrions descendre acheter des souvenirs.

— Il n'en est pas question, rétorqua sèchement Edie Morgan. Nous n'accostons que quelques minutes : le temps de récupérer Lulu et Ahmed. Le capitaine a reçu l'ordre de repartir aussitôt après.

— Oh! Ahmed doit nous rejoindre?

— Oui. C'était évident, j'aurais dû penser que nous aurions besoin de lui. J'ai demandé à Lulu de lui laisser les commandes de la seconde voiture.

Kate éclata de rire, la main posée sur la bouche.

— J'ai du mal à imaginer Ahmed dans le rôle de chauffeur, avec une casquette !

Edie la foudroya du regard.

— Ton sens de l'humour m'a toujours surpris...

Tarralisa n'était qu'un village de pêcheurs. Au-delà des quais apparaissaient des maisons aux façades blanchies à la chaux, fleuries de géraniums.

— Je vois Lulu ! s'exclama Kate.

Ils aperçurent alors une silhouette féminine petite et trapue, entourée de valises, de malles, et de boîtes à chapeaux. Ces luxueux bagages aux coloris sobres et élégants tranchaient sur le décor pauvre et aride.

— Que de bagages ! s'exclama Zaria.

— Evidemment, répliqua Kate. Vous ne savez pas que Mme Bertin est sur le point d'ouvrir une boutique de mode à Alger ? Elle s'est munie d'une partie de sa collection. Tous ces modèles viennent de Paris.

— C'est exact, intervint Edie. Il faut sérieusement étudier le marché avant de créer une affaire afin de ne pas déposer le bilan trois mois plus tard. Et nous ne voulons surtout pas courir ce risque, n'est-ce pas ?

— Absolument, approuva Victor.

— Qu'en penses-tu, Corny ? insista Edie, se tournant vers Mr Virdon qui avait posé ses mains sur le parapet.

Celui-ci portait son habituel costume de yachtman. Il repoussa sa casquette en arrière et fixa Edie. Zaria crut déceler une lueur sarcastique dans son regard.

— Mon opinion vous intéresse-t-elle vraiment ?

— Bien évidemment, Corny. C'est toi qui as investi de l'argent dans cette entreprise.

Mr Virdon hocha la tête.

— En effet. J'espère donc que ce sera un succès.

— Ah! ton enthousiasme nous rassure. (Edie Morgan se pencha vers Victor Jacobetti et ajouta à voix basse:) Où diable se cache Ahmed?

— Dans le bar le plus proche, je suppose.

— Très drôle, maugréa-t-il.

L'*Enchanteresse* s'était encore rapprochée de la jetée. Kate agitait la main en direction de Mme Bertin, qui lui rendait ses saluts. Zaria distinguait à présent une femme d'une quarantaine d'années, aux paupières outrageusement fardées de bleu, aux lèvres épaisses et si rouges qu'elles semblaient laquées.

Elle avait un physique ingrat que n'adoucissaient pas ses cheveux noirs coupés très court. Malgré cela, elle dégageait une élégance dont seules les femmes françaises ont le secret.

— Ouhouh! Lulu! s'écria Edie Morgan avec un grand geste de la main.

Le sourire de ladite Lulu s'élargit.

— Vous voilà enfin, mes amis, répliqua-t-elle avec un fort accent français. Il me tardait que vous arriviez.

Les matelots amarrèrent le bateau et, aussitôt, un officier des douanes monta à bord, suivi de Mme Bertin.

— Permettez-moi de vous présenter ce monsieur, dit-elle en adressant un sourire langoureux au douanier.

Ce dernier se lissa la moustache d'un air satisfait.

— Il a été d'une politesse exquise avec moi reprit-elle. Absolument charmant! Imaginez-vous que son assistant voulait déballer toutes les jolies tenues que j'ai rangées avec tant de soin dans mes bagages... Je lui ai expliqué que c'était de la folie. Qu'elles seraient abîmées, et qu'il y en avait pour des millions de francs! (Elle hocha la tête en soupirant.) Il ne voulait rien entendre, l'imbécile. Fort heureusement, notre ami ici présent est intervenu. Le *señor* Rodriguez est un vrai gentleman, doublé d'un artiste. Il aime les belles femmes, qui portent de jolies tenues.

Elle gloussa. Ce fut le moment que choisit Edie Morgan pour passer aux présentations. Puis il entraîna l'officier dans le salon et héla le steward afin qu'il leur serve l'apéritif. Tout le monde suivit.

— Comment allez-vous, Lulu ? demanda Kate en serrant la femme plus âgée dans ses bras.

— Très bien. Et vous aussi, ma petite Kate, je le vois bien. Vous êtes en beauté. Mais vous devriez me croire et foncer un peu la couleur de vos cheveux. Ces blonds presque platine ne se font plus. Les Françaises y ont renoncé depuis longtemps.

Kate eut une moue de coquetterie.

— Les hommes préfèrent les blondes, vous le savez bien !

Mme Bertin partit d'un grand éclat de rire.

— Vous fréquentez donc des hommes ? Mon Dieu ! (Puis elle lui tapota le bras.) Ne commençons pas tout de suite à nous chamailler, ma chère. Les étincelles jaillissent toujours lorsque nous nous rencontrons. (Elle se tourna et observa Zaria et Chuck, qui se tenaient un peu à l'écart du groupe.) Et qui sont ces jeunes gens ?

— Miss Brown et son fiancé, Mr Tanner. Ils s'arrêteront à Alger. A propos, où est Ahmed ?

— Pas avec moi, répliqua Mme Bertin en regardant d'un air navré ses ongles rouges.

Victor Jacobetti, qui n'avait pas perdu un mot de la conversation, s'avança vers elle.

— Comment ? se récria-t-il. Je croyais qu'il devait conduire l'une des voitures...

Elle leva les épaules, affligée.

— Certes, mais... il s'est produit une catastrophe.

Ses papiers n'étaient pas en règle, et il a été refoulé à la frontière espagnole.

Victor Jacobetti hocha lentement la tête.

— Je vois, dit-il, comme s'il lisait un message dans les yeux de son interlocutrice. Sans cela, tout s'est bien passé ?

— A peu près. Quand quittons-nous Tarralisa ? Il ne faudrait peut-être pas y rester trop longtemps...

— Bien sûr. (Il rejoignit le groupe d'hommes, assis à l'une des tables du salon.) Nous pourrions commencer à monter les bagages de Lulu, qu'en dites-vous ?

La réponse fut affirmative, et on appela les membres de l'équipage.

— Prenez soin de ces affaires, déclara Victor Jacobetti. Déchargez-les dans la cale.

— *Mais non* ! protesta Mme Bertin en français. Trois ou quatre malles doivent être transportées dans ma cabine. Elles sont marquées d'une étiquette « cabine ». (Victor s'apprêtait à transmettre ces nouveaux ordres lorsqu'elle lui posa la main sur le bras et ajouta, plus bas :) J'ai une idée. Les cales sont toujours inspectées en premier. Nous devrions tout ranger dans les cabines. Ce serait plus sûr.

— Vous avez raison. Choisissez ce que vous voulez garder, le reste ira dans la cabine de Kate.

Mme Bertin acquiesça et se précipita vers la passerelle pour lancer les ordres. En anglais d'abord, aux hommes de l'équipage, puis en espagnol, à l'intention des porteurs qui leur prêtaient main-forte.

Les bagages commençaient à s'acheminer vers le yacht lorsque les trois passagers qui étaient restés dans le salon apparurent, devancés par l'officier des douanes. Zaria remarqua que ce dernier enfournait une liasse de billets dans la poche de sa veste. Il salua tout le monde avec un grand sourire, puis regagna le quai.

La jeune femme vit alors Victor Jacobetti qui attirait Edie Morgan à l'écart.
— Une seconde, Edie, souffla-t-il.
Elle dressa l'oreille, intriguée.
— As-tu entendu les nouvelles ? Ce crétin d'Ahmed s'est fait pincer !

3

Zaria n'osait plus bouger.

— L'idiot! explosa Edie Morgan d'une voix étouffée. Depuis le début, j'étais contre sa participation à cette affaire.

— Il n'y a en tout cas rien à craindre puisque les douaniers ont laissé passer Lulu. Elle leur a certainement dit qu'il s'agissait de son chauffeur. Heureusement qu'elle a réussi à caser tous les bagages dans la voiture qu'elle conduisait. Un break, paraît-il.

La jeune femme vit Edie Morgan enfoncer rageusement les poings dans ses poches.

— Nous avons couru inutilement d'énormes risques.

Zaria s'apprêtait à regagner discrètement sa cabine lorsqu'elle entendit Edie Morgan ajouter :

— Et qu'allons-nous faire sans Ahmed à Alger ?

— Ce détail m'avait échappé. Eh bien, il nous reste toujours la fille.

— J'aurais justement préféré qu'elle ne soit pas mêlée à cette affaire, marmonna Edie Morgan avec une grimace.

— A mon avis, elle ne présente aucun problème. Par contre, son ami ne m'inspire qu'une confiance très modérée.

— Nous nous arrangerons avec lui, voilà tout. Et maintenant, dis au capitaine que nous devons partir le plus tôt possible.

Ils s'éloignèrent de la passerelle. La jeune femme s'agrippa à la rambarde et s'aperçut que ses mains tremblaient. Elle resta quelques instants figée, incapable de faire le moindre mouvement. Puis soudain, réunissant ses forces, elle se précipita vers sa cabine.

Que signifiait cette étrange conversation ? Elle pressa les mains sur ses tempes, essayant de se remémorer dans le détail les propos qu'elle avait entendus. En même temps, elle refusait d'admettre la vérité, qui s'inscrivait pourtant de façon de plus en plus précise dans son esprit.

Ces gens étaient des escrocs. Elle en était certaine, sans pour autant posséder aucune preuve tangible. Juste quelques mots chuchotés qu'elle avait surpris. Comment être sûre de ne pas s'être méprise sur leur sens ?

Soit, il suffisait de regarder Edie Morgan, de l'écouter, pour comprendre qu'il tramait quelque chose de louche. Qu'en était-il de Mr Virdon ? L'avait-on informé de ce qui se passait à bord ? Etait-il complice de cette machination, quelle qu'elle soit ? Si tel était le cas, pourquoi ?

Et Chuck ? Edie avait dit qu'ils « s'arrangeraient avec lui ». Elle devait avoir confiance en lui. Il saurait les tirer d'affaire. Ce complot qu'elle pressentait dépassait son entendement.

Il se moquerait peut-être d'elle et la traiterait de timorée. Il n'y avait aucune raison pour que le richissime Américain qu'était Mr Virdon soit mêlé à une sombre intrigue.

Quel autre motif que l'argent pouvait intéresser des individus comme Edie, Victor et Kate ?

Zaria éprouva un besoin urgent d'être aux côtés

de Chuck, d'entendre sa voix, de jouir de sa présence protectrice. Elle foulait le sol du pont au moment même où l'on remontait la passerelle. Les Espagnols, qui avaient aidé les matelots à charger les bagages, debout sur le quai, souhaitaient bon voyage aux passagers du yacht.

— *Adios señores*, lançaient-ils avec de grands gestes de la main et des sourires.

De toute évidence, ils avaient été eux aussi grassement remerciés de leurs services. L'*Enchanteresse* s'éloigna de la jetée, se balançant doucement sur les eaux bleu marine. L'officier des douanes s'était joint aux manœuvres pour saluer les *amigos* qui partaient.

Zaria fouilla les alentours du regard, en quête de Chuck. Ne le voyant nulle part, elle sentit l'angoisse lui nouer la gorge. Et s'il lui était arrivé... quelque chose ? Le cœur battant à tout rompre, elle traversa le pont.

Elle le trouva enfin à la proue, tout près de la cabine de pilotage. Kate se tenait à ses côtés. Leurs bras se frôlaient, et ils regardaient tous deux l'avant du bateau qui fendait les eaux, en projetant des embruns. Le visage levé vers lui, la jeune femme parlait. Son nez mutin et sa bouche pulpeuse se découpaient sur l'azur éclatant du ciel.

Chuck la regardait. Ils paraissaient si proches l'un de l'autre, si unis. Pétrifiée, Zaria ne parvenait pas à détourner les yeux de leurs deux silhouettes. Elle resta là pendant une minute qui lui sembla durer une éternité, puis elle rebroussa chemin et descendit les marches qui menaient à sa cabine. Elle avançait lentement, comme chargée soudainement d'un énorme fardeau, comme si son corps et son âme s'étaient brusquement desséchés.

Les pensées se chevauchaient dans son esprit enfiévré. Que savait-elle au juste de Chuck ? Rien. Qui était-il ? D'où venait-il ? Autant de questions qui restaient sans réponse.

D'où était donc née cette confiance aveugle en lui, alors qu'un beau jour il avait fait irruption dans sa chambre, lui demandant de voler à son secours ? Maintenant qu'il était arrivé à ses fins, n'était-ce pas normal qu'il ne lui manifeste plus aucun intérêt ? Et, dès le début, Kate n'avait pas caché son attirance pour lui.

Mais, pourquoi cela la bouleversait-il à ce point ? Il était libre d'agir à sa guise. Cela ne la concernait pas. Toutefois, elle savait qu'il était le seul élément sécurisant, compréhensible, dans un univers trop déroutant, trop complexe.

Elle avait déjà le pied posé sur la première marche de l'escalier lorsqu'une main la retint. C'était Edie Morgan. Machinalement, elle fit un pas en arrière, mais il la tenait toujours. D'un geste familier et amical, il la prit par le bras et l'entraîna vers l'abri-pont rouge où étaient installés les autres.

— Venez, miss Brown. Nous vous cherchions justement. (Il se tourna vers elle et lui adressa un grand sourire.) D'ailleurs, pourquoi nous embarrasser de ce pompeux Miss Brown ? Zaria est un si joli prénom, et c'est ainsi que vous appelle votre jeune ami. Bien, Zaria, Mr Virdon voudrait vous parler.

Elle devina ce qui allait se passer. Mais il lui fallut suivre Edie Morgan jusqu'au fauteuil voisin de Mr Virdon. Il la pria de s'asseoir et vérifia qu'elle était confortablement installée. Tout en prenant place, elle était consciente de l'attention que lui portaient Victor Jacobetti et Mme Bertin.

— Lulu, lança Edie Morgan en se tournant vers cette dernière, je ne crois pas que Zaria vous ait été présentée. Cette jeune personne est la secrétaire de Corny. Une secrétaire efficace, bien que, jusqu'à présent, nous n'ayons pas eu beaucoup de tâches à lui confier.

Mme Bertin inclina légèrement la tête.

— Enchantée, dit-elle en français. Ravie de faire votre connaissance, mademoiselle.

Edie s'assit en face de la jeune femme.

— Je vais vous résumer la situation en quelques mots, Zaria. Vous n'avez sans doute pas oublié ce que je vous ai annoncé hier : que Mr Virdon avait l'intention de vous libérer dès notre arrivée à Alger, afin que vous puissiez, votre fiancé et vous, jouir d'une légitime intimité. Je vous ai également précisé qu'il s'agissait là d'une attitude très généreuse. Mr Virdon a toujours tendance à n'écouter que son instinct quand le bien-être des autres est en jeu. Il voudrait que tout le monde soit heureux. N'est-ce pas, Corny ?

— Tel est en tout cas mon but, répondit gravement celui-ci. Il y a de par le monde tellement d'hommes riches qui oublient que la plupart des gens n'ont pas leur chance...

Son visage, à moitié dissimulé par des lunettes de soleil, ne trahissait pas la moindre émotion.

— Voilà comment réagit notre Corny ! reprit Edie avec un sourire. Mais cette fois, son bon cœur est sur le point de le perdre. L'un de nos amis, qui devait nous rejoindre avec Mme Bertin, a malheureusement... eu un empêchement. De ce fait, Zaria, il nous faut faire appel à votre compréhension et vous demander d'accepter de remplir votre contrat jusqu'au bout.

— Et... Mr Tanner ?

Cette question avait jailli spontanément des lèvres de la jeune femme. Elle vit le regard en biais qu'échangeaient Victor et Edie.

— Eh bien, Mr Tanner vous accompagnera, évidemment. C'est ce qui avait été convenu n'est-ce pas ? Il n'est pas question de revenir là-dessus. Au contraire, nous sommes ravis qu'il soit des nôtres. Nous le trouvons charmant. Qu'en penses-tu Corny ?

— Absolument. Mr Tanner peut rester avec nous aussi longtemps qu'il le désire.

— Voilà donc une affaire réglée ! s'exclama Edie Morgan, satisfait. Il ne nous reste plus qu'à vous remercier, Zaria. Vous êtes vraiment très chic.

Chuck et Kate arrivèrent sur ses entrefaites.

— Vous ne m'avez rien commandé à boire ? demanda celle-ci.

— Non. Et vous êtes interdite d'apéritif puisque vous êtes en retard, rétorqua Mr Virdon. (Il se leva et ajouta :) Il est l'heure de déjeuner. Allons-y avant que le temps ne se gâte. Nous avons déjà raté plusieurs repas...

Kate poussa un petit cri et posa la main sur l'épaule de Mme Bertin.

— Cette tempête a été terrible, Lulu. Vous n'avez pas idée...

Bras dessus bras dessous, elles se dirigèrent vers la salle à manger en bavardant gaiement. Zaria était restée en arrière. Lorsqu'elle croisa le regard de Chuck, celui-ci lui sourit. Il lui sembla néanmoins que ce sourire manquait de chaleur. Elle se reprocha aussitôt cette pensée et, avec un pincement au cœur, elle suivit le groupe.

A en juger par les remarques qui fusaient, le repas était délicieux. Zaria mangea du bout des lèvres. Elle avait un goût de cendre dans la bouche. Obnubilée par Chuck, assis à la droite de Kate, elle se demandait à quoi il pensait.

— Venez ici, avait ordonné la jolie blonde, au moment de prendre place.

Il s'était exécuté sans sourciller, laissant Zaria

occuper le dernier siège libre, à côté de Victor Jacobetti.

Mme Bertin était assise entre Mr Virdon et Edie Morgan. Elle leur relatait avec force gestes les anecdotes de son voyage.

— Quel genre de vêtements avez-vous apportés, Lulu? lança Kate.

Jusque-là, elle avait concentré toute son attention sur Chuck, lui parlant à l'oreille; mais soudain elle paraissait accaparée par un sujet plus futile.

— Oh! un peu de tout, répondit Mme Bertin. Et à tous les prix. Comme d'habitude, je me suis promenée dans les boutiques à la mode pour flairer les nouvelles tendances, et puis j'ai dessiné ma propre collection. C'est exquis, unique, divin! Vous savez comme moi, ma chère, que les Françaises sont particulièrement exigeantes en matière d'habillement. Elles ont un goût inné pour ce qui est beau.

— Je ne les trouve pas pourtant si extraordinaires, répliqua Kate avec une petite moue.

Mme Bertin releva le menton en un geste de défi.

— Vous n'y connaissez rien! Une Française n'a peut-être pas le teint, la chevelure, ni la silhouette d'une Américaine, mais elle sait mieux que quiconque tirer parti de ses attributs. Et avec une élégance que lui envient toutes les femmes du monde.

— C'est faux! riposta Kate. Complètement faux. N'est-ce pas, Chuck? Dites-le-lui, vous aussi.

— Donnez-moi une fille, n'importe laquelle, reprit Mme Bertin. Si je lui apprends comment se mettre en valeur, comment s'habiller avec génie — oui, génie est le terme le plus adéquat — elle deviendra le point de mire de toute réunion mondaine. Même si vous en faites partie, ma petite Kate.

— Je ne vous crois pas. Ce ne sont que des mots. Je suis prête à parier jusqu'à mon dernier dollar que ce n'est pas la tenue, mais le mannequin qui la porte, qui attire un homme !

— Dans ce genre de compétition, je parierais moi aussi sur Kate, intervint Edie.

La jeune femme éclata de rire.

— Je propose que nous mettions ce projet à exécution. Mais Mme Bertin y laissera sa fortune !

— Je n'en suis pas si sûr, observa Victor. Lulu a quelque chose de particulier qui ne rend pas ce style de transformation impossible. Tout comme ces Françaises dont elle parle. Elles ne sont pas forcément belles, au sens classique du terme, mais néanmoins très attirantes.

— Elles sont tout simplement bien habillées, insista Mme Bertin.

— Vous nous mettez l'eau à la bouche, dit Chuck en souriant. Je serais curieux d'assister à une compétition de ce genre. Mais ne me demandez surtout pas d'être juge !

Kate se pencha vers lui.

— Il le faudra pourtant. Vous ferez partie du jury, Chuck. Tout comme Corny, Edie, et Victor. Notre ami Victor regrettera ses paroles...

— Que veux-tu dire ? s'enquit celui-ci, intrigué.

— Cette compétition va bel et bien avoir lieu. Sur ce yacht. Je me parerai de mes plus beaux atours, ce soir. Je vous montrerai de quoi je suis capable quand je sors dans l'arène ! Et voici votre modèle, Lulu !

Au grand désarroi de Zaria, la jeune femme la désignait du doigt, et ses grands yeux bleus luisaient de malice.

— Vous allez devoir passer de la théorie à la pratique, ajouta-t-elle d'un air triomphant. Transformez donc Miss Brown en une créature de rêve !

Tous les regards convergeaient sur Zaria qui, tel un animal traqué, ouvrait de grands yeux affolés.

— Non ! parvint-elle à articuler. Je n'ai aucune envie d'entrer dans ce jeu.

Victor la dévisagea, étonné.

— Allons, calmez-vous. Vous venez de le dire, ce n'est jamais qu'un jeu. Cela aura le mérite de nous divertir : le temps passe bien lentement sur ce bateau. Laissez donc Lulu donner le meilleur d'elle-même — ou le pire ! Si toutefois elle accepte. Alors, Lulu ?...

Depuis quelques instants, Mme Bertin inspectait minutieusement Zaria. La jeune femme avait l'impression qu'elle la déshabillait et que son corps malingre était exposé aux regards de toute la tablée.

— J'accepte, déclara enfin la créatrice de mode. Ce qui est dit est dit. Il ne nous reste plus qu'à fixer la mise.

— Cent dollars ? avança Edie. Deux cents ?

— Cinq cents, rétorqua Mme Bertin. A mes yeux, cela les vaut largement. Et de surcroît j'exige que le vote soit secret. Nul ne doit savoir qui a voté pour qui. Nous sommes bien d'accord ?

Edie acquiesça, puis fixa Kate.

— Et pas de tricheries ! Je ne tiens pas à ce que tu me mènes une vie infernale pendant les six mois à venir si tu découvres que je n'ai pas voté pour toi.

— Si tu oses faire cela, je te tue ! Et il en va de même pour vous, Chuck, ajouta-t-elle avec un sourire doucereux.

— Je serai aussi impartial que le sera, je pense, Mr Morgan.

Ce fut le moment que choisit Zaria pour se manifester de nouveau, d'une toute petite voix.

— Mais... je ne veux pas participer à ce jeu.

— Allons, la sermonna Kate, soyez fair-play. Nous voulons simplement nous amuser un peu. C'est un prétexte pour s'habiller chic. Et cela permettra à Lulu d'exercer ses talents.

Tous semblaient s'être ligués contre elle. Quoi qu'elle dise ou fasse, ils paraissaient fermement décidés à passer outre sa volonté, à seule fin de se divertir pendant la traversée.

Elle se leva d'un bond et repoussa sa chaise. Cette situation lui était insupportable. Elle fut prise d'une brusque envie de crier, de fuir. Mais où ? Ils étaient en pleine mer.

Elle brûlait de rapporter à Chuck la conversation qu'elle avait surprise une heure auparavant, sur le pont. Elle voulait lui parler des menaces qu'elle avait perçues dans la voix d'Edie Morgan. La gorge serrée, elle comprit que probablement il ne la croirait pas.

Leur relation avait changé, s'était altérée depuis la veille. Il lui reprocherait d'être jalouse et de manquer d'imagination.

— Zaria, suivez-moi, lança alors Mme Bertin. Il faut nous y mettre tout de suite. Venez.

La Française quitta la salle à manger et, parce qu'elle sentait bien que toute résistance serait inutile, la jeune femme lui emboîta le pas.

Elles se dirigèrent vers la cabine de Mme Bertin, la plus grande du yacht, avec deux lits, une salle de bains, l'une des parois étant entièrement recouverte de miroirs.

— Bien, asseyez-vous, mon petit, et laissez-moi vous regarder.

A l'agonie, Zaria se mordait les lèvres, n'osant affronter l'image que lui renvoyaient les glaces.

— De grâce, madame. Cette plaisanterie a assez duré... Je voudrais retourner dans ma cabine, maintenant.

— Ne soyez pas sotte ! Vous ne croyez pas que les vêtements puissent modifier l'allure d'une femme ?

— Je n'en doute pas. Si toutefois la femme en question possède déjà... un minimum d'élégance naturelle. Mais vous voyez bien que vous ne pourrez rien tirer de moi !

Il y avait un curieux mélange d'humilité et de désespoir dans sa voix.

Mme Bertin leva les yeux au ciel et poussa un soupir exaspéré.

— Je n'ai jamais entendu une femme débiter autant de bêtises ! Vous êtes jeune, la vie vous tend les bras. Et qui plus est, vous êtes capable de sourire. Oubliez tout le reste. Quoi qu'il advienne, souvenez-vous que vous avez un cœur. Le cœur est un élément essentiel dans votre physique. C'est lui que l'on voit sur votre visage.

— Je... ne suis pas sûre de bien vous comprendre.

Pour la première fois, cependant, elle regardait son interlocutrice avec intérêt.

— Je vous ai observée, poursuivit celle-ci. Puis-je vous dire quelque chose, qui nous aide bien plus que tout au monde ?

— Oh ! oui.

— Vous êtes amoureuse, ma petite, chuchota Mme Bertin en souriant.

La jeune femme eut l'impression que tout se figeait dans la chambre. Elle fixa Mme Bertin en silence, puis un déclic se produisit dans son esprit. Bien sûr ! Officiellement, Chuck et elle étaient fiancés. C'est ce qu'elle avait déclaré en montant à bord et, à présent, aucun des passagers n'en doutait. Les contours de la pièce reprirent lentement forme.

— Oui, murmura-t-elle. Mr Virdon a été très aimable d'accepter que mon fiancé m'accompagne durant ce voyage.

Le rire en cascade de Mme Bertin résonna dans la cabine.

— Je ne faisais pas allusion à cela, ma jolie ! Les femmes parlent de leur « fiancé », de leur « mari », mais qu'est-ce que cela signifie, au juste ? Ce sont là des termes légaux qui, souvent, ne sont pas liés aux sentiments. Certaines unions ont été arrangées par les familles. Chez moi, on appelle cela « un mariage de convenance ». L'amour est quelque chose de fondamentalement différent. Quand une femme aime, son visage en est métamorphosé. Et vous, ma petite, vous êtes amoureuse !

Zaria cligna des paupières, comme si elle était soudain éblouie par une violente lumière. Ces paroles se frayaient lentement un chemin en elle. Mme Bertin avait vu juste. Elle était amoureuse ! Amoureuse de Chuck. A quoi bon nier ce que lui dictaient ses sens et son cœur ? Amoureuse d'un homme qui avait surgi dans son existence il y avait quelques jours à peine, et dans des circonstances pour le moins suspectes.

C'était incroyable, incompréhensible, ridicule. Et pourtant, elle l'aimait. Elle comprenait mieux maintenant pourquoi il lui inspirait une telle confiance, pourquoi elle vibrait tout entière dès qu'il la frôlait, pourquoi son absence lui était si pénible. Et pourquoi elle s'était sentie aussi malheureuse et désemparée quand elle l'avait vu en compagnie de Kate.

— Eh bien ? insista Mme Bertin avec un petit sourire. Vous commencez peut-être à me comprendre, maintenant. A comprendre que toute femme peut être belle. C'est son cœur qui compte, pas ces choses stupides que l'on appelle les traits !

Faisant appel à toute sa volonté, Zaria s'efforça de minimiser la portée de cette soudaine découverte, de contrôler le tremblement de ses membres.

Elle essaya de détourner la conversation.

— Vous êtes très gentille, madame, mais je reste convaincue que vous vous êtes lancée dans une mission impossible. Je crains que vous ne perdiez votre temps, et surtout votre argent.

— Impossible! répliqua fermement la Française. J'ai besoin de ces cinq cents dollars. Réellement. Et quand je dis que je vais réussir, je réussis. Ayez confiance en moi.

« Si seulement je le pouvais... songea la jeune femme, hypnotisée par la force et la passion qui scintillaient dans le regard de la femme qui lui faisait face. Si j'étais belle, j'éveillerais l'intérêt de Chuck. Il m'aimerait peut-être... »

— Enfilez ce peignoir, ordonna Mme Bertin en lui lançant un ravissant kimono de soie brodée ivoire. (Elle s'agenouilla auprès d'une valise en box fauve et l'ouvrit.) Mon Dieu! Ils ont dû se tromper et transporter mes affaires dans la cabine de Kate. (Elle enjamba la valise et traversa le couloir en criant d'une voix haut perchée:) Steward! Steward!

Zaria s'installa lentement devant la coiffeuse et scruta le miroir, cherchant les indices de ce qu'avait découvert Mme Bertin. Elle était amoureuse. Mais, comment celle-ci l'avait-elle deviné? Elle ne distinguait, elle, aucun changement sur ses traits. Elle se jugeait toujours aussi peu attirante et n'était pas stupide au point de chercher à se leurrer. Il était normal que Chuck soit sensible à la beauté de Kate et qu'il n'ait avec elle-même qu'une attitude compatissante.

Mais dans l'immédiat, elle se sentait incapable de lui en tenir rigueur. L'amour qu'elle éprouvait était quelque chose de si nouveau, de si bouleversant! En dépit du manque de réciprocité, ce sentiment la rendait heureuse. Elle avait l'impression qu'un sang neuf bouillonnait en elle, la sensation prodigieuse de renaître à la vie. Il lui tardait de sentir le contact de ses paumes sur elle, de se perdre dans le gris-vert de ses yeux.

Elle tressaillit, car elle s'aperçut soudain qu'elle n'avait toujours pas soufflé mot à Chuck de la conversation qu'elle avait surprise entre Edie et Victor. Il fallait impérativement qu'elle lui révèle qui étaient exactement ces gens avec lesquels ils voyageaient.

Zaria se levait, décidée à se lancer à sa recherche, lorsque la porte s'ouvrit sur Jim, chargé d'une lourde malle. Mme Bertin le suivait, une petite valise à la main.

— Voilà ce que je voulais! s'exclama-t-elle, joyeuse. Heureusement, j'ai eu la bonne idée d'étiqueter mes bagages, sans quoi j'aurais dû tout déballer.

Elle remercia Jim qui, avant de disparaître, lança un regard de sympathie à la jeune femme. Mme Bertin n'attendit pas son départ pour plonger quasiment tête la première dans l'immense malle.

— Parfait, rien ne manque. (Elle se redressa et fixa Zaria.) Mais nous avons bien d'autres «détails» à régler avant de passer aux vêtements.

— Que... quoi donc? demanda Zaria, nerveuse.

Sans répondre, Mme Bertin s'empara d'un peigne posé sur la coiffeuse et le passa dans les cheveux de la jeune femme.

— Horrible! s'écria-t-elle. Une coupe typiquement anglaise. Ces longues mèches effilées vous donnent l'air encore plus malingre.

— Et comment envisagez-vous d'y remédier?

— En les coupant, répliqua-t-elle d'un ton sans appel.

Armée d'une paire de ciseaux qu'elle prit dans un tiroir, elle se mit à l'œuvre sans plus tarder.

— Mais... que faites-vous? s'écria Zaria, horrifiée.

— Je vous l'ai dit: je vous coupe les cheveux. Pas beaucoup, juste ce qu'il faut pour leur insuffler l'énergie qui leur manque.

— Non, de grâce! Je vais ressembler plus que jamais à un épouvantail à moineaux, se lamenta la jeune fille.

Mais toute protestation était inutile. Mme Bertin semblait fermement résolue à achever ce qu'elle avait entrepris. On n'entendait plus que le crissement des lames sur ses cheveux. Zaria ferma les yeux. Dans un élan de fol espoir, elle se dit que Mme Bertin obtiendrait peut-être des résultats honorables.

Puis ses pensées s'orientèrent vers Chuck. Que faisait-il en cet instant précis ? L'image de la belle Kate, le visage levé vers lui, se dessina dans son esprit avec une force et une précision cruelles. Elle voyait ses grands yeux bleus liquides tournés vers lui.

« Oh ! non, Seigneur, empêchez-la de... »

Elle souleva les paupières. La glace lui renvoyait le reflet de son petit visage torturé. Et elle remarqua que Mme Bertin la contemplait, les sourcils froncés.

— Vous souffrez, ma petite, dit celle-ci. Que craignez-vous donc ? Que votre fiancé succombe au charme de Kate ? Allons, rassurez-vous. Il s'apercevra vite qu'elle n'a rien à offrir. Le bon Dieu l'a parée d'une très jolie enveloppe dans laquelle il a placé une cervelle d'oiseau et un cœur de pierre.

— La connaissez-vous bien ?

Mme Bertin eut un rire sec.

— Suffisamment, en tout cas.

— Je pensais que... qu'ils étaient tous vos amis, murmura-t-elle, hésitante, de crainte de paraître trop critique.

Mme Bertin rit de nouveau.

— On dit qu'on naît dans sa famille et qu'on choisit ses amis. Eh bien ! ce n'est pas toujours vrai. Quelquefois, vos amis... comment dirais-je ?... s'imposent, sans vous laisser réellement le choix.

Zaria hocha la tête mais se garda bien de tout commentaire. Edie et Victor avaient-ils mêlé Mme Bertin à leurs intrigues ? Très certainement. Elle devait donc se montrer particulièrement vigilante et ne rien dire qui puisse éveiller les soupçons de la Française.

Cette dernière donna un dernier coup de ciseaux et les posa sur la coiffeuse avant de reculer d'un pas pour juger de l'effet. Elle hocha la tête d'un air satisfait et ébouriffa les cheveux de la jeune femme, les soulevant à la racine afin de leur donner du volume. Les courtes mèches auréolaient le fin visage d'un halo vaporeux.

— Voilà ! annonça Mme Bertin en frappant dans ses mains.

Zaria osa enfin se regarder et fut étonnée par le portrait qui se reflétait dans le miroir. Comme par miracle, les ciseaux avaient restitué à ses cheveux leur éclat d'antan. Des boucles, semblables à de petites langues de feu, lui caressaient les joues et le front, adoucissant le caractère anguleux de ses traits.

— C'est extraordinaire ! s'exclama-t-elle. Je suis tellement plus jolie ainsi. Je n'aurais jamais cru que vous obtiendriez un tel résultat...

— Vous êtes effectivement beaucoup plus séduisante. Mais ce n'est pas fini. Allongez-vous sur le lit, maintenant. La tête vers le bas.

Pour la première fois de sa vie, Zaria découvrit ce qu'était un massage facial. Les doigts agiles de Mme Bertin couraient sur son visage, son cou, les imprégnant de crèmes aux riches senteurs.

Au bout de quelques instants, elle sentit une douce torpeur l'envahir. Le ronronnement du moteur et les flots qui battaient les flancs du yacht la berçaient. Les yeux clos, elle se laissait gagner par l'agréable sensation de bien-être que lui procuraient ces soins.

Elle ne tarda guère à pénétrer dans le royaume des rêves. Elle marchait dans une rue chaude et ensoleillée. Chuck la tenait par le cou, il lui parlait tendrement...

Combien de temps dormit-elle ? Elle se réveilla en sursaut et comprit, à la quiétude qui régnait dans la pièce, qu'elle était seule. Elle essaya d'ouvrir les yeux, mais Mme Bertin y avait posé deux disques de coton imbibés d'eau de rose. Son visage était couvert d'une épaisse couche de crème en train de sécher. C'était là sans doute ce que l'on appelait un masque. La Française n'en avait donc pas fini avec elle.

— La petite s'est endormie.

Elle reconnut la voix de Mme Bertin, qui chuchotait.

Elle venait sans doute de rentrer dans la cabine.

— Vous prenez donc ce stupide pari au sérieux… répliqua Edie Morgan, lui aussi à voix basse.

— Oh ! Ce n'est qu'une façon amusante de passer le temps pendant la traversée. Nous sommes tous si… énervés.

— Que voulez-vous dire ?

— Rien de plus que ce que vous venez d'entendre ! Prenez garde au steward. Je ne serais pas surprise qu'Ahmed ait eu des ennuis à la frontière parce qu'il s'était montré trop bavard.

— Je croyais que les douaniers avaient eu des doutes sur l'authenticité de ses papiers…

— Bien sûr. Mais, qui a mis la puce à l'oreille des douaniers ? Je vous garantis que son passeport était parfait pour un contrôle de routine. S'ils ne l'avaient pas aussi scrupuleusement étudié…

— Etes-vous vraiment certaine que personne ne vous a suivie ?

Une note d'angoisse perçait dans la voix d'Edie Morgan. Et, bien qu'étendue les yeux clos, Zaria sut qu'il posait la main sur le bras de Mme Bertin et qu'il la dévisageait avec insistance. Elle devina également que celle-ci haussait les épaules, en un geste qui lui était familier.

— Vous pensez bien que je ne serais pas ici si quelqu'un s'était lancé à mes trousses.

Zaria entendit le soupir étouffé d'Edie Morgan.

— C'est bien ennuyeux que cette fille participe à notre expédition. Mais, malheureusement, nous avons besoin de ses services. Aucun d'entre nous ne parle arabe.

— Ecoutez, j'ai fait de mon mieux. Ce n'est tout de même pas de ma faute si Ahmed a été interpellé au poste frontière.

— Il était sans doute fiché à cause de l'affaire des moteurs de l'an passé. J'ai toujours considéré comme stupide de lui faire passer aussi vite les frontières, mais personne n'a daigné m'écouter.

— Chut! Ne parlez pas autant...

Elle traversa la cabine sur la pointe des pieds et se posta à côté du lit. Zaria crut sentir le poids de son regard. Un frisson de peur la parcourut. S'ils s'apercevaient qu'elle avait tout entendu, quel sort lui réserveraient-ils?

— Est-ce qu'elle dort? s'enquit Edie Morgan dans un murmure.

— Profondément. Mais sortez. Tout de suite.

Il s'exécuta sans protester. Zaria entendit la porte se refermer. Mme Bertin se tenait toujours là, immobile. Au bout de quelques instants, d'une voix très douce, elle demanda :

— Etes-vous réveillée?

Zaria se tint coite. Elle réitéra sa question, plus fort cette fois.

— Zaria, êtes-vous réveillée?

Lentement, comme si elle émergeait d'un profond sommeil, la jeune femme s'étira et marmonna quelques mots incompréhensibles. Elle tourna la tête de droite à gauche, comme si elle ne voulait pas quitter ses rêves, puis bâilla et fit mine de se rendormir.

Sans voir Mme Bertin, elle sentit que celle-ci se détendait.

— Allez, il faut vous réveiller, maintenant, ma petite, dit-elle sur un ton différent.

4

Deux heures plus tard, Mme Bertin ouvrait en grand la porte du salon, où attendait le reste du groupe. Les hommes tenaient leur sempiternel verre de whisky à la main et Kate buvait une coupe de champagne. Elle la leva en direction de Chuck, assis sur l'accoudoir de son fauteuil.

— Et maintenant, nous allons voir ce que nous allons voir, lança-t-elle en gloussant. Que la meilleure gagne !

Il était évident qu'elle n'avait aucun doute quant à l'issue de la compétition. Et d'ailleurs, à la voir, il paraissait impossible que quiconque puisse l'évincer. Elle portait un long fourreau de lamé argent qui lui donnait l'allure d'une sirène voluptueuse. Le fin tissu moulait chaque courbe de son corps, comme s'il avait été cousu à même la peau. Une parure de diamants brillant de mille feux ornait son cou et ses oreilles. Elle avait relevé ses cheveux en un chignon qui mettait en valeur sa nuque gracile.

Elle était belle, sophistiquée — une déesse de l'ère moderne.

— Tout le monde est là ? demanda inutilement Mme Bertin, toujours à l'entrée.

— Vous le voyez bien, répliqua Kate en haussant une épaule dénudée.

— Le suspense a assez duré, intervint Victor, nerveux. Faites-la entrer.

Mme Bertin prit une profonde inspiration et s'écria, en français :

— En scène ! Voici la dernière création Bertin.

Zaria fit un pas dans le salon puis s'immobilisa, comme le lui avait recommandé Mme Bertin. Bien que terriblement intimidée, elle était consciente que tous les regards étaient rivés sur elle. Des regards où se mêlaient l'incrédulité et une admiration sans borne, qui valaient bien une salve d'applaudissements.

— Grand Dieu !

Edie fut le premier à rompre le silence. Zaria l'entendit à peine. Seul Chuck émergeait de l'épais brouillard qui semblait envelopper les autres passagers. Il s'était levé, comme dans une séquence au ralenti. Et l'étonnement qu'elle lut sur ses lèvres la remplit d'une joie infinie.

— Je ne l'aurais jamais cru, souffla Edie Morgan, éberlué. Jamais...

— Vous êtes un génie, Lulu, déclara Mr Virdon sans se départir de son calme habituel. S'il m'est parfois arrivé d'en douter, j'en suis désormais convaincu.

La Française arborait une expression d'intense satisfaction.

— Bien. Servez-moi à boire, maintenant. Je crois l'avoir bien mérité.

Elle tendit la main à Chuck, mais celui-ci ne le remarqua pas. Il s'approchait de Zaria, une coupe de champagne à la main. Elle l'accepta et sentit un frisson d'excitation jusque-là inconnu la parcourir. Pour la première fois de sa vie, elle avait conscience d'être jeune, séduisante. Chuck la regardait avec des yeux nouveaux.

— Je ne pense pas que ce soit utile de porter un toast à votre santé, dit-il doucement. Buvons plutôt à votre avenir.

— Voilà un très joli compliment, observa Mme Bertin, qui n'avait pas perdu une seule parole. Je propose que nous buvions tous à l'avenir de Zaria, ajouta-t-elle en élevant la voix. Un avenir dont j'ai tracé la voie!

Les hommes levèrent en silence leur verre en direction de la jeune femme. Nul besoin de vote à bulletin secret pour déclarer qui était la gagnante du concours. Edie tourna le dos à Kate et, sans mot dire, glissa un rouleau de billets dans la main de Mme Bertin.

La jolie blonde remplit de nouveau sa coupe de champagne. Un sourire empreint d'amertume se peignit sur ses lèvres tandis qu'elle lançait, agressive:

— Je souhaite moi aussi que l'avenir de Zaria soit à la hauteur de ses espérances. Quelquefois, le destin nous joue des mauvais tours au moment où on s'y attend le moins...

Mr Virdon rit. Quant à Zaria, elle n'avait prêté aucune attention à ces paroles. Elle entrait progressivement dans la peau de son nouveau personnage.

La tenue que lui avait fait revêtir Mme Bertin lui conférait un charme qu'elle n'aurait jamais soupçonné en elle. C'était une robe de fin brocart rose pâle, qui s'évasait en une jupe ample à partir de la taille et dont le bustier était rebrodé de minuscules perles. Un voile de tulle drapait ses épaules, afin de cacher leur maigreur.

Zaria paraissait tout droit sortie d'un conte de fées. L'incarnation de la fraîcheur et de l'innocence, semblable à la fleur du pommier.

Elle-même avait été fort surprise lorsque Mme Bertin l'avait enfin autorisée à se regarder dans la glace. Ses yeux paraissaient tellement plus grands, ainsi maquillés, et ses lèvres, pulpeuses et tentantes comme un fruit rouge.

Mais elle savait bien que ces artifices n'avaient pas suffi à la rendre différente de celle qui avait quitté les passagers quelques heures auparavant. Non contente de mettre en valeur ses attributs physiques, Mme Bertin lui avait insufflé cette confiance en elle qui lui faisait si cruellement défaut jusqu'alors. C'étaient les conseils qu'elle lui avait prodigués qui lui permettaient d'avancer d'une démarche altière. Dans ces flots d'étoffe soyeuse, elle prenait enfin conscience d'être une femme.

— Oubliez votre passé, lui avait dit la Française. Oubliez les souffrances que vous avez endurées. Je ne veux surtout pas que vous me racontiez ce qui vous est arrivé. Ni à moi ni à personne, d'ailleurs. Seul le présent compte. Ce moment que vous tenez entre vos mains et qui ne reviendra plus jamais.

Zaria leva sa coupe en direction du petit groupe.

— Merci. J'espère que mon avenir sera placé sous le signe du bonheur, mais sachez que maintenant déjà je suis heureuse. Très heureuse.

Elle ignorait pourquoi elle avait prononcé ces paroles. N'écoutant que son impulsion, c'était comme un message qu'elle adressait à Chuck. L'avait-il compris ? Il se tenait debout à ses côtés, mais à cause de ses lunettes noires, elle ne parvenait pas à lire l'expression de son regard.

C'est alors que Victor bondit de son fauteuil, comme mû par un ressort. Il avait bu plus que de raison et manqua perdre l'équilibre.

— Je n'y crois pas, dit-il d'une voix pâteuse. Il y a forcément un piège. Comment Lulu aurait-elle pu accomplir une telle métamorphose en cette femme ? Je suis... sûr que c'est une espionne ! Elle a été envoyée sur ce yacht pour nous espionner.

Cinq paires d'yeux se portèrent sur Zaria, qui pressentit aussitôt le danger. Non seulement pour elle mais aussi pour Chuck, qui se trouvait dans une situation bien plus précaire que la sienne. L'espace de quelques secondes, elle resta paralysée. Puis elle puisa en elle la force de réagir. Il le fallait.

— Une espionne ? répéta-t-elle, simulant un étonnement amusé. Vous me flattez, monsieur Jacobetti. Je crains hélas de ne pas être à la hauteur de ce rôle. Je ne suis pas assez intelligente ni rusée pour qu'une grande maison de couture anglaise ou américaine me confie un tel poste. Certes ce type de pratique est très répandu dans le milieu de la mode : on introduit des gens dans la place pour copier les modèles des stylistes. Mais Mme Bertin peut avoir pleinement confiance en moi : quand bien même je voudrais reproduire ses créations, j'en serais incapable !

Sur ce, elle mit la main sur sa bouche et éclata de rire, comme une fillette. Ses paroles eurent pour effet que la tension de son auditoire se relâcha.

Elle devina la réaction d'Edie Morgan avant même qu'il ne prenne la parole.

— Tais-toi donc, espèce d'idiot ! rugit-il d'une voix étouffée, foudroyant Victor du regard. (Puis, il ajouta avec force :) Je crois que tu as un peu abusé de l'alcool, mon garçon. Cette jeune femme, en face de toi, s'appelle Zaria Brown. Tu sais bien, la personne que nous avons engagée comme secrétaire et en qui nous avons une confiance absolue ? Car, par définition, une secrétaire est quelqu'un pour qui l'on n'a aucun secret.

— En effet, acquiesça Zaria avec un sourire.

Chuck vint à sa rescousse.

— Je puis vous assurer que nous sommes l'un et l'autre aussi fiables que la Banque d'Angleterre.

Il lui passa un bras autour de la taille et la serra contre lui, comme pour la féliciter de son attitude à la fois retorse et courageuse.

— D'accord, je... me suis trompé, admit Victor Jacobetti d'une voix mal assurée. Je vous présente mes excuses. Vous ne m'en voulez pas, hmmm... Zaria ?

D'un pas hésitant, il s'approcha et, d'instinct, elle recula.

— Non, bien sûr, répliqua-t-elle précipitamment.

— Dans ce cas, embrassons-nous pour sceller notre réconciliation.

Victor l'avait déjà prise par la main et tentait de l'attirer contre lui.

— Non ! protesta-t-elle, soudain en proie à la panique.

Elle se tourna vers Chuck et s'agrippa à lui.

— Allons, insista Victor, ce n'est là qu'une façon de prouver que nous sommes bons amis.

Chuck hocha doucement la tête.

— Je n'ai rien contre le fait que nous soyons « bons amis », mais cela ne vous autorise pas pour autant à embrasser ma fiancée ! Zaria m'appartient, ne l'oubliez pas.

Victor eut une petite moue dubitative.

— Si mes souvenirs sont exacts, vous avez pourtant passé tout l'après-midi en compagnie de Kate... A mon avis, Zaria n'appartient à personne !

— Pensez ce que vous voulez ! Une seule chose compte : nous sommes fiancés et nous allons nous marier, protesta Chuck d'une voix tranchante.

— Soit. Eh bien, disons que j'ai envie d'embrasser la future mariée !

— Si quelqu'un doit l'embrasser, c'est moi et personne d'autre.

— D'accord. Ne vous gênez pas pour nous. Embrassez-la afin de nous prouver que vous êtes aussi épris d'elle que vous le prétendez.

Curieusement, l'alcool avait aiguisé l'intuition de Victor Jacobetti qui, sans pouvoir le préciser, avait perçu quelque chose d'étrange dans leur relation.

Chuck enlaça tendrement sa compagne.

— Je ne vois aucun inconvénient à embrasser Zaria. Bien au contraire. Je ne vous cacherai pas que cela m'a toujours été extrêmement agréable...

Alors il pencha la tête vers la jeune femme et, tout en resserrant son étreinte, prit possession de ses lèvres. L'espace d'un instant Zaria eut l'impression qu'un raz de marée déferlait en elle. Pour la première fois de sa vie, un homme l'embrassait. Et cet homme était Chuck. Elle sentait la pression de sa bouche, ferme, chaude, sur la sienne. Alors, sans même y réfléchir, elle répondit à ce baiser, vibrant de plaisir entre ses bras. Emerveillée, elle s'aperçut qu'elle venait de franchir le seuil d'un univers qui lui était totalement étranger. Un univers d'exquise sensualité.

Et puis, ce moment magique suspendu dans le temps s'interrompit. Tremblant toujours, Zaria n'osait s'écarter, de crainte de perdre l'équilibre.

Le rire de Chuck lui parvint, lointain. Un rire dans lequel pointait une note de triomphe.

— Cela vous suffit-il ? Vous comprendrez peut-être mieux maintenant pourquoi nul autre que moi ne peut embrasser Zaria...

— Et moi, pourquoi personne ne veut-il m'embrasser ? intervint Kate d'un ton boudeur. Ce n'est pas juste ! Zaria est le pôle d'intérêt de la soirée. J'en ai assez ! (Elle se leva vivement et se dirigea vers le fauteuil dans lequel était assis Edie.) Je m'ennuie. Personne ne s'occupe de moi...

— C'est une expérience nouvelle pour toi, ma chérie.

Il l'embrassa sur la joue et elle lui passa les bras autour du cou, regardant Chuck, les yeux mi-clos, par-dessus son épaule.

— Certaines personnes devraient prendre des leçons pour embrasser, déclara-t-elle à la cantonade.

— Je suis sûre que vous seriez tout à fait disposée à leur en donner, railla Mme Bertin. En monnayant vos services, bien évidemment !

Zaria crut remarquer que la Française ne se sentait pas très à l'aise. Pendant ce bref échange de propos, elle lui avait paru crispée. Elle termina sa coupe de champagne et fit signe au steward de la resservir.

Quelques instants plus tard, la voix paisible de Jim retentissait dans le salon où régnait un silence pesant.

— Le dîner est servi, monsieur Virdon, annonça-t-il.

Zaria suivit le groupe, comme dans un rêve. Elle était encore ébranlée par le baiser échangé avec Chuck. Celui-ci marchait à ses côtés. Il l'aida à prendre place à table et lui serra brièvement la main en un geste rassurant. Au contact de ses doigts tièdes, elle se sentit frissonner. Mais lorsqu'elle leva les yeux vers lui, il regardait Kate et répondait à une question qu'elle venait de lui poser.

« Tout cela n'est qu'un jeu pour lui », se dit-elle. Et aussitôt, le rayonnement intérieur, né de leur étreinte, diminua d'intensité.

Tout le monde ayant bu immodérément à l'apéritif, le repas fut bruyant et agité, ponctué de plaisanteries et de querelles. L'une d'entre elles, entre Kate et Mme Bertin, faillit dégénérer en dispute, sous les applaudissements de la tablée.

Seule Zaria, obnubilée par Chuck, gardait le silence. Il l'avait embrassée! Mais cela se reproduirait-il? Kate semblait fermement décidée à l'attirer dans ses filets. Si Victor s'était calmé après leur étreinte, elle ne paraissait, elle, nullement affectée par cette démonstration d'affection.

Que cela plaise ou non à Chuck, la ravissante blonde avait jeté son dévolu sur lui. Et, malheureusement, cela ne semblait pas lui déplaire.

Après le dîner, Kate et Chuck dansèrent sur la petite piste en parquet du salon. Les lumières étaient tamisées. Pas assez cependant pour que Zaria ne distingue la main de la jeune femme qui courait, tout près de la belle nuque de son partenaire. La gorge nouée, elle observait ce manège langoureux tandis qu'ils évoluaient au rythme d'une rumba.

Elle se sentit soudain incapable d'assister plus longtemps à cette scène. Incapable de rester dans cette pièce.

Elle tourna les talons et aurait rejoint prestement sa cabine si Mme Bertin ne l'avait retenue et quasiment obligée à s'asseoir à côté d'elle.

— Venez ici, ma petite protégée. Je suis très fière de vous. Comme je l'avais prévu, vous les avez épatés.

Zaria balaya de nouveau la salle du regard et, curieusement, le spectacle du couple enlacé lui parut moins douloureux. Pourquoi devrait-elle se rendre aussi facilement et laisser le champ libre à Kate?

«Il faut que je lutte», se dit-elle.

— Madame, commença-t-elle, je voudrais acheter quelques-unes des tenues que vous avez créées. Pensez-vous que ce soit possible? (Elle remarqua que son interlocutrice haussait les sourcils, et reprit:) N'ayez crainte, je suis tout à fait en mesure de payer. Le seul ennui est que, pour l'instant, je ne possède qu'un chèque que m'a remis Miss Mansford... la propriétaire du yacht. Il vous suffira de l'endosser. Vous savez sans doute qu'il s'agit d'une personne très riche : vous pouvez donc être rassurée quant à l'approvisionnement de son compte bancaire.

Cette pensée avait germé brusquement dans son esprit. Zaria en était la première étonnée. Mais Mme Bertin paraissait prendre sa proposition au sérieux.

— Vous connaissez donc la propriétaire de l'*Enchanteresse* ? Je comprends mieux maintenant comment vous avez été engagée.

— En effet. Et elle me devait des gages, car j'ai travaillé pour elle à plusieurs reprises. Il s'agit en fait d'une somme importante que je n'ai pas eu le temps d'encaisser parce qu'il m'a fallu partir précipitamment. Est-ce que cela vous conviendrait, madame ?

— Tout à fait. J'ai dans mes bagages certains petits modèles qui devraient vous aller à ravir. Vous êtes sûre que la banque a une succursale à Alger ?

— Le contraire me surprendrait : Miss Mansford voyageait beaucoup.

— Parfait. (Elle se pencha vers la jeune femme et, baissant la voix, ajouta :) N'ébruitez pas cette affaire. Je ne veux pas qu'ils s'imaginent que je vous dépouille de votre maigre fortune, vous comprenez ?

— Je ne dirai rien.

— Bien. Je choisirai quelques tenues pour vous ce soir, les autres demain matin. Nous devrions arriver à Alger aux alentours de 11 heures.

La jeune femme s'apprêtait à répondre lorsque Chuck traversa le salon dans sa direction.

— Vous n'envisagez donc pas de m'accorder une danse ?

Elle fut si surprise que, pendant quelques secondes, elle ne put que le regarder, les yeux écarquillés.

— Je... ne pense pas être une danseuse aussi émérite que Kate...

— Quelle importance ? Venez, dansons ce morceau ensemble. Vous savez bien que c'est l'un de mes préférés.

Elle le suivit presque à contrecœur jusqu'à la petite piste, où les haut-parleurs diffusaient la voix cassée et sensuelle d'une célèbre chanteuse de blues. Kate, qui avait rejoint Edie, leur tournait le dos et lui servait un whisky. Victor s'entretenait avec Mr Virdon. Nul ne leur accordait la moindre attention. Comme aucun regard ne pesait sur elle, la jeune femme abandonna le rôle qu'elle jouait depuis le début de la soirée.

— Ecoutez, Chuck, je ne danse vraiment pas très bien, chuchota-t-elle. Vous n'êtes pas obligé de... d'accomplir votre devoir.

— Ah ! vous croyez que c'est cela ?

Il l'enlaça et commença à se mouvoir lentement au rythme de la musique. Elle se raidit aussitôt. Mais quelques secondes plus tard, elle sentait tous les muscles de son corps se relâcher. Chuck la guidait avec une telle aisance qu'elle avait l'impression d'avoir dansé toute sa vie. Serrée contre lui, il lui semblait être devenue partie intégrante de ce grand corps qui se mouvait avec souplesse et élégance. Ils évoluaient de concert, et chaque pas éloignait un peu plus Zaria des questions qui la harcelaient. Rien d'autre n'importait que ce merveilleux corps à corps.

Elle entendait les battements de son cœur et se prit à espérer que cet instant se prolonge dans l'éternité. Demain arriverait si vite... Et demain emporterait Chuck à jamais.

11 heures à Alger ! Du moins lui restait-il encore quelques heures devant elle, et elle jouissait pleinement de sa présence.

— Vous êtes magnifique, murmura-t-il.

Cette remarque l'émut jusqu'aux larmes, car elle ne doutait pas de sa sincérité. Ils firent encore quelques pas avant qu'elle ne recouvre l'usage de la parole.

— Je dois vous dire quelque chose.

— Soyez prudente, souffla-t-il d'une voix si basse qu'elle l'entendit à peine.

— Je le suis, mais quand pourrai-je vous parler ?

— Je ne sais pas. Je vais essayer de trouver une solution qui ne présente aucun danger.

La musique s'interrompit à ce moment-là. Chuck avançait vers l'électrophone pour tourner le disque lorsque Kate rejoignit Zaria.

— Victor voudrait danser avec vous, déclara-t-elle.

— Désolée, mais j'envisageais justement d'aller me coucher.

— Bonne idée ! s'exclama Mme Bertin en se levant. Je commence moi aussi à ressentir les effets de la fatigue. Je vous accompagne. Je vous aiderai à vous dévêtir et je récupérerai cette robe, qui est l'un de mes meilleurs modèles.

— Bonsoir Chuck, lança la jeune fille.

En le saluant, elle s'aperçut qu'il n'avait aucune envie de la voir partir. Le front soucieux, il la fixa quelques instants en silence.

— Bonne nuit, Zaria, dit-il enfin. Dormez bien.

— Ce qui ne sera sûrement pas notre cas, pouffa Kate en le prenant par le bras. Venez Chuck, profitons pleinement de cette soirée.

Les traits figés, Zaria se dirigea vers la sortie d'une démarche de somnambule. A quoi bon tenter de lutter contre Kate tellement rusée et expérimentée... Zaria était consciente de la folie de son geste : laisser Chuck entre les griffes de Kate n'était certes pas sans danger. Mais il était désormais trop tard pour revenir en arrière.

Dès qu'elles se furent engagées dans la coursive, Mme Bertin se rapprocha.

— Le chèque! souffla-t-elle. Allez le chercher tout de suite!

Zaria se rendit dans sa cabine et détacha un chèque du chéquier que lui avait remis Mr Patterson. Elle inscrivit la somme de deux cents livres, à l'ordre de Zaria Brown, et signa de son propre nom. Puis elle sortit et regagna la cabine de Mme Bertin.

— Voici, dit-elle en lui tendant le petit rectangle de papier vert.

Mme Bertin l'étudia attentivement et s'exclama:

— Comme c'est curieux! Elle s'appelle elle aussi Zaria.

— Oui, je... En fait, ma mère avait lu son nom dans un journal et il lui avait beaucoup plu.

Cette explication sembla satisfaire Mme Bertin, qui s'empressa de ranger le chèque dans son sac.

— Vous avez là de quoi vous offrir quelques jolies petites tenues. Pas les plus luxueuses, bien sûr, mais néanmoins de ravissants modèles légers pour l'été.

Zaria la remercia et retourna dans sa cabine. Bien que fatiguée, au lieu de se coucher, elle s'installa devant la coiffeuse et contempla l'image que lui renvoyait le miroir ovale. C'était la première fois qu'elle se regardait ainsi, essayant de trouver les points positifs de son visage, se demandant comment les mettre en valeur, afin de susciter l'intérêt de Chuck.

Puis elle baissa les épaules. Ce serait peine perdue. Il ne l'aimerait jamais.

Elle sentait néanmoins qu'en restant à ses côtés elle pouvait lui être utile, l'aider à résoudre ses problèmes. Il avait besoin d'argent, elle lui en donnerait. Mais, afin de ne pas dévoiler sa véritable identité, elle attendrait le tout dernier moment. Quoique, pour Chuck, elle se sentît capable de braver la terre entière, de reléguer sa timidité au plus profond d'elle-même.

Elle posa les yeux sur la pendule murale, qui affichait 1 heure du matin. Elle se déshabilla et se glissa entre les draps. Il était inutile qu'elle guette le retour des autres passagers, qui serait sans aucun doute tardif. Ils devaient « profiter de cette soirée », selon les termes de Kate, et nul n'avait besoin d'elle pour s'amuser.

Des larmes lui brûlèrent soudain les paupières. Mais elle les refoula en hâte, refusant de s'apitoyer sur son sort. Quoi qu'il advienne, cette aventure lui aurait permis de rencontrer Chuck, de s'éprendre de lui.

Elle s'endormit probablement sur cette pensée car, lorsqu'elle rouvrit les yeux et le vit assis au bord de son lit, cela ne la surprit pas. Il lui posa aussitôt un doigt sur les lèvres pour prévenir un éventuel cri de surprise.

— Chut... Nous devons parler très doucement afin de ne pas éveiller l'attention, au cas où quelqu'un se promènerait dans le couloir. Je n'ai trouvé aucun autre moyen de nous ménager un tête-à-tête.

Elle fit un effort pour chasser les brumes de son esprit et se remémorer ce qu'elle avait à lui dire. Elle se redressa et, les lèvres presque contre son oreille, lui répéta ce qu'elle avait entendu dans la cabine de Mme Bertin, alors que celle-ci la croyait endormie. Elle eut l'impression que cela ne le surprenait pas. Quand il releva la tête et la dévisagea, il souriait.

— Ne vous affolez pas. Laissez-moi m'occuper de cette affaire.

— Mais je suis inquiète, Chuck. Et s'ils... s'ils décident de s'en prendre à vous ? (Après une pause, elle reprit:) Il vaudrait peut-être mieux, quand nous accosterons à Alger, que vous quittiez discrètement le bateau pour rejoindre votre mère.

Cela représentait pour elle un énorme sacrifice, mais elle y était résolue, car elle l'aimait plus que tout au monde. Quoi qu'il lui en coûte, elle lui offrait la possibilité de s'échapper.

— Je vous l'ai dit : laissez-moi me charger de cela. N'y songez plus. Continuez à vous comporter normalement et préparez-vous à jouer votre rôle de secrétaire auprès de Mr Virdon.

— Et... vous ?

— Ne craignez rien, je suis parfaitement à même de veiller sur moi.

Elle se mordit le coin des lèvres.

— Je ne comprends pas...

— Cela a-t-il réellement de l'importance ? Nous sommes ensemble. Nous deux contre les autres. N'est-ce pas plutôt cela qui compte ?

Il avait raison. En s'épaulant, ils parviendraient à faire face aux événements.

— J'ai peur de vous perdre.

Elle n'aurait jamais osé lui avouer cela en d'autres circonstances. Mais parce qu'elle sortait à peine des limbes du sommeil, et qu'il était assis sur son lit, elle prononça les mots qu'elle se disait tout bas.

Il lui effleura la joue du bout des doigts.

— Pauvre petite chose... Cette situation est déroutante pour vous, n'est-ce pas ? Effrayante même. Il faut que je vous quitte, maintenant, Zaria. Cessez de vous tourmenter et dormez. Bonne nuit.

Il la prit dans ses bras et la berça, comme si elle était une enfant. Puis il baissa soudain la tête et posa ses lèvres sur sa tempe. Un baiser fugace. Le temps qu'elle réagisse, il refermait déjà doucement la porte derrière lui.

Elle attendit en vain d'entendre son pas décroître dans le couloir, puis elle se rappela qu'il ne tenait surtout pas à se faire remarquer.

Il l'avait embrassée de nouveau. Et cette fois, de son plein gré. Un baiser chaste, certes, mais qui témoignait de l'affection sincère qu'il lui portait. Elle n'était donc pas totalement indifférente à celui qu'elle aimait.

Elle enfonça avec délices sa tête au creux de l'oreiller moelleux et se laissa emporter par le grand oiseau bleu du sommeil.

5

Zaria fut réveillée par Jim, qui lui apportait le petit déjeuner. Il posa le plateau sur la table de chevet et tira les rideaux de soie des hublots. Le soleil coula à flots dans la cabine, effleurant chaque objet de ses doigts d'or.

— Nous avons accosté, miss, annonça-t-il. Nous sommes entrés dans le port d'Alger au petit matin.

— Mais... d'après Mme Bertin, nous devions arriver à 11 heures !

— Si je puis me permettre, miss, Mr Morgan avait probablement ses raisons pour lancer une telle information... ajouta-t-il d'un ton confidentiel. Bref, quoi qu'il en soit, notre voyage d'aller prend fin ici.

Zaria pensa aussitôt à Chuck. Que faisait-il en ce moment ?

— J'ai quelque chose à vous remettre, miss, ajouta Jim avec un sourire. (Il disparut et revint quelques instants plus tard, portant à bout de bras une pile de vêtements.) Mme Bertin m'a chargé de vous apporter cela à votre réveil. Il y a un autre tas encore. (Il posa le tout sur un fauteuil et partit chercher le reste.) Vous vous constituez un véritable trousseau, miss, observa-t-il à son retour.

Ces mots ébranlèrent la jeune femme. Hélas ! cette

garde-robe n'était en rien liée à un hypothétique mariage. Mais l'heure n'était pas aux pensées mélancoliques. D'autres problèmes, plus réels, se posaient : qu'adviendrait-il de Chuck, maintenant qu'ils étaient arrivés à Alger ?

Elle se doucha en hâte et revêtit l'une des tenues que Jim avait posées sur le fauteuil. Son choix s'était d'abord porté sur un ensemble aux couleurs bariolées, très gai. Dans un sursaut de timidité, elle l'abandonna pour une robe plus sage, en lin bleu pervenche.

Elle se coiffa comme l'avait fait Mme Bertin la veille et suivit ses conseils pour se maquiller : quelques touches d'ombre à paupières et du rouge à lèvres, qui lui donnèrent aussitôt meilleure mine.

Zaria quitta sa cabine et se rendit sur le pont qui était désert. Elle regarda autour d'elle, étonnée, et aperçut enfin Victor et Edie à l'avant du bateau. Ils s'entretenaient avec deux officiers d'un rang important, à en juger par les décorations qui ornaient leurs uniformes.

Elle les rejoignit.

— Ah ! vous voilà, Zaria, s'exclama Edie. Essayez de faire comprendre à ces hommes que Mme Bertin est en possession d'un visa pour affaires. Ils ont l'air de nous prendre pour de simples touristes.

— Leur avez-vous parlé de Mr Virdon ?

Edie Morgan leva les sourcils.

— De Virdon ? Et pourquoi donc ?

— Au sujet des fouilles qu'il envisage d'entreprendre dans la région.

— Non, répondit-il. A vrai dire, je n'y ai même pas pensé.

Zaria se tourna vers les deux hommes et, s'exprimant assez lentement parce que son français n'était pas parfait, leur expliqua qui était Mr Virdon et quel était le but de ce voyage. Elle ajouta qu'ils quitteraient très prochainement Alger pour entamer l'expédition. Comme elle s'y attendait, ses qualités d'archéologue, d'Américain et de millionnaire les impressionnèrent très favorablement. Les deux officiers se montrèrent aussitôt fort aimables et proposèrent de les aider dans la mesure de leurs moyens.

— Mme Bertin est une amie de Mr Virdon, aussi lui a-t-il proposé de se joindre à nous pour le voyage, ajouta-t-elle. Cette dame est une styliste qui jouit d'une grande renommée sur la place de Paris. Elle veut ouvrir une boutique ici, ce dont se réjouiront très certainement les habitants de la ville.

Cette déclaration fut accueillie par de grands sourires.

Zaria se tourna vers Edie et lui assura en anglais qu'il n'y aurait aucun problème.

— Il faudra évidemment, poursuivit-elle, que les vêtements soient inspectés à la douane. Mais je pense que ces messieurs feront leur possible pour qu'ils ne soient pas retenus trop longtemps. Ils voudraient maintenant jeter un œil au bateau.

— Simple formalité, observa l'un des hommes.

Elle traduisit ces mots et ajouta :

— Il serait sans doute préférable que le capitaine se charge de leur faire visiter le yacht. Et je suppose qu'ils seraient ravis qu'on leur offre un café ou un rafraîchissement.

Edie et Victor acquiescèrent et partirent en quête du capitaine et de Jim, à qui ils demandèrent de servir immédiatement du café et du cognac dans le salon.

Zaria en informa les officiers.

— Voilà qui est très aimable, dit l'un d'eux. S'agit-il de votre première visite à Alger, mademoiselle ?

— Non, j'y suis déjà venue il y a quelques années.

Et je n'ai pas oublié le charme envoûtant de cette ville.

— Vous participez à l'expédition de Mr Virdon ?
— Oui.
— Si vous me remettez les passeports de tous les passagers, je veillerai à ce qu'on vous les restitue dans les plus brefs délais. Cela vous permettra de gagner du temps. Et n'oubliez pas de préciser à Mr Virdon que nous nous tenons à sa disposition s'il rencontre la moindre difficulté.

Zaria les remercia avec un sourire.

Comme le capitaine les rejoignait, elle fit les présentations, puis se lança à la recherche d'Edie. Elle le trouva dans le salon, en train de boire un whisky.

— L'officier voudrait que nous lui remettions tous les passeports. Il les tamponnera et nous les restituera immédiatement. Je peux me charger de les récupérer, si vous le désirez.

— Je m'en occupe, miss, intervint le steward.
— Merci, Jim.

A son grand étonnement, elle remarqua qu'Edie affichait un air mécontent.

— Est-ce normal, ce racket des passeports ? marmonna-t-il.

— Bien sûr. On ne peut entrer dans aucun pays sans présenter ses papiers d'identité, vous le savez bien. Il serait bon à présent de descendre les bagages de Mme Bertin.

— Rien ne presse. Calmez-vous un peu, voulez-vous ?...

Zaria se tut, vexée. Edie Morgan n'avait aucune raison de s'emporter ainsi contre elle. Jim revenait déjà avec les passeports.

— Je les ai tous, y compris le vôtre, miss, déclarat-il. Mais il manque celui de Mr Tanner. Il l'a sans doute pris pour descendre à terre...

— Descendre ? répéta Zaria dans un souffle. Il a quitté le bateau ?

— Oui, miss. Dès que nous avons accosté.

— Ai-je bien entendu ? s'écria Edie. Et comment a-t-il réussi à partir ? Je croyais que ce n'était pas permis.

— Mais si, monsieur Morgan, affirma le steward. Il suffit pour cela de présenter ses papiers aux douaniers.

— Où a-t-il bien pu aller ? Il aurait dû m'en parler ! Ça ne me plaît pas du tout qu'il soit descendu sans nous prévenir. Vous a-t-il dit quelque chose ?

— Non, monsieur Morgan.

— Et à vous ? insista-t-il à l'adresse de Zaria.

Elle hocha la tête.

— Non. J'ignorais même qu'il aurait la possibilité de débarquer, puisque nous n'étions pas censés arriver avant 11 heures. C'est en tout cas ce que vous avez annoncé hier à Mme Bertin.

— Ah ?

Cette interjection n'était que de pure forme. A l'expression d'Edie Morgan, Zaria devina qu'il avait toujours su qu'ils accosteraient à l'aube. Elle s'efforça toutefois de cacher l'angoisse que provoquait en elle le départ précipité de Chuck. Reviendrait-il ? Il avait atteint son but et s'était probablement précipité chez sa mère. Pourquoi après tout se serait-il soucié d'elle.

Au fond d'elle-même, il lui semblait impossible que Chuck agisse de façon aussi égoïste. Et pourtant il avait débarqué sans lui laisser le moindre message.

Après une rapide inspection du bateau, les officiers français acceptèrent la tasse de café qui leur était offerte, puis ils récupérèrent les passeports avant de redescendre à quai.

— J'espère qu'il n'y aura aucun problème, grommela Edie à l'adresse de Victor, après leur départ.

— Ils n'avaient pas l'air de chercher quelque chose de particulier.

— Mmmm... maugréa Edie avec une grimace, je me méfie de ces maudits fouineurs !

A peine avait-il prononcé ces paroles qu'il sembla se souvenir de la présence de la jeune femme.

Il se tourna vers elle.

— Demandez à Mme Bertin de nous rejoindre, si elle est prête.

Zaria acquiesça et se dirigea vers l'escalier. Elle refermait la porte du salon quand elle entendit la voix de Victor, qui disait :

— A quoi bon nous sermonner si toi-même tu n'es pas capable de tenir ta langue, Edie ?

Zaria s'arrêta une seconde, interdite. Quel était donc le mystère que cachaient les passagers de l'*Enchanteresse* ? Elle transmit le message à Mme Bertin puis, comme personne ne paraissait avoir besoin de ses services, elle regagna le pont.

C'était la première fois depuis leur arrivée qu'elle avait l'occasion de contempler à loisir les alentours. D'élégants bateaux de plaisance tanguaient sur les eaux gris-bleu du joli port semi-circulaire. Les gros cargos à la lourde coque grise étaient amarrés plus loin, attendant de reprendre la mer. En arrière-plan apparaissaient des bâtiments blancs aux toits plats, presque aussi hauts que les contreforts de la forteresse, dont les canons en bronze étaient pointés sur le port.

A ce moment-là elle le vit, comme surgi d'un rêve, qui grimpait les marches de la passerelle. Elle resta d'abord paralysée, puis poussa un cri de joie et courut vers lui.

— Oh ! Chuck ! Où étiez-vous ? J'étais si inquiète... Je craignais que vous ne reveniez pas.

— Me croyez-vous vraiment capable d'une chose pareille ?

— Je... n'en étais pas sûre. Pourquoi ne m'avez-vous pas dit où vous alliez ?

— Mais, vous dormiez, il me semble. Et par ailleurs, je ne tenais à alerter personne. Il fallait absolument que je descende à terre.

— Edie est en colère. Il s'est aperçu que vous aviez quitté le bateau quand les officiers ont demandé les passeports.

— Alors ? Y a-t-il un problème avec les papiers ?

— Pas que je sache, répondit-elle. Ils ne sont toujours pas revenus nous les rendre.

— En tout cas je n'ai eu aucun ennui à la douane, ce qui devrait rassurer tout le monde. Et maintenant, allons affronter le grand chef !

Il traversa le pont et s'engagea dans la direction du salon. Dès qu'il en eut franchi le seuil, Edie lui lança un regard noir.

— Ah ! vous voilà, Tanner ! Où diable étiez-vous ?

— A terre. Avez-vous à cela une quelconque objection ?

— Plusieurs, même ! Pourquoi ne nous avez-vous pas prévenus que vous quittiez le bateau ?

— A vrai dire, cela ne m'a pas effleuré l'esprit. Il y a quelqu'un que je tenais absolument à rencontrer.

— Qui ? demanda Edie, suspicieux.

La question résonna dans la pièce, sèche comme une balle de fusil.

— Un ami, répliqua Chuck, évasif. Il s'agit d'une affaire personnelle. (Il hésita, puis ajouta, à voix basse :) Cet ami est en réalité... une femme.

Edie se détendit, ce que ne manqua pas de remarquer Zaria. Il avait même un sourire amusé aux lèvres lorsqu'il s'exclama :

— Voilà donc pourquoi vous êtes si mystérieux !

— Exactement. Et, comme vous vous en doutez, vos questions me mettent dans l'embarras.

— Si vous m'en aviez parlé, je n'aurais pas été aussi curieux, mon vieux ! Mais dorénavant, que ceci soit clair pour tout le monde : personne ne doit quitter le yacht sans m'en avertir. Vous avez été engagés, Zaria et vous, pour travailler à notre service. Et croyez-moi, vous n'aurez pas le temps de chômer, maintenant que nous voilà arrivés à Alger.

— Voulez-vous que nous nous chargions de trouver du matériel et de la main-d'œuvre pour les fouilles ? proposa la jeune femme. Il vaut mieux s'en occuper le plus rapidement possible afin de pouvoir choisir.

Edie hocha la tête.

— Cela me semble en effet être une bonne idée. Occupez-vous de cela tous les deux. Ou plutôt, laissons cette tâche à Tanner. Je pense que j'aurai besoin de vous, Zaria, comme interprète.

— Très bien, acquiesça-t-elle, essayant de cacher sa déconvenue.

— D'accord, Tanner ? Trouvez-nous du matériel et des hommes. Mr Virdon se chargera du reste. A propos, où déniche-t-on ces gens ?

— Je me suis renseigné : il existe un bureau spécialisé dans ce genre de transactions, près de la mosquée Sidi Mohamed, répondit Chuck. Je vais m'y rendre et étudier les différentes possibilités.

— Je vous accompagne, déclara Victor. Mais nous ne sommes pas à la minute près...

Zaria vit Edie et Victor échanger un regard de connivence et se demanda ce qu'ils tramaient. Elle avait la curieuse impression qu'ils attendaient quelque chose et essayaient de gagner du temps en restant là, assis. Ce qui paraissait insensé, puisque leur destination était Alger.

— Si nous buvions un verre ? proposa Edie.

Mme Bertin, qui jusque-là était restée plongée dans la contemplation de ses ongles, parut sortir de sa léthargie.

— Je voudrais un café. Bien fort et bien chaud.

Edie appuya sur la sonnette. Quand Jim apparut, il passa la commande. Comme Jim quittait la pièce, quelqu'un le héla du dehors.

Aussitôt il réapparut.

— Un homme sur le quai dit avoir un message pour Mr Morgan.

— Eh bien, qu'attendez-vous pour le faire monter à bord ? rugit Edie en bondissant de son siège.

Après un silence, que personne n'osa interrompre, un petit homme menu, coiffé d'un fez, se glissa dans la pièce. Ses traits constituaient un curieux mélange d'Occidental et d'Oriental. Il en allait de même de son accoutrement.

— Message pour Mr Morgan, annonça-t-il d'une voix chantante, en adressant un large sourire à la ronde.

— Donnez-le-moi.

Edie lui arracha presque le papier, le lut en hâte, et déclara d'un ton abrupt :

— Il n'y a pas de réponse.

Le messager inclina légèrement la tête, mais ne bougea pas.

— Je crois, intervint Chuck, amusé, qu'il souhaiterait être récompensé pour ses services.

— Comment ? Oh ! donnez-lui un dollar. Quelqu'un a-t-il de la monnaie ?

— J'ai quelques pièces françaises, répondit Chuck.

Il les fit sauter dans sa main, puis les lança à l'homme, qui s'inclina plus bas encore et sortit sur un *sâlam*.

Zaria remarqua que Victor et Mme Bertin avaient

les yeux posés sur Edie, dans l'attente, visiblement, d'une information. Sentant que leur présence n'était pas désirée, Chuck adressa un signe à la jeune femme.

— Venez, ordonna-t-il d'un ton calme.

Ni Edie ni Victor ne tentèrent de les retenir. Il conduisit Zaria à l'arrière du pont, où nul ne pouvait les entendre.

— Que se passe-t-il? murmura-t-elle d'une voix tendue.

— Je ne sais pas exactement. Mais ces manigances ne m'inspirent aucune confiance. Et je ne vois vraiment pas d'un bon œil que vous y soyez mêlée. Je me demande s'il ne serait pas plus sage que vous partiez avec moi, tout de suite.

— Que... je parte avec vous? Que je quitte le yacht? Mais... pour quelle raison? C'est impossible!

— Cela m'ennuie pourtant énormément que vous restiez à bord.

— Pourquoi? répéta-t-elle. Que redoutez-vous? Je vous en supplie, Chuck, dites-moi la vérité. Quel méfait, selon vous, ces gens s'apprêtent-ils à commettre?

— Il m'est impossible de vous en parler. Faites-moi confiance, simplement.

— Et votre mère?

— Elle va beaucoup mieux, répliqua-t-il. Je l'ai appelée ce matin, quand je suis descendu à terre.

— C'est donc pour cela que vous êtes parti sans crier gare?

— Evidemment. Mais je ne pouvais pas leur avouer la vérité. J'ai le pressentiment qu'ils ne seraient pas ravis d'apprendre que j'ai de la famille à Alger.

Zaria ébaucha une grimace.

— Ils ont un comportement des plus mystérieux.

Si seulement je pouvais comprendre de quoi il retourne et pourquoi Mr Virdon est si étrange...

— Ne vous inquiétez pas. Je vous ai déjà dit que je me chargeais de résoudre cette affaire. Et maintenant, il faudrait que j'aille chercher le matériel et la main-d'œuvre nécessaires à l'expédition. Je n'attends plus que Victor...

La voix de celui-ci retentit à la porte du salon.

— Tanner ! Tanner, où êtes-vous ?

Chuck le rejoignit, suivi de Zaria. Ils avaient quitté trois personnes silencieuses, quasiment amorphes, et ils les retrouvaient dans une agitation extrême.

— Tanner, s'écria Edie, vous allez partir tout de suite avec Victor louer les services de ces porteurs. En chemin, vous déposerez Mme Bertin à la boutique, qu'elle ne connaît pas encore. Zaria, venez avec moi.

Edie Morgan ressemblait à un général commandant ses troupes. Et celles-ci, apparemment, ne présentaient pas le moindre signe de rébellion.

Zaria descendit récupérer son sac et un gilet. Quand elle regagna le pont, Edie était penché au-dessus du transat qu'occupait Mr Virdon.

— Et pour l'amour du ciel, donne l'impression de t'intéresser à ce qui se passe ! Même si ce n'est pas le cas... Nous ne sommes pas encore au bout de nos peines. Si près du but, nous ne pouvons pas nous permettre de faux pas.

— Je ne vois pas pourquoi tu tiens à ce que je vous accompagne. De toute façon, je ne servirai à rien.

Edie paraissait hors de lui.

— Tu es tout de même capable de... (Il se tut brusquement, à la vue de Zaria.) Allons, dépêchez-vous, lança-t-il, comme si elle l'avait fait attendre. Nous n'avons pas de temps à perdre !

Ils descendirent la passerelle et, dès qu'ils furent sortis du port, Edie héla un taxi. Ils traversèrent des rues où régnait un trafic intense. Une marée humaine déferlait sans interruption sur les trottoirs.

Ils atteignirent enfin l'entrée de la kasbah. Edie régla la course, et ils quittèrent le véhicule pour se faufiler dans des ruelles si étroites qu'elles formaient une voûte au-dessus de leurs têtes — des ruelles sombres et sinueuses, bordées de maisons aux murs aveugles et dont les portes semblaient abriter autant de mystères. Et là aussi cette même foule qui se pressait, formant une masse compacte, hors de laquelle il paraissait quasiment impossible de s'extraire.

L'atmosphère était imprégnée d'odeurs fortes, chargées d'épices. Un brouhaha, que déchiraient çà et là des cris, les enveloppait dans leur lente progression. Ils passèrent devant des cafés où des hommes jouaient aux échecs, croisèrent des femmes au visage voilé, des artisans qui travaillaient le cuir, la laine, le métal.

Zaria parcourait ce dédale riche en couleurs et en parfums, en se remémorant les contes orientaux qu'elle avait lus enfant.

Au début, elle avait cru qu'Edie avançait au hasard, puis elle s'aperçut qu'il consultait de temps en temps une sorte de plan. A un moment, il s'arrêta de façon si abrupte qu'elle se heurta à lui. Elle regarda par-dessus son épaule et reconnut le papier que lui avait remis le messager. C'était bien un plan, tracé à la main, de façon très rudimentaire.

Ils firent encore quelques mètres avant de tourner à droite, puis à gauche. Ils s'engagèrent dans une ruelle beaucoup plus paisible et s'arrêtèrent enfin à l'entrée d'une maison basse, peinte en bleu, devant laquelle étaient suspendus des peaux tannées ainsi que différents modèles de sacs et sandales en cuir.

Le marchand, un homme replet, vêtu d'une djellaba blanche, s'inclina aussitôt devant eux. Edie lui montra discrètement la feuille de papier. L'homme lança un regard vif autour de lui pour s'assurer que nul ne les avait suivis et les fit entrer dans la maison. Ils pénétrèrent dans une pièce de dimensions réduites, aux murs tapissés de tentures aux tons ocres. L'homme souleva l'une d'elles et découvrit un portillon. Du bout des doigts, il gratta contre le bois ouvragé.

Quelques secondes plus tard, la porte s'ouvrait.

— Dépêchez-vous! souffla-t-il. Entrez, vite.

Edie baissa la tête et s'exécuta, suivi de Mr Virdon. Zaria hésita une seconde. Son regard croisa celui de l'homme en djellaba. Il lui souriait mais l'étincelle qui passa dans ses yeux noirs la fit frissonner. Elle y lut une cupidité féroce, et s'engagea aussitôt sur les traces d'Edie, dans un minuscule couloir qui débouchait sur un salon éclairé à la lanterne. Des poufs en cuir polychrome étaient disposés autour d'un grand plateau d'argent.

— Penses-tu qu'il soit là?

Mr Virdon venait de rompre le silence.

— Il a tout intérêt! rétorqua Edie d'un ton tranchant. Ça n'a pas été une mince affaire d'arriver jusqu'ici!

— Avec les étrangers, on ne sait jamais...

Comme si cette attente lui était réellement insupportable, Edie se tourna brusquement vers Zaria.

— Demandez à cet homme si le cheik est effectivement ici.

— Quel est son nom?

— Ça ne vous regarde pas, que je sache.

— Certes, rétorqua-t-elle froidement. Et d'ailleurs, ça ne m'intéresse absolument pas. Mais en arabe, il est très impoli de demander quelqu'un sans mentionner son nom, tout comme il est de bon ton de s'expliquer dans un langage fleuri, et...

— Bon, très bien, coupa-t-il avec impatience. Il s'agit du cheik Ibrahim ben Kaddour. Il nous a donné rendez-vous ici.

Zaria se tourna vers l'homme, toujours dans l'embrasure de la porte, et lui transmit la requête d'Edie. Elle constata avec plaisir qu'en dépit d'un long manque de pratique elle n'avait rien perdu de ses connaissances en arabe. L'homme parut très surpris de l'entendre s'exprimer dans sa langue. Il s'inclina et disparut.

— Il est peut-être allé le chercher, supputa Edie.

— Qui est ce cheik ? s'enquit la jeune femme.

— Je vous ai déjà dit de vous occuper de vos affaires ! (Puis, comme si cette pensée venait seulement de lui traverser l'esprit, il ajouta :) Tout ce qui se passe ici doit être tenu dans le plus grand secret, en êtes-vous consciente ? Mr Virdon vous paie pour que vous lui soyez fidèle. Il est donc hors de question que vous souffliez mot à qui que ce soit de cette visite. Est-ce bien compris ?

Loin de l'effrayer, ces mots ne firent qu'attiser la flamme de rébellion qui couvait en elle. La façon pour le moins cavalière dont Edie Morgan s'adressait à elle lui était insupportable.

— La fidélité ne s'achète pas ! riposta-t-elle, d'un ton ferme qui la surprit elle-même. Ceci dit, vous devriez être assez intelligent pour comprendre que je ne suis pas femme à trahir la confiance qu'a placée en moi mon employeur.

Edie se radoucit, comme par enchantement.

— Excusez-moi, Zaria, je suis un peu fatigué par ce voyage. Mais cela n'enlève rien à la sympathie que j'ai pour vous. En réalité, nous avons tous le même désir : que tout se déroule pour le mieux. N'est-ce pas, Corny ?

— Je trouve Zaria très efficace, et elle fait vraiment de son mieux pour nous aider, répliqua celui-ci de son habituelle voix calme. Je ne comprends donc pas que tu lui aies sauté à la gorge pour une simple question, à laquelle, d'ailleurs, personne n'accorde la moindre importance.

— Bien sûr, Corny, bien sûr. C'est la raison pour laquelle je lui ai présenté mes excuses.

Ils entendirent un bruit de pas. Un homme entra dans la pièce en écartant l'une des lourdes tentures. Ils se tournèrent tous trois dans sa direction.

— Cheik Ibrahim ? lança Edie en bondissant de son siège.

Mais l'homme secoua la tête. Il était jeune et avait fière allure dans son burnous rayé noir et blanc. Ses yeux sombres avaient l'éclat particulier que Zaria avait déjà remarqué chez les hommes du désert.

— Mon cousin désolé... Pas pu venir, expliqua l'homme dans un anglais rudimentaire.

Edie se rembrunit.

— Je veux absolument voir votre cousin, le cheik Ibrahim. Il avait promis de nous rencontrer dès notre arrivée. Pourquoi n'est-il pas ici ?

— Lui envoyer vœux de bienvenue. Lui pas entrer dans ville... Risqué.

— Mais enfin, tout cela est ridicule ! explosa Edie, écarlate. A moins, évidemment, qu'il ne vous ait chargé de le représenter pour les négociations.

L'homme au teint cuivré secoua la tête.

— Non. Pas affaires sans cousin.

Il restait là, debout, à sourire. Et Zaria eut soudain l'impression qu'il jouait un jeu. Qu'il mesurait sa finesse d'esprit à celle d'Edie et que, pour l'instant, il se considérait comme vainqueur.

— Je n'ai pas de temps à perdre en plaisanteries de ce genre, rugit celui-ci. J'insiste : si le cheik ne vient pas immédiatement, comme convenu, je remporte la marchandise aux Etats-Unis !

L'Algérien afficha un air embarrassé.

— Pas comprendre.

Zaria traduisit rapidement les propos d'Edie. Elle hésita un instant, avant de prononcer le mot « marchandise », se demandant si l'homme saurait de quoi il s'agissait. Mais il était évident, à l'expression de son visage, que ce terme était plus évocateur pour lui que pour elle.

— Mon cousin très content vous ici, s'empressa-t-il de répondre. Mais tout difficile, très difficile.

Edie leva les yeux au ciel, excédé, puis se tourna vers Zaria.

— Demandez-lui ce qu'il nous propose.

Elle s'exécuta et s'aperçut aussitôt que telle était la question que l'homme attendait.

— Mon cousin voudrait vous venir à Tipasa. Beaucoup endroits intéressants pour fouilles, là-bas. Il voudrait aussi vous apporter marchandise à Tipasa.

Edie le fixa attentivement, les yeux plissés.

— Dites-lui que j'ai peut-être l'air idiot, mais que je ne le suis pas autant qu'il le croit !

Zaria lui lança un regard affolé.

— Je... ne peux pas traduire cela. Par ailleurs, ce serait... grossier.

— Vous vous imaginez peut-être que j'ai envie de faire des ronds de jambe ? Il faut qu'il se mette bien ceci en tête : nous ne bougerons pas d'Alger tant que les transactions n'auront pas été établies en bonne et due forme. Il sait de quoi je parle.

Zaria répéta ces paroles. L'homme baissa la tête, comme si cette déclaration le plongeait dans un état d'affliction.

— Moi expliquer à mon cousin, répondit-il enfin. Vous aller ce soir chez «Salem»... voir danseuses. Il y aura message, là-bas. Venir ici, trop risqué pour lui.

— D'accord. Une chose est sûre — et vous pouvez en informer votre cousin — si ce que j'ai apporté ne l'intéresse pas, je trouverai sans difficulté d'autres acquéreurs, assena Edie.

— S'il vous plaît... pas comprendre.

Zaria traduisit les propos d'Edie, en les enrobant toutefois de formules de politesse. Cette fois encore, l'homme baissa la tête, mais il lui sembla déceler une moue de satisfaction sur ses lèvres.

— Maintenant, partons, ordonna Edie.

Il se dirigea vers la porté par laquelle ils étaient arrivés.

— Non, pas là! s'écria l'étranger. Nous très prudents, à cause de police et soldats.

Il frappa un coup bref dans ses mains et l'homme en djellaba blanche qui les avait introduits apparut. Le cousin du cheik prononça quelques mots en arabe. L'autre acquiesça avant de soulever la tenture par laquelle était arrivé le porte-parole du cheik Ibrahim. Il fit signe aux visiteurs de le suivre, et tous les quatre s'engouffrèrent dans un couloir étroit qui débouchait sur une petite cour fraîche et ombragée. Il y avait là une porte peinte en bleu. L'homme l'ouvrit et, avant qu'ils n'aient compris ce qui se passait, ils se retrouvèrent dans une ruelle de la kasbah.

Pas plus Edie que Mr Virdon ne prononcèrent le moindre mot jusqu'à ce qu'ils aient réussi à regagner l'une des artères principales de la ville, laissant derrière eux la foule bigarrée. Là, ils montèrent dans un taxi qui, sur la demande d'Edie, prit la direction du port.

— Pfft ! s'exclama Mr Virdon en enlevant sa casquette. On respire mieux ici.

— Quelle perte de temps ! fulmina Edie. Nous avoir fait venir jusque-là pour rien !

Zaria esquissa une petite grimace.

— Je crains que ce ne soit pas là votre dernière déconvenue. Les Arabes ont l'art et la manière de louvoyer. Ne vous attendez surtout pas à conclure une affaire avec eux lors d'une première entrevue.

— J'aurais pourtant cru qu'ils seraient pressés de...

Il parut brusquement se rappeler la présence de la jeune femme et se tut. (Puis il haussa les épaules.) Bien, nous irons ce soir dans cet endroit dont il nous a parlé. Si le cheik Ibrahim n'est pas là, il aura de mes nouvelles !

Mr Virdon se pencha vers son voisin et murmura :

— Je pense qu'il serait plus prudent de ne pas prononcer de noms.

— Visiblement, intervint Zaria, l'homme que vous cherchez jouit d'une certaine renommée dans la ville Vous pourriez peut-être vous renseigner à son sujet ?

Edie lui lança un regard noir.

— Taisez-vous ! Vous êtes ici pour traduire, pas pour nous donner des conseils. Et n'oubliez surtout pas que vous n'avez rien vu, rien entendu. Pas un mot à qui que ce soit, pas même à votre fiancé.

La jeune femme était sur le point de répondre sur le même ton lorsque le taxi franchit les portes du port. Il se fraya un chemin jusqu'au quai où était ancré le yacht.

Ils descendirent du véhicule et se dirigèrent vers la passerelle, où le matelot de garde les accueillit avec un sourire.

— Mr Jacobetti est-il revenu ? s'enquit Edie.

— Oui, sir. Il vous attend au salon.

Edie s'éloigna. Zaria le suivit. Elle était impatiente de voir Chuck. Il constituait à ses yeux le seul élément positif de ce voyage, qui prenait parfois des allures de cauchemar. Sa simple présence la rassurerait. Une idée horrible s'infiltra alors dans son esprit : et s'il n'était pas à bord ? S'ils avaient réussi, d'une façon ou d'une autre, à se débarrasser de celui qu'ils considéraient sans doute comme un témoin gênant ?

Ces craintes sans fondement étaient ridicules. Même si Edie Morgan tout comme Victor Jacobetti l'inquiétaient. Ils avaient un air résolu qui l'effrayait. Elle pressentait qu'ils n'hésiteraient pas à se défaire de toute personne susceptible de déjouer leurs plans.

Elle poussa un soupir de soulagement en reconnaissant la longue silhouette de Chuck, debout dans le salon.

— Ça y est, nous avons réglé tous les détails matériels de l'expédition, annonça Victor. Et je peux t'assurer que cela va coûter une petite fortune ! Tanner a insisté pour que nous prenions ce qu'il y avait de mieux. Il prétend qu'on s'y retrouve largement, à l'usage...

Edie hocha la tête et se tourna vers Chuck.

— Je voudrais m'entretenir en privé avec Victor. Pourquoi n'iriez-vous pas, Zaria et vous, faire un petit tour dans ce joli bureau que nous avons mis à votre disposition ?

— Mais bien sûr, acquiesça Chuck d'un ton complaisant. Et excusez-nous si nous nous sommes montrés indiscrets.

— Je le répète : aucun de vous ne doit descendre à terre sans ma permission. Est-ce clair ?

— Tout à fait, rétorqua Chuck, un sourire railleur au coin des lèvres.

Il posa la main sur l'épaule de la jeune femme et

ils quittèrent le salon. Au bas de l'échelle comme elle se dirigeait vers le bureau, il la retint.

— Non, trop dangereux, chuchota-t-il. Allons plutôt dans votre cabine.

Elle hocha la tête. Dès qu'ils eurent franchi le seuil de la pièce, il referma la porte et vérifia en hâte qu'aucun micro n'y avait été dissimulé durant leur absence.

— On risque de nous écouter, n'est-ce pas? dit-elle d'une voix étouffée. Il s'est passé des choses si étranges ce matin, Chuck. Il faut que je vous raconte ce que nous avons fait....

Elle s'interrompit, se mordant les lèvres.

— Que vous arrive-t-il?

— Edie m'a formellement interdit de vous en parler. J'ai failli l'oublier...

Il la prit par la main et la guida jusqu'au lit. Ils s'assirent au bord de l'édredon.

— Ecoutez, commença-t-il doucement, je ne crois pas que vous deviez vous montrer d'une loyauté à toute épreuve envers ces gens. En premier lieu, ils ne vous ont toujours pas versé de salaire. Ensuite, à mon avis, ils ne méritent pas que vous leur accordiez autant d'égards. Virdon est, je pense, le plus valable d'entre eux. Ce qui signifie pas grand-chose. «Au royaume des aveugles...» Je suis de plus en plus convaincu que nous sommes mêlés à une sale affaire.

— Pourquoi ne pas nous rendre à la police?

Il fit une grimace.

— Qu'avons-nous à leur dire, exactement? Que les passagers de l'*Enchanteresse* nous semblent avoir un comportement suspect et qu'ils parcourent la ville en tous sens pour essayer d'entrer en contact avec un certain cheik.

La jeune femme sursauta.

— Comment le savez-vous ? Je ne vous ai pourtant rien dit.

— Simples déductions liées aux quelques informations que j'ai obtenues de Kate.

— Je persiste à penser qu'il serait plus sage d'informer la police de nos soupçons. Elle pourrait peut-être nous apprendre qui est exactement le cheik Ibrahim ben Kaddour.

— Ben Kaddour ? répéta Chuck, les traits figés. Vous avez bien dit Kaddour ?

Elle poussa un soupir.

— Je n'aurais sans doute pas dû révéler son identité. Mais j'étais persuadée que vous étiez au courant de toute cette affaire.

— J'ignorais son nom. (Il émit un petit sifflement.) Ce serait donc leur contact ici. Voilà qui commence à être intéressant...

— De grâce, Chuck, racontez-moi ce que vous savez.

— Quels sont leurs projets ? demanda-t-il, éludant la question. Quand doivent-ils le retrouver ?

— Ce soir, je pense. Chez « Salem ». Il semblerait que le cheik leur ait donné rendez-vous dans ce cabaret.

— Je suis prêt à parier qu'il n'y sera pas. Eh bien, l'histoire se corse !

— Et nous, pensez-vous qu'ils nous permettront d'y aller ? s'enquit Zaria. On dirait qu'ils ont l'intention de nous garder prisonniers sur le bateau...

— Je trouverai bien un moyen de m'enfuir. A la nage, s'il le faut.

— Vous... n'envisagez pas de me laisser seule ici, n'est-ce pas ?

Il prit les deux mains de la jeune femme dans les siennes et la dévisagea, grave.

— Je vous promets de ne jamais vous laisser

seule, Zaria. Jamais pour longtemps, en tout cas. Il s'agit là d'une promesse importante, ne l'oubliez pas.

— C'est là tout ce que je désirais entendre, souffla-t-elle, soulagée. Ces gens ne me font pas peur quand vous êtes là.

— Voilà donc pourquoi vous tenez tant à ce que je reste auprès de vous ? Je ne suis pour vous qu'une infirmière aux bras musclés !

Zaria détourna le regard. Si seulement elle pouvait lui dire la vérité, lui avouer que sa présence lui était chère pour mille et une raisons, et que ces moments passés en sa compagnie étaient pour elle des intervalles de rêve...

— Vous êtes très vulnérable, n'est-ce pas ? murmura-t-il. (Puis, sans attendre de réponse, il ajouta :) Il faudrait quelqu'un qui veille sur vous en permanence.

— Ce qui relève de l'impossible, puisque je suis seule au monde.

— Vous n'avez aucune famille ?

— Pas que je sache.

Chuck fronça les sourcils.

— Ce qui signifie que, si vous disparaissiez, personne ne s'en inquiéterait ? Je vous en supplie, ne dites jamais cela à Edie !

Zaria ouvrit de grands yeux.

— Pourquoi ?

— Pour... rien. Je juge simplement inutile de fournir des informations à ces individus qui ne m'inspirent pas confiance.

— Rassurez-vous, je n'ai pas l'intention de leur faire des confidences.

Il hocha doucement la tête en souriant.

— Chère petite Zaria ! Vous êtes si fragile... Si je vous touchais, j'aurais presque peur de vous briser.

Et pourtant, je suis sûr que tout au fond de vous, vous êtes très forte et courageuse.

Il avait ôté ses lunettes et la regardait avec une infinie tendresse. Une tendresse qui lui avait été refusée depuis de longues années. Seul le clapotis de l'eau contre les flancs du bateau troublait le silence de la cabine. Leurs regards restèrent longuement scellés l'un à l'autre, et elle sut que cet instant merveilleux resterait à jamais gravé dans sa mémoire. Zaria retenait son souffle, noyée dans le gris-vert de ces prunelles aussi sereines que les eaux d'un lac.

Elle crut un instant que Chuck allait l'embrasser. Mais aucune étreinte n'aurait pu les rapprocher davantage l'un de l'autre. Ils étaient unis dans une sorte de fusion irréelle. Ils étaient ensemble.

A ce moment-là, une série de bruits intempestifs retentit dans le couloir. Le cri suraigu de Mme Bertin qui appelait Edie, des claquements de portes et un grondement de voix furieuses.

Le charme était rompu.

Zaria s'écarta de Chuck, de nouveau en proie à la timidité, et se dirigea vers la porte de la cabine. Mais Chuck l'y devança et ouvrit en grand le battant.

Dès qu'ils eurent franchi le seuil, les voix parurent encore plus stridentes. Celle de Mme Bertin dominait les autres.

— Vous êtes un crétin! Un parfait imbécile! Doublé d'un escroc! Comment avez-vous osé penser que je pourrais installer une boutique dans un endroit aussi horrible?

— Ah! Il semblerait qu'il y ait quelques frictions... chuchota Chuck, penché vers la jeune femme.

Ils firent quelques pas dans le couloir, et soudain s'immobilisèrent. La porte de la cabine de Chuck était grande ouverte. Deux gendarmes français se tenaient devant la commode, dont ils avaient ouvert tous les tiroirs.

Ils levèrent la tête et virent Zaria et Chuck qui avançaient vers eux.

— Vous êtes bien Mr Tanner? s'enquit l'un d'eux en français.

— En effet, répondit-il dans cette langue.

Zaria remarqua qu'il était aussi ébranlé qu'elle-même par la présence des représentants de l'ordre dans sa cabine. La pièce avait subi une fouille en règle. Les portes de l'armoire étaient béantes, les vêtements éparpillés sur le lit. Mais ce qui avait retenu l'attention des gendarmes n'était autre qu'une petite boîte en bois remplie de cigarettes. Deux autres boîtes identiques, fermées, étaient posées à côté.

— De quoi s'agit-il? demanda Chuck.

L'un des hommes en uniforme prit la parole avant même qu'il n'ait achevé sa phrase.

— Je suppose que ceci vous appartient, monsieur. Nous sommes donc dans l'obligation de vous arrêter pour détention de drogue.

— De... drogue? répéta Chuck, abasourdi.

— Oui, monsieur. Je ne vous apprendrai rien en vous disant qu'il est formellement interdit de passer de la drogue dans ce pays.

— Je ne sais pas...

Mais une voix ne lui donna pas le temps de fournir de plus amples explications. Zaria et lui se tournèrent d'un même mouvement et découvrirent Edie à un mètre d'eux. Comme à l'accoutumée, ils ne l'avaient pas entendu arriver avec ses chaussures à semelles de crêpe.

— Désolé, Tanner, lança-t-il en anglais. Je ne pouvais tout de même pas vous permettre d'utiliser plus longtemps le yacht de Mr Virdon comme couverture pour vous livrer à vos petits trafics.

— Il... s'agit d'une erreur, murmura Zaria d'une voix blanche.

Mais personne ne lui prêta attention. Les trois hommes fixaient Chuck, qui les regardait tour à tour avec une expression indéchiffrable.

— Nous allons donc vous demander de nous accompagner au service de sécurité, conclut le gendarme.

Zaria poussa un cri horrifié. Cette mise en demeure n'eut cependant d'autre effet que de provoquer le rire de Chuck. Un petit rire amusé.

Il leva les yeux vers Edie.

— Très bien. Vous avez gagné. Je ne m'attendais pas à cela...

Et alors, avant que quiconque réagisse, il prit la fuite, vif comme l'éclair. Le bruit de ses pas retentissait déjà au-dessus d'eux, sur le pont.

— Vite, il ne faut pas le laisser échapper ! s'exclama Edie, le premier moment de surprise passé.

Le gendarme hocha la tête.

— Ne vous inquiétez pas, nous avons posté une voiture avec deux hommes sur le quai. Je me doutais bien que quelque chose de ce genre risquait de se produire.

Il s'était exprimé en français, mais Edie sembla comprendre le sens de ses paroles. On entendit alors un grand *plouf*.

Sans se consulter, tous les occupants de la cabine s'engagèrent en courant le long du couloir. Zaria, plus agile que les autres, arriva en premier sur le pont. Juste à temps pour voir les deux autres gendarmes quitter précipitamment la fourgonnette de la police. Elle vit aussi la tête brune de Chuck qui émergeait des flots. Dans un crawl rapide et parfait, il s'éloignait de la jetée et se trouvait déjà à une trentaine de mètres du yacht.

— Bon sang ! hurla Edie, furieux. Ces flics sont des empotés ! Pourquoi ne l'ont-ils pas arrêté ?

Il assistait, impuissant, à la fuite de Chuck lorsque les gendarmes qui avaient procédé à l'arrestation le rejoignirent.

— Mon Dieu ! s'exclama celui qui devait être le supérieur hiérarchique.

— Ne pouvez-vous rien faire pour l'empêcher de s'échapper ?

L'homme eut un moment d'hésitation. A terre, ses deux collègues agitaient les bras, comme s'ils jugeaient de leur devoir de manifester leur surprise face à cet événement imprévu.

— Arrêtez-le ! cria de nouveau Edie.

L'officier porta la main à son revolver. Le sortir de son étui lui prit quelques secondes.

— Non ! protesta Zaria, affolée, dès qu'elle aperçut son geste. C'est absurde ! Vous n'allez quand même pas tirer sur un homme sans défense !

— Il faut absolument l'arrêter, insista Edie tandis que l'homme levait son arme.

Toutes les craintes naturelles de la jeune femme s'évanouirent devant sa terreur de voir Chuck abattu sous ses yeux. Dans un élan irrépressible, elle se suspendit au bras du gendarme au moment où celui-ci pointait le canon sur le fugitif.

— Je vous en supplie, monsieur, implora-t-elle en français. Ne faites pas cela. Vous devez me croire, il s'agit d'une erreur.

Elle sanglotait à présent, n'ayant plus la force de résister à la main qui l'attirait en arrière. Le gendarme tendit de nouveau le bras. Mais il était trop tard. Chuck était hors de portée. Il s'était faufilé entre les coques des nombreux bateaux ancrés dans le port.

Le représentant de l'ordre se tourna vers la jeune femme, sévère.

— Vous n'auriez jamais dû agir ainsi, mademoiselle, déclara-t-il sèchement. Que représente donc cet homme pour vous ?

— Il... c'est mon fiancé, hoqueta-t-elle.

Il hocha brièvement la tête. Ce motif suffisait probablement à expliquer qu'elle ait perdu la tête et osé braver la loi.

— Et alors ? explosa Edie. Vous n'allez quand même pas rester figés là comme des statues ? Qu'attendez-vous pour vous lancer à sa poursuite ? Il finira bien par regagner les quais à un endroit ou à un autre !

L'officier le regarda d'un air interrogateur, mais Zaria se garda bien de traduire ces propos. Il lança des ordres à ses collègues restés à terre. L'un d'entre eux se dirigea vers un poste de téléphone tandis que l'autre s'installait au volant de la fourgonnette.

— Nous l'arrêterons dès qu'il mettra pied à terre, dit-il.

Sur ce, il fit un salut militaire et descendit la passerelle, suivi de l'autre gendarme.

Edie leva les bras au ciel, exaspéré.

— Les idiots ! L'avoir laissé filer sous leurs yeux ? Mais ils le rattraperont, j'en suis sûr.

— Et... que se passera-t-il alors ? demanda la jeune femme d'une voix à peine audible.

— Il sera jugé et écopera sans doute d'une peine assez lourde, car tout ce qui touche à la drogue est sévèrement puni.

Elle le fixa froidement et croisa les bras.

— Je ne crois pas que ces cigarettes lui appartenaient... déclara-t-elle d'un ton ferme.

— L'amour rend aveugle, vous le savez bien !

Sur ce, il tourna les talons.

Accoudée au bastingage, Zaria inspecta le quai, hésitante. L'un des gendarmes montait toujours la garde au pied de la passerelle. Il ne manquerait pas de la rattraper si elle tentait de s'enfuir. D'ailleurs, où irait-elle ? Edie et ses acolytes auraient tôt fait de la retrouver.

Elle tourna lentement la tête dans la direction qu'avait prise Chuck, et son cœur se serra. Etait-il sain et sauf ? Qu'adviendrait-il de lui ?

— Dieu te garde, mon amour, chuchota-t-elle d'une voix enrouée.

6

Le taxi les déposa au bout d'une allée étroite. Seules la lune et une lampe qui diffusait une lumière bleutée perçaient l'obscurité environnante.

— Est-ce bien là ? demanda Edie.

— Chez «Salem», acquiesça le chauffeur en désignant du doigt la lampe en contrebas.

— Cet endroit a l'air minable, observa Victor avec une moue de mépris.

Zaria était bien trop abattue pour faire une quelconque remarque. Elle avait passé l'après-midi à échafauder les hypothèses les plus abracadabrantes et les plus horribles concernant Chuck. Elle ignorait s'il avait réussi à regagner la terre en échappant aux gendarmes. De surcroît, elle n'était pas totalement sûre qu'il n'ait rien à se reprocher. Dans le cas — hautement improbable — où elle parviendrait à tromper la vigilance d'Edie et Victor, rien ne prouvait qu'elle n'aggraverait pas le cas du fugitif en se rendant à la police.

Elle avait longuement réfléchi à cette éventualité et en était arrivée à la conclusion que, quels que soient ses torts, cela n'altérait en rien l'amour qu'elle lui portait.

L'heure pour aller au rendez-vous avait été fixée à

9 heures. Zaria se rendit dans la salle à manger une demi-heure avant. Mme Bertin n'était pas assise à table. Après son altercation avec Edie, prise d'une violente migraine, elle s'était retirée dans sa chambre. Kate était installée à la droite de Victor. D'humeur maussade, elle ne souffla mot durant le repas, qui fut très bref.

A 9 heures, Edie se leva.

— Etes-vous prête ? demanda-t-il à Zaria.

— Oui.

Chuck hantait son esprit. En suivant les trois hommes, elle fut prise d'un fol espoir : il trouverait peut-être un moyen d'entrer en contact avec elle au cours de la soirée.

Avant le dîner, elle s'était glissée dans sa cabine. Pas uniquement pour le plaisir de sentir son parfum, mais surtout pour s'assurer qu'il n'y avait rien de compromettant dans ses affaires, au cas où la situation se gâterait et où il y aurait une nouvelle perquisition.

Tout paraissait en ordre. Jim avait rangé les vêtements dans l'armoire et avait même poussé la courtoisie jusqu'à disposer son pyjama sur l'édredon. Préférant ne pas s'attarder sur ce détail qui lui noua la gorge, elle ouvrit les tiroirs de la commode. Elle y trouva des mouchoirs, deux cravates et un paquet de cigarettes américaines. Normales apparemment, puisqu'elles n'avaient pas retenu l'attention des gendarmes.

Les yeux clos, elle se remémora les fines boîtes en bois qui avaient été à l'origine de la catastrophe. Elle était désormais persuadée qu'Edie les avait placées là pour éliminer Chuck, qu'il considérait sans nul doute comme un témoin gênant.

Elle s'apprêtait à refermer les tiroirs lorsqu'un objet, au fond de l'un d'eux, attira son attention. Elle tendit la main et ses doigts se refermèrent sur un petit flacon. A son grand étonnement, elle découvrit qu'il s'agissait d'une bouteille de teinture pour cheveux.

Elle la replaça où elle l'avait trouvée et se rendit dans la salle à manger. Cette pensée occupa son esprit pendant une partie du repas. De la teinture pour cheveux! De la teinture «châtain foncé», comme l'indiquait l'étiquette.

Chuck n'avait certes pas le physique typé d'un brun. Sa peau était très claire, ses yeux aussi. En y réfléchissant bien, cette chevelure si sombre contrastait avec ses traits.

Mais pourquoi avait-il changé la couleur de ses cheveux? Pourquoi se déguisait-il? Qui cherchait-il à tromper? Etait-ce la raison pour laquelle il portait toujours des lunettes de soleil? Ses allergies à la lumière étaient-elles aussi factices?

Pendant le trajet en taxi, elle ne prêta aucune attention à la conversation des trois hommes, pas plus qu'au chemin emprunté par le chauffeur. Certaines rues étaient très éclairées et animées. Il n'en allait pas de même de l'allée qu'ils parcouraient à présent, à pied.

Après les avoir examinés à travers le judas, le portier ouvrit une lourde porte en métal et leur indiqua un escalier qui menait au sous-sol. Ils arrivèrent dans une pièce rectangulaire aux murs recouverts de tapisseries orientales. La pièce était bondée de clients, installés autour de tables basses au plateau en métal travaillé.

Ils étaient manifestement attendus car un serveur coiffé d'une chéchia les guida, dès leur arrivée, vers une petite alcôve à l'autre extrémité de la pièce. Il posa d'autorité une bouteille de whisky devant eux, ainsi que quatre verres.

Zaria regarda autour d'elle. La majorité des spectateurs était des hommes. Vêtus de djellabas et de burnous, ils avaient l'air à la fois noble et inquiétant. Il y avait là également des habitants du désert, portant le turban. Ceux-ci avaient l'œil particulièrement noir et scintillant, un pli dur au coin des lèvres.

La jeune femme se demanda ce qui les attirait là. Puis, comme en réponse à sa question, un petit orchestre en costume traditionnel se mit en place. Elle tressaillit, remarquant que les quatre hommes du groupe musical étaient aveugles, et se rappela soudain la tradition qui voulait que les danseuses Ouled Naïl soient toujours accompagnées par des musiciens aveugles.

Les tambours commencèrent à rouler sur un rythme de pulsations, bientôt suivis par la flûte et la clarinette arabe. Alors la musique jaillit, tel un éclair évocateur et mélodieux, et une fille apparut sur la piste de dimensions exiguës. Elle avait les pommettes hautes, la chevelure de jais et les yeux immenses des Ouled Naïl.

Elle portait de lourdes boucles d'oreilles serties de pierres précieuses et un collier orné de pièces d'or, preuve du succès qu'elle remportait dans sa profession. Ses pieds commencèrent à se mouvoir lentement sur le sol, entamant cette danse étrange et si particulière appelée « danse du ventre ». Ses hanches robustes se balançaient au rythme de la mélopée, doucement d'abord, puis de plus en plus vite. Fascinés par le spectacle, les clients respiraient au diapason. Leur souffle semblait s'accélérer en accord avec la musique et les mouvements de la jeune femme.

Zaria était elle aussi captivée par cette démonstration d'une extrême sensualité. L'image de Chuck s'estompait tandis qu'elle se laissait prendre au charme de ces ondulations provocantes qui mimaient un rite amoureux.

A cet instant, alors que tous les regards étaient rivés sur la danseuse, une voix retentit derrière Zaria.

— Elle est bien, n'est-ce pas ?

Ces mots avaient été prononcés en arabe. Elle se tourna et vit deux grands yeux sombres qui luisaient dans un visage buriné surmonté d'un turban immaculé. L'homme était légèrement incliné. Son burnous couleur sable, entrouvert, laissait apparaître la lame affilée de l'inévitable long couteau.

— Qui êtes-vous ? demanda-t-elle, tout en devinant la réponse.

Elle observa à la dérobée Edie et Victor, qui venaient seulement de remarquer la présence de l'homme.

— Etes-vous le cheik Ibrahim ben Kaddour ? chuchota Edie.

Mais un doigt brun se posait déjà sur ses lèvres.

— Pas de noms, observa l'homme en arabe. Et parlez bas, surtout.

Zaria transmit les ordres du cheik. Edie acquiesça et ajouta :

— Demandez-lui s'il a l'argent.

— Oui, répondit le cheik après avoir entendu la traduction. Dans les sacoches de ma selle. Combien en ont-ils apporté ?

Zaria répéta ces propos à Edie, qui leva trois doigts, puis déplia les paumes de ses deux mains. Le cheik fit un bref signe de tête.

— Dites aux Américains que nous nous retrouverons demain au lever du jour à El Kettar — le cimetière aux abords de la ville. *Inchallah* !

Edie écouta Zaria, songeur.

— C'est un peu trop tôt, objecta-t-il enfin. Les

autorités portuaires se demanderaient pourquoi nous quittons le yacht à une heure aussi matinale.

— Pas si vous leur expliquez que vous voulez commencer vos fouilles, observa la jeune femme.

— Mmmm... vous avez sans doute raison. Dites-lui que nous y serons. Mais nous ne leur remettrons rien avant d'avoir vu la couleur de l'argent! Et je veux la moitié tout de suite.

Zaria s'exécuta. Les yeux du cheik se plissèrent.

— La moitié? Et pourquoi leur ferais-je confiance alors qu'ils se méfient de moi?

A l'expression de son visage, Edie devina le sens de ses paroles.

— Qu'il pense ce qu'il voudra! Ce sont là mes conditions. A prendre ou à laisser. Je n'ai pas transporté la marchandise jusqu'ici pour me la faire voler par des bandits au teint basané!

— Je ne peux pas traduire cela, protesta Zaria.

— Eh bien, dites-lui qu'il n'aura rien s'il ne paie pas!

La jeune femme obtempéra, mal à l'aise, mais le cheik ne sembla nullement surpris.

Il tendit le bras et murmura:

— Attendez.

Il se glissa furtivement derrière l'un des rideaux de l'alcôve et disparut.

Personne dans la salle ne semblait avoir remarqué l'entrée du cheik. Les clients étaient bien trop occupés à suivre les mouvements de la danseuse, qui avaient maintenant atteint leur paroxysme. La fin du spectacle fut saluée par une salve d'applaudissements.

L'enthousiasme décroissait à peine que deux très jeunes filles, âgées tout au plus d'une quinzaine d'années, entrèrent en scène pour entamer une danse des couteaux. Les fines lames d'acier étincelaient à la lueur des lanternes. Elles fendaient l'air pour être gracieusement et habilement récupérées par les adolescentes. Leurs pieds se mouvaient en cadence, à un rythme presque monotone.

La musique lancinante emplissait l'air moite de la pièce. Cette pseudo-lutte, curieux mélange de violence et de sensualité, monopolisait à nouveau l'attention des spectateurs.

Le cheik ne tarda pas à revenir. Zaria vit sa longue silhouette se profiler derrière Edie. Sans perdre de temps en paroles, il lui remit un petit paquet qu'il avait prestement tiré de sous son burnous. La jeune femme ne vit pas les billets, mais elle devina que l'Américain était en train de les compter. Victor et Mr Virdon paraissaient eux aussi hypnotisés par le manège d'Edie. A tel point qu'ils en oubliaient la présence de leur interprète.

Zaria se mordit les lèvres. Si elle se glissait à son tour derrière ce rideau, ils ne remarqueraient probablement pas tout de suite sa disparition. Elle était presque décidée à courir ce risque lorsqu'elle se rappela qu'ils se trouvaient à l'extérieur de la ville, ce qui rendrait sa fuite encore plus difficile. Elle abandonna cette idée. Une autre occasion se présenterait peut-être pendant le trajet du retour.

Edie hocha brièvement la tête et le cheik s'éclipsa comme il était venu. La danse des couteaux était terminée. Une superbe créature fit alors son apparition sur scène. Seuls quelques centimètres d'étoffe dorée couvraient son corps sculptural. Ses muscles longs jouaient sous sa peau ambrée.

Elle commençait à se déhancher lorsqu'Edie se leva. Il posa un billet sur la table et s'engagea dans la direction prise par le cheik. Les autres lui emboîtèrent le pas dans un couloir étroit qui tournait le dos à la salle et aboutissait à une porte en fer. Edie l'ouvrit. Ils sortirent et se retrouvèrent à l'air libre, à quelques mètres de l'allée à l'extrémité de laquelle luisait toujours la lampe bleue.

L'endroit, désert et silencieux, contrastait avec la pièce qu'ils venaient de quitter. Le cheik semblait s'être fondu dans la nuit.

Edie se passa la main sur le front en soupirant.

— Comment diable allons-nous trouver un taxi ici ?

Un jeune garçon apparut à leurs côtés, comme surgi de nulle part.

— Taxi, mister ? demanda-t-il en anglais avec un fort accent arabe.

— Oui. Et vite !

L'enfant courut jusqu'à l'allée et mit les doigts dans sa bouche. Un long sifflement se fit entendre, suivi quelques secondes plus tard d'un bruit de moteur hoquetant. Un véhicule, qui avait connu des jours meilleurs, avança prudemment jusqu'à eux.

— Où allez-vous ? s'enquit le jeune garçon.

Zaria donna le nom du quai où était ancré le bateau. L'enfant le cria au chauffeur, qui était lui aussi d'un certain âge et certainement dur d'oreille. Il hocha néanmoins la tête en signe d'assentiment.

Edie tendit une pièce au gamin.

— Merci, mister.

Il tint la portière ouverte tandis qu'ils s'engouffraient dans la voiture. Lorsque Zaria passa devant lui, il prononça très bas quelques mots en arabe. Un instant, elle crut ne pas avoir bien entendu. Puis elle comprit que c'était là le signal qu'elle attendait. Une phrase, courte, mais chargée de sens : « Sur le quai, tenez-vous prête à fuir. »

Quelques mots, prononcés du bout des lèvres, qui avaient suffi à illuminer cette nuit.

Chuck était donc en liberté. Il ne l'avait pas

oubliée. Il allait la délivrer. Elle dut se faire violence pour ne pas laisser exploser sa joie dans la voiture. Il l'attendait! Ce secret lui semblait tellement plus précieux que la somme récupérée par Edie ce soir-là...

Elle ignorait ce qui s'ensuivrait. Elle savait simplement qu'il lui faudrait s'échapper quand le taxi les déposerait sur le quai.

Le véhicule brinquebalant franchit enfin les portes du port et prit la direction du yacht. Aucun bruit ne troublait le calme de la nuit. Les lumières des bateaux se reflétaient dans les eaux noires.

La jeune femme sentit un frisson d'excitation la parcourir. Elle allait retrouver Chuck mais cela signifiait aussi le début d'une nouvelle aventure, belle et palpitante comme elle n'en avait jamais connu.

Le taxi ralentissait. Elle distinguait l'élégante silhouette de l'*Enchanteresse* qui ondulait au bout de la jetée. Il n'y avait aucun mouvement à bord.

Edie sortit en premier. Fidèle à sa muflerie coutumière, il ne fit pas mine d'aider Zaria à descendre. Il plongea la main dans sa poche et se tourna vers Victor.

— N'aurais-tu pas de la monnaie?
— Oui, je crois.
— J'en ai, intervint Mr Virdon.

Ce fut à cet instant précis que Zaria entendit le petit sifflement. Un bruit ténu, à peine audible, qui provenait d'un entrepôt situé à sa gauche.

Ce signal lui suffit. Elle se tourna et, courant à une allure folle — performance dont elle ne se serait jamais crue capable —, se dirigea vers l'endroit d'où lui était parvenu le sifflement. Un coup de feu claqua derrière elle. Elle ne se retourna pas, continua d'avancer. Il lui semblait que ses jambes étaient de plus en plus lourdes et qu'elle ne parviendrait pas à atteindre ce but tant espéré.

Elle s'enfonça dans les ténèbres de l'entrepôt et sentit soudain une main qui la happait. A bout de souffle, elle s'abattit contre lui, trouvant néanmoins la force de murmurer son nom. Chuck la serra brièvement dans ses bras, puis la secoua et la prit par la main pour l'entraîner plus avant.

Zaria avançait à l'aveuglette, suivant son guide qui marchait d'un pas vif et assuré, se déplaçant avec aisance dans le noir.

D'autres détonations et des cris retentirent dans la nuit. Zaria entendait Edie jurer, tandis que Victor l'appelait :

— Zaria! Zaria? Où êtes-vous? Allons, revenez.

Chuck s'arrêta soudain. Les yeux de la jeune femme s'étaient habitués à l'obscurité, et elle découvrit qu'ils étaient entourés d'une multitude de tonneaux empilés les uns sur les autres. Ces barils constituaient une cachette extraordinaire, qui leur permettait de voir — par les interstices — sans être vus. La toiture s'élevait à quelques mètres au-dessus d'eux. Les grandes fenêtres du bâtiment étaient ouvertes. Zaria tourna la tête et vit l'*Enchanteresse*, belle et majestueuse dans les lumières du port.

Edie hurlait à présent.

— Zaria! Je vous conseille vivement de revenir! Si vous n'obéissez pas, vous vous en repentirez!

Sa voix résonnait dans l'immense local. Mais Zaria ne l'entendait plus. Chuck était là, tout près d'elle. Elle percevait son souffle régulier. Il la tenait toujours par la main et, de sa main libre, elle lui effleura la joue.

— Vous êtes sain et sauf, murmura-t-elle. J'ai eu si peur...

— Je vous avais dit de me faire confiance.

Les mots n'étaient plus nécessaires. Il l'enlaça, la serrant très fort contre lui. Elle leva son visage et leurs lèvres s'unirent en un long baiser. Eperdue de bonheur, Zaria se laissait guider par les merveilleuses sensations que cette étreinte éveillait en elle.

Après maintes péripéties, l'homme qu'elle aimait — et qu'elle avait cru disparu — l'embrassait. La vie lui paraissait soudain merveilleuse, pleine de promesses.

Les coups de feu et les cris retentissaient toujours au-dehors, mais ils lui parvenaient, diffus, comme à travers un épais brouillard.

— Zaria!

La voix d'Edie Morgan s'était rapprochée.

Chuck se pencha aussitôt, entraînant la jeune femme avec lui.

— Ne bougez pas, souffla-t-il.

— Sortez immédiatement! reprit Edie. Sans quoi, vous me le paierez cher...

Elle posa la tête contre l'épaule de Chuck, insensible à ces menaces. Elle entendit de nouveau son nom, plus lointain.

— Je vous aime, dit alors Chuck. Mais vous le savez, je suppose.

— N... non.

— Vous avez été si courageuse, si merveilleuse. Tout cela est terminé maintenant. Ce cauchemar va enfin s'achever.

Elle le regarda, médusée.

— Vous allez bientôt comprendre, ajouta-t-il avec un sourire.

Ils se relevèrent lentement, sans faire de bruit, et se frayèrent un chemin au milieu des tonneaux. Ils s'étaient rapprochés du yacht, et Zaria distinguait parfaitement le quai. Elle vit les silhouettes d'Edie et de Victor se diriger vers la passerelle de l'*Enchanteresse*. Ils avaient l'air furieux. Il lui était difficile de percevoir leurs propos, mais elle entendit néanmoins le mot «lampe». Ils allaient donc se munir d'une lampe électrique pour poursuivre leurs recherches...

Comme par magie, toutes ses craintes s'étaient envolées. Ils s'échapperaient, Chuck et elle. Se cacheraient dans les ruelles de la kasbah. Là ils trouveraient certainement des gens désireux de les aider. Et si cela ne suffisait pas, ils prendraient la route du désert où ils pourraient disparaître pendant des mois.

«Nous sommes libres et ensemble», songea-t-elle avec une quiétude incommensurable.

Elle se tournait vers Chuck pour énoncer ces mots, lorsqu'il lui fit signe de se taire.

— Attends... Regarde.

Le tutoiement avait jailli tout naturellement de ses lèvres. Elle lui obéit et porta son regard dans la direction indiquée. Edie et Victor montaient la passerelle. Ils ouvrirent la porte du salon. Les instants qui suivirent furent silencieux, puis il y eut une explosion de bruits. Des voix, une détonation, un hurlement. Et Edie Morgan reparut sur le pont, son revolver au poing. Il tira. Le bruit sec fut suivi par une série de coups de feu.

Et alors, comme dans un film au ralenti, le corps d'Edie se courba en avant, puis s'affaissa sur le plancher.

Des hommes surgirent du salon. Des hommes qui portaient l'uniforme de la police française.

— Mais... que se passe-t-il? murmura la jeune femme, abasourdie.

Chuck lui caressa doucement les cheveux.

— Tout est fini. Viens. Nous n'avons aucune raison de rester ici plus longtemps.

— Je ne comprends pas...

De toute évidence, Chuck n'avait pas l'intention de lui fournir de plus amples explications dans l'immédiat. Aussi le suivit-elle en silence, entre les tonneaux, à travers les entrepôts regorgeant de mystérieuses marchandises, jusqu'à l'allée principale, où était garée une voiture.

Il n'y avait pas de chauffeur. Chuck ouvrit la portière côté passager et pria sa compagne de prendre place.

— Je... ne comprends pas, Chuck, répéta-t-elle.

Il se tourna et, à la lumière crue d'un réverbère, elle vit son visage.

A cet instant précis, elle sut qu'il ne lui avait pas menti en déclarant qu'il l'aimait. Son regard luisait d'un éclat particulier. Sans doute celui qu'avait décelé Mme Bertin en elle le jour où elle lui avait dit : « Vous êtes amoureuse, ma petite. »

Il n'y avait rien à ajouter. Seule cette certitude comptait.

Il lui effleura les lèvres d'un baiser.

— Je t'adore, Zaria... (Puis il s'écarta, éclata de rire et lança, en s'installant sur le siège du conducteur :) Et maintenant, cramponne-toi, parce que je vais conduire très vite !

Il démarra en trombe, quitta la zone portuaire et traversa la partie basse de la ville à vive allure. Puis, il s'engagea sur une route bordée de coteaux boisés. Ces mêmes coteaux qui, depuis des temps immémoriaux, constituaient un écrin pour le joyau qu'était Alger.

Zaria se demanda un instant s'ils roulaient en direction du désert. Mais elle se garda bien d'interroger Chuck, qui ne lui aurait pas répondu. Ils dévoraient le long ruban d'asphalte, laissant derrière eux de grandes bâtisses aux formes arrondies, des jardins remplis de citronniers, d'orangers et de palmiers qui tendaient vers le ciel leurs bras finement ciselés.

Chuck ralentit enfin devant un portail en fer forgé vert et s'engagea dans une allée qui fleurait bon le jasmin. Il freina devant une élégante construction que la lune inondait d'une lumière argentée.

— Pourquoi nous arrêtons-nous ici ? s'enquit-elle, légèrement effrayée.

Pour toute réponse, il descendit de voiture et lui ouvrit la portière.

— Où sommes-nous ? insista-t-elle.

Il lui passa le bras autour des épaules et la serra contre lui.

— Chez moi, mon amour.

Il poussa la porte en bois ouvragé et ils pénétrèrent dans un couloir frais, dont les murs étaient ornés de peintures. Chuck continua d'avancer jusqu'à l'endroit d'où provenait la lumière. Ils franchirent alors le seuil d'un vaste salon auquel le mobilier d'époque conférait une chaleur inhabituelle pour une pièce d'une telle dimension. De superbes bouquets de fleurs accentuaient cet aspect accueillant.

Dès qu'ils eurent passé la porte, une femme se leva du sofa en poussant un cri de joie.

— Te voilà enfin, mon chéri ! J'étais terriblement inquiète.

Elle avança vers eux, les bras tendus, et Zaria remarqua aussitôt sa ressemblance avec Chuck.

— Tout va bien, mère, répondit-il en l'embrassant. Et voici Zaria. Je vous avais bien dit que je la ramènerais avec moi ! (Il se tourna vers la jeune femme.) Zaria, je te présente ma mère, la comtesse de Chatelneuf.

La comtesse sourit, et Zaria fut saisie par la douceur qui se dégageait de ce beau visage serein. Elle était grande et mince, avec de superbes yeux gris-vert, dont avait hérité Chuck. Ses cheveux blancs coiffés en chignon rehaussaient la noblesse de ses traits.

— Voici donc Zaria... dit-elle à voix basse.
— Je crois qu'elle est encore bouleversée par ce

que nous venons de vivre, ajouta-t-il avec un petit sourire.

— Comme je la comprends ! Venez, mes enfants, asseyez-vous. Une collation froide et des jus de fruits vous attendent. A moins que vous ne préfériez un repas plus substantiel...

— Non, je pense que ce sera parfait, mère.

La comtesse les conduisit jusqu'à un coin de la pièce où avait été dressée une table. Des plats chargés de salades, de viandes froides et de fromages étaient joliment disposés sur la nappe blanche. Une servante apporta des carafes contenant des jus de fruits aux couleurs vives et tentantes. A la demande de Chuck, elle revint avec un seau à champagne et des coupes.

— Oh ! je suis si contente que vous soyez là, s'exclama la comtesse en posant la main sur l'épaule de Zaria. Mon fils m'avait parlé de ces sinistres individus avec lesquels vous voyagiez, et j'ai craint toute la soirée qu'il ne vous soit arrivé malheur.

La jeune femme recouvra enfin l'usage de la parole.

— Je... croyais que vous étiez malade.

Chuck éclata de rire.

— Je dois vous avouer, mère, que j'ai proféré un certain nombre de mensonges durant le temps qu'a duré cette aventure. Vous n'ignorez pas la nécessité où j'étais d'embarquer sur l'*Enchanteresse*. Pour arriver à mes fins et attendrir Zaria, j'ai prétendu que vous étiez souffrante — voire mourante ! Je pense même avoir inventé une histoire concernant des demi-frères qui voulaient me dépouiller de mon héritage.

La comtesse hocha la tête en levant les yeux au ciel.

— Tu me désespères, mon garçon... Pourquoi n'avoir pas tout simplement raconté la vérité à cette jeune personne ?

— Parce qu'elle ne m'aurait sans doute pas cru. Et surtout, parce qu'elle ne se serait jamais comportée de manière aussi franche et naturelle avec moi.

— Il ne te reste donc plus qu'à passer aux aveux, déclara-t-elle, d'un ton qui se voulait sévère. Et après, je t'en supplie, essaie de faire disparaître cette épouvantable teinture ! Je ne te reconnais pas, en brun. (Elle leur adressa un grand sourire et reprit :) Je vais me coucher, maintenant. Je devine que vous avez beaucoup de choses à vous dire. J'ajouterai tout de même à la décharge de mon fils que j'ai effectivement été souffrante et que je dois suivre un traitement. Rien de grave, cependant. (Elle fixa longuement la jeune femme.) Avant de vous quitter, je voudrais ajouter quelque chose, Zaria : j'ai toujours souhaité avoir une fille. J'espère que ce désir sera bientôt exaucé.

Zaria baissa les yeux, émue.

Dès que la comtesse eut disparu, Chuck demanda :

— Que penses-tu de ma mère ?

— Elle est... merveilleuse.

Il hocha la tête et remplit deux coupes de champagne.

— Avant tout, je voudrais que nous portions un toast, dit-il en lui tendant un verre. Un toast à notre avenir. Espérons qu'il saura chasser le souvenir des sombres événements que nous venons de vivre.

Sans se quitter des yeux, ils burent une gorgée du liquide blond et pétillant. Puis il prit la jeune femme par la main et la guida jusqu'au canapé.

— Veux-tu que je commence par le tout début ? proposa-t-il, une moue amusée aux lèvres. Je sais bien que tu brûles de curiosité.

— Pas vraiment, Chuck. En ce moment précis, je suis bien trop heureuse pour éprouver de la curiosité.

— Voilà ce que je souhaitais t'entendre dire. Je t'aime tant, Zaria ! Tu es pleine de surprises, pleine de mille choses qui me ravissent et m'intriguent à la fois. Et pourtant, tu fais toujours ce que j'attends de toi, ce qui rend les moments que nous passons ensemble parfaits.

Zaria passa la langue sur ses lèvres sèches.

— Ces paroles m'effraient, Chuck. J'ai... peur que tu repartes, que tu m'oublies.

— Cela ne se produira jamais. Jamais. Je resterai toujours auprès de toi, pour te rendre heureuse. Pour effacer ces cernes de tes yeux, cette expression d'infinie tristesse qui les traverse parfois. Je souffre quand je te vois malheureuse, quand je vois ton regard assombri par les souvenirs. Tout cela est fini désormais, Zaria. Le soleil luira toujours au-dessus de nous.

Il la prit dans ses bras et la berça tendrement tandis qu'elle essuyait furtivement une larme.

— Pourquoi pleures-tu ?

— Parce que... j'ai l'impression de voguer sur un océan de bonheur. J'ignorais que l'amour pouvait être une telle source de plaisir.

— Ce n'est pourtant que le début, ma chérie. Nous avons tant de choses à découvrir, toi et moi... A ce propos, sache que je suis réellement archéologue ! Nous pourrons entreprendre des fouilles ensemble. Que dirais-tu d'une lune de miel dans des grottes ?

La gorge nouée, Zaria ne releva pas cette pointe d'humour.

— As-tu... vraiment l'intention de m'épouser, Chuck ?

Il s'écarta et la dévisagea, sérieux.

— Oui. Et je n'imagine pas pouvoir épouser une autre femme que toi. Tu es celle que je cherchais, Zaria. Toi seule sauras me donner ce que j'attends de la vie. Si seulement je pouvais t'expliquer ce que signifie être aimé pour soi...

Il prit alors ses lèvres, doucement, avec une ferveur contenue, comme s'il craignait de l'effrayer et de la voir disparaître.

— Tu es épuisée, murmura-t-il. Mais il faut d'abord que je te raconte cette affaire en détail sans quoi, j'en suis certain, tu te tracasseras toute la nuit.

Elle hocha la tête.

— Il y a une question que je voudrais te poser tout de suite, Chuck. Pourquoi t'es-tu teint les cheveux ?

— Pour la même raison que je portais des lunettes noires. Autrement ma ressemblance avec le gentleman que tu as connu sous le nom de Mr Virdon aurait été trop frappante.

Elle fronça les sourcils.

— Ferait-il partie de ta famille ?

— Pas le moins du monde, répliqua-t-il en riant. Ce monsieur est un comédien. Un jeune acteur rusé qui a un physique assez semblable au mien. (Comme elle l'observait avec stupeur, il ajouta :) Tu n'as toujours pas compris, ma chérie ? Tu as en face de toi Cornelius Virdon.

Elle ouvrit grands les yeux et émit un son inintelligible.

— Je craignais que tu ne refuses de m'aider si je ne me présentais pas sous le jour d'un homme démuni, expliqua-t-il en lui prenant la main. Il faut donc que tu pardonnes ce mensonge à Chuck, qui n'est autre que le richissime Mr Virdon.

Il déclama ces trois derniers mots afin de les rendre ridicules. Mais Zaria, trop intriguée par cette révélation, n'esquissa pas l'ombre d'un sourire.

— Mais, pourquoi cet homme usurpait-il ton identité ?

— Voilà précisément ce que je m'apprêtais à t'expliquer. Cet Edie Morgan, par exemple, est un gangster, connu de l'autre côté de l'Atlantique comme un dangereux trafiquant d'armes. Après avoir écumé certains points chauds d'Amérique latine, il a décidé de tenter sa chance en Europe.

— Un trafiquant d'armes ? s'écria-t-elle. Mais, où sont ces armes ?

— Dans les bagages de Mme Bertin. Juste ce qu'il fallait pour appâter le cheik. Après un premier contact, Morgan avait l'intention de traverser régulièrement la Méditerranée pour le fournir en matériel de guerre. En guise d'apéritif il lui servait quelques caisses de fusils enveloppés dans les dernières créations de Mme Bertin. Le tout pour une somme plus que coquette, tu t'en doutes.

— C'est épouvantable ! Et... qu'adviendra-t-il de Mme Bertin.

— Elle sera jugée, et sans doute condamnée. Pas trop sévèrement, je pense, car elle n'était qu'une exécutante. Quant à Kate, je pense qu'elle s'en tirera sans aucune sanction.

A ce nom, la jeune femme détourna le regard.

— Zaria, mon amour, tu n'es tout de même pas jalouse ? J'en serais très flatté, mais je te certifie que tu n'as aucune raison de l'être.

— Elle... avait pourtant l'air de beaucoup te plaire.

— J'avais besoin d'obtenir des informations sur les projets du gang, et je savais bien que le jeu de la séduction s'avérerait payant.

Zaria se mordit les lèvres.

— Donc, ce n'était qu'un jeu ? Elle ne te plaisait pas vraiment ?

— Pas du tout, répondit-il avec un sourire tendre. Je vais même t'avouer quelque chose. Je savais — puisque je l'avais exigé — qu'une secrétaire devait m'attendre à Marseille. Pendant tout le trajet en avion, j'ai prié pour que cette personne soit capable de m'aider. Mais, à l'instant même où je suis entré dans ta chambre, j'ai compris que tu étais celle que j'avais toujours espérée.

— Je ne te crois pas, Chuck ! J'étais si horrible...

— Non. Tu étais jeune, touchante, fragile... mais certainement pas horrible. Tu n'en es pas consciente, Zaria, mais tu es très jolie.

— C'est faux, chuchota-t-elle, rougissante.

— Je parviendrai à t'en convaincre le moment venu. Pour l'instant, revenons à notre histoire.

— Dans quelles circonstances es-tu arrivé à Marseille ?

— Eh bien ! voilà. J'avais décidé de louer le yacht, non seulement pour rendre visite à ma mère, mais aussi pour entreprendre des fouilles dans la région, sur un nouveau site, dont j'avais entendu parler, au nord d'Alger. J'avais tout organisé depuis les Etats-Unis. Le jour de mon départ, j'ai quitté mon appartement de New York avec tous mes bagages. Un taxi m'attendait en bas. Je suis monté et lui ai demandé de me conduire à l'aéroport. A un moment, comme nous démarrions après un feu rouge près du port, deux hommes armés sont montés dans la voiture. Je suppose que le chauffeur était de mèche, car il n'a rien fait pour me défendre. Et ils m'ont assommé.

— Ce qui t'a valu la blessure que tu avais à la tempe lorsque nous nous sommes rencontrés ?

— Exactement. Le rapport de forces n'étant pas en ma faveur, j'ai fait semblant de perdre connaissance afin d'éviter qu'ils ne s'acharnent sur moi. En tombant sur le siège, je ne sais trop comment je me suis déchiré l'oreille et j'ai abondamment saigné.

Zaria se souvint du pansement qu'il portait à Marseille. Elle se pencha vers lui. Il avait gardé une petite cicatrice sur le lobe.

— C'est une zone particulièrement irriguée, qui saigne énormément à la moindre égratignure, poursuivit Chuck. L'un des deux hommes a retenu l'autre, qui s'apprêtait à me frapper de nouveau : « Ça suffit. Edie a dit qu'il ne voulait pas de traces. Il a l'air hors d'état de nuire. » Grâce au ciel, ils s'en sont tenus là. Je suis resté immobile, en guettant le moindre de leurs mouvements, en dépit d'une migraine atroce.

— Ils auraient pu te tuer ! s'exclama Zaria, horrifiée.

— Ils ont effectivement essayé de le faire plus tard. Ils m'ont déshabillé et m'ont affublé d'un vieux costume qu'ils avaient apporté. Puis le taxi s'est arrêté. Ils m'ont traîné jusqu'à la berge et m'ont poussé dans l'eau.

— Pour... faire croire que tu t'étais noyé ?

Il hocha la tête.

— J'ignore quel est le nombre exact de suicidés que l'on repêche annuellement dans le port de New York, mais j'étais destiné à faire partie de cette longue liste anonyme.

— Et alors, que s'est-il passé ? demanda-t-elle, le souffle court.

— J'ai nagé sous l'eau, le plus longtemps possible. Quand il m'a semblé que mes poumons étaient sur le point d'exploser, j'ai refait surface. Ils avaient disparu. Après diverses péripéties, j'ai réussi à arriver chez l'un de mes amis, qui est commissaire de police. Je voulais essayer de percer ce qui pour moi demeurait un mystère.

— Pourquoi ne les as-tu pas fait arrêter ?

— Eh bien ! pour commencer, ils avaient embarqué sur un paquebot qui fait la liaison entre l'Europe et les Etats-Unis. Ensuite, mon ami a mené plusieurs enquêtes, et ce qu'il a découvert m'a intrigué au plus haut point. J'étais fermement décidé à me rendre coûte que coûte en Europe et à démanteler cette bande de malfaiteurs.

— Cela aurait pu être très dangereux, Chuck...

Il esquissa une grimace.

— Je crois bien que c'est ce qui m'a attiré. Mon ami m'a expliqué que Morgan était un diable d'homme. La police n'avait réussi à l'interpeller que pour des délits mineurs et avait dû le relaxer faute de preuves. Ils étaient au courant de ses trafics — pas seulement d'armes, mais aussi de drogue —, mais n'avaient jamais pu le prendre en flagrant délit.

— De drogue ? Ce qui explique la présence de ces fameuses cigarettes dans ta cabine.

Chuck acquiesça.

La jeune femme se passa la main sur le front.

— Ils n'auraient pas hésité à te tuer s'ils avaient découvert que tu étais au courant de leurs manigances.

— Je courais ce risque, en effet. Mais cette opération était la plus importante qu'ils aient jamais entreprise, et je trouvais dommage de laisser passer cette occasion.

— Sais-tu comment l'idée leur est venue de monter une telle mise en scène ?

— Pas exactement. Les journaux mondains écrivent quelquefois des articles à mon sujet, où l'on me présente comme un anachorète qui voyage toujours seul. Ils ont dû se renseigner. Je n'emmène jamais mon secrétaire particulier, j'engage une personne sur place. Et là, j'envisageais de naviguer jusqu'aux côtes africaines pour y faire des fouilles. De l'inconvénient des médias...

— Ils ont donc décidé de te « remplacer ».

— Ils avaient ainsi un yacht qui les conduisait

à Alger — où les attendait le cheik — sans aucun risque. Qui se méfierait d'un riche Américain féru d'archéologie ?

— Comment ont-ils réussi à convaincre ce comédien de jouer ton rôle ?

— Je pense que le faux Mr Virdon est un héroïnomane. Morgan l'a sans doute pris dans ses filets en lui fournissant de la drogue et, incapable de le payer, il a dû se plier à ses exigences. Dès que je l'ai vu à bord, je l'ai reconnu. J'avais assisté à Broadway à une pièce où il tenait un rôle important. Plusieurs de mes amis m'avaient d'ailleurs dit qu'il me ressemblait. Morgan et ses acolytes ne m'avaient jamais vu qu'en photo, dans la presse, mais j'ai jugé plus prudent de me « déguiser » en me teignant les cheveux et en portant des lunettes.

— Quand j'ai trouvé le flacon de teinture au fond d'un tiroir de ta commode, j'avoue avoir été saisie.

— Je le crois volontiers ! Malgré tout, tu n'as pas cessé d'avoir confiance en moi, ce qui est admirable.

— Je ne te cacherai pas qu'il m'est arrivé d'avoir des doutes...

— Pour les dissiper entièrement, j'aurais dû te mettre dans la confidence : ce qui était impensable. Si Morgan et les autres avaient eu des soupçons, ils t'auraient éliminée.

Un frisson lui parcourut l'échine.

— Et... pourquoi le cheik Ibrahim ben Kaddour voulait-il acheter ces armes ?

— Il est à la tête d'une tribu de rebelles qui sème le trouble dans la région, et les autorités françaises étaient sur ses traces depuis un certain temps. La police l'a arrêté le soir même où il sortait de chez « Salem ». Je n'ai moi-même fait mon rapport au commissariat qu'après m'être enfui de l'*Enchante-*

resse. L'un des responsables est entré en contact avec la police américaine pour vérifier l'authenticité de mes déclarations. Mais il ne fallait pas qu'ils interviennent avant la rencontre du cheik et de Morgan, et je ne voulais surtout pas te faire courir le risque d'être blessée ou prise en otage lors d'une fusillade. C'est la raison pour laquelle je leur ai suggéré d'attendre Morgan sur le bateau. Avant, tu devais leur fausser compagnie.

Zaria le fixa, admirative.

— Tu es un véritable héros !

Il la serra dans ses bras en riant.

— Je regrette que Mme Bertin soit mêlée à cette sombre affaire, reprit-elle avec un soupir. Elle a été très gentille avec moi.

— Mme Bertin est un véritable panier percé ! Elle perd régulièrement des sommes folles au casino et est toujours endettée. Morgan a profité de cette situation pour solliciter son aide en échange d'un dédommagement pécuniaire. Il lui avait également promis de l'aider dans sa nouvelle aventure commerciale à Alger...

— Tout de même... insista Zaria.

— Bien, je vais essayer d'intervenir auprès de mes relations afin qu'elle bénéficie de toute la clémence possible, compte tenu de la situation.

— Oh ! oui.

— Et en échange, que m'offriras-tu ?

— Que... veux-tu ? demanda-t-elle d'une voix altérée.

Il l'attira contre lui.

— Que tu acceptes de m'épouser le plus rapidement possible. Et je voudrais aussi entendre ce que tu n'as toujours pas dit.

Sans le quitter du regard, elle murmura :

— Je t'aime, Chuck. Tu es l'être le plus merveilleux que j'aie jamais connu.

En prononçant ces paroles, la jeune femme prit soudain un air coupable.

— Que se passe-t-il, mon amour ?

— Oh ! je... je viens brusquement de me rappeler quelque chose.

— Oui ?

Elle prit une profonde inspiration.

— Chuck, mon nom n'est pas Brown.

Il la regarda, interloqué.

— Mais... qui es-tu ?

— Zaria Mansford. Mon père était le professeur Mansford, dont tu as peut-être entendu parler.

— Oui, bien sûr. J'ai même lu récemment l'un de ses derniers ouvrages. (Il fronça les sourcils.) Que signifie cette mascarade, Zaria ? De grâce, ne m'apprends pas que tu es toi aussi mêlée à un imbroglio...

— Non, pas exactement. Mais... je suis la propriétaire de l'*Enchanteresse*.

Il cligna des paupières, incrédule, puis se renversa en arrière et partit d'un grand éclat de rire.

— La nouvelle propriétaire ! s'exclama-t-il enfin. Jim m'avait effectivement parlé de la nièce de Miss Cardew, que nul ne connaissait encore.

Zaria éclata de rire à son tour et lui expliqua dans quelles conditions elle avait usurpé l'identité de Miss Brown.

— Nous lui enverrons un somptueux cadeau de mariage, ma chérie. Sans Doris Brown, nous ne nous serions jamais rencontrés. (Il joua avec les doigts de la jeune femme avant de les porter à ses lèvres.) Tu n'es donc pas une pauvre petite fille mais une jeune femme riche, à présent...

Elle eut une grimace.

— Oh ! Chuck, ne gâchons pas tout avec des... détails matériels.

Il la dévisagea, grave.

— Rien ne pourra jamais altérer l'amour que j'ai pour toi, Zaria. Tu seras à jamais ma douce enchanteresse.

Barbara Cartland

**Découvrez, sans plus attendre, les autres romans de Barbara Cartland, la reine incontestée du roman sentimental.
Voici la liste de ses romans actuellement disponibles.**

Que notre bonheur dure
N° 1204 Cat. 2

La belle et le léopard
N° 1215 Cat. 2

Les deux cousines
N° 1384 Cat. 3

L'étoile filante
N° 1521 Cat. 1

Le marquis
et la gouvernante
N° 1682 Cat. 1

Le chemin de l'amour
N° 2318 Cat. 2

Le château du bonheur
N° 2515 Cat. 2

Le prince russe
N° 2589 Cat. 2

La sirène de Monte-Carlo
N° 2648 Cat. 2

La course à l'amour
N° 2903 Cat. 2

Sous le soleil de Grèce
N° 3775 Cat. 2

Les sortilèges du cœur
N° 3809 Cat. 2

Pour l'amour
d'un chevalier
N° 3841 Cat. 2

Trahison !
N° 3884 Cat. 2

La beauté trahie
N° 3986 Cat. 2

Un baiser dans le désert
N° 3997 Cat. 2

Un cœur hanté
N° 4009 Cat. 2

L'éternité de l'amour
N° 4017 Cat. 2

Sous le ciel de Bahreïn
N° 4071 Cat. 2

Passeport
pour le bonheur
N° 4315 Cat. 2

Innocente imposture
N° 4316 Cat. 2

Une infinie patience
N° 4336 Cat. 2

Cœurs rebelles
N° 4368 Cat. 2

Un mariage dangereux
N° 4369 Cat. 2

Tous les parfums
des Indes
N° 4394 Cat. 2

Ravissante Cléopâtre
N° 4395 Cat. 2

Fuite vers l'amour
N° 4419 Cat. 2

Un si gros mensonge
N° 4420 Cat. 2

Un mariage de raison
N° 4446 Cat. 2

Cœurs à l'unisson
N° 4447 Cat. 2

L'incomparable Irina
N° 4473 Cat. 2

Héritage écossais
N° 4474 Cat. 2

Une punition royale
N° 4501 Cat. 2

Le secret de la princesse
N° 4502 Cat. 2

Princesse fugitive
N° 4545 Cat. 2

La petite brodeuse
N° 4546 Cat. 2

Trois jours pour aimer
N° 4559 Cat. 2

Quand vient l'amour
N° 4581 Cat. 2

Une blonde inconnue
N° 4582 Cat. 2

Rendez-vous à Calcutta
N° 4603 Cat. 2

Un voyage enchanteur
N° 4604 Cat. 2

Beau omme Apollon
N° 4632 Cat. 2

L'inconnu du petit bois
N° 4633 Cat. 2

Idylle en Ecosse
N° 4666 Cat. 2

Echange de cœurs
N° 4717 Cat. 2

Lune de miel au Népal
N° 4718 Cat. 2

Le domaine de l'amour
N° 4762 Cat. 2

Passions orientales
N° 4763 Cat. 2

Un mariage sans amour
N° 4779 Cat. 2

L'amour ou la fortune
N° 4780 Cat. 2

La guerre des cœurs
N° 4813 Cat. 2

Complot amoureux
N° 4814 Cat. 2

L'ange et le marquis
N° 4846 Cat. 2

Symphonie berlinoise
N° 4877 Cat. 2

**2 ROMANS RÉUNIS
EN UN VOLUME (27 FRANCS)**

Un amour en danger,
suivi de :
La princesse oubliée
N° 4693 Cat. 3

Un amour sans fortune,
suivi de :
Les illusions du cœur
N° 4694 Cat. 3

Composition Interligne B-Liège
Achevé d'imprimer en Europe (France)
par Brodard et Taupin à La Flèche (Sarthe)
le 21 septembre 1998. 6728U-5
Dépôt légal septembre 1998. ISBN 2-290-04957-3
Éditions J'ai lu
84, rue de Grenelle, 75007 Paris
Diffusion France et étranger : Flammarion